STAR TREK VOYAGER™

GEISTREISE
BUCH 1:
ALTE WUNDEN

CHRISTIE GOLDEN

Based on
Star Trek
created by Gene Roddenberry
and
Star Trek: Voyager
created by Rick Berman & Michael Piller & Jeri Taylor

Ins Deutsche übertragen von
Andrea Bottlinger

Die deutsche Ausgabe von STAR TREK – VOYAGER: GEISTREISE 1 – ALTE WUNDEN
wird herausgegeben von Amigo Grafik, Teinacher Straße 72, 71634 Ludwigsburg.
Herausgeber: Andreas Mergenthaler und Hardy Hellstern, Übersetzung: Andrea Bottlinger;
verantwortlicher Redakteur und Lektorat: Markus Rohde; Lektorat: Wibke Sawatzki
und Gisela Schell; Satz: Rowan Rüster/Amigo Grafik; Cover Artwork: Martin Frei;
Print-Ausgabe gedruckt von CPI Moravia Books s.r.o., CZ-69123 Pohorelice. Printed in the Czech Republic.

Titel der Originalausgabe: STAR TREK – VOYAGER: SPIRIT WALK 1 – OLD WOUNDS

This book is published by arrangement with Pocket Books, a Division of Simon & Schuster, Inc.,
pursuant to an exclusive license from CBS Studios Inc.

Print ISBN 978-3-86425-420-8 (Mai 2014) · E-Book ISBN 978-3-86425-347-8 (Mai 2014)

WWW.CROSS-CULT.DE · WWW.STARTREKROMANE.DE · WWW.STARTREK.COM

Dieses Buch ist all jenen gewidmet, die sich berufen fühlen, einen spirituellen Weg einzuschlagen.

Alles Gute.

DANKSAGUNG

Viele Leute haben zu der Entstehung dieses Buches beigetragen. Ich möchte folgenden Personen danken: Joe RedCloud für Informationen über die Sprache der Lakota und deren Kultur. Dr. Malcom Simpson für die medizinischen Fachausdrücke. Tom und Amy Gutow, Jeanne Cooper und Patty Hutchins aus Castine, weil sie mir geholfen haben, die kleine Stadt in Maine zum Leben zu erwecken. Mark Anthony für die hilfreichen Anmerkungen zur richtigen Stunde. Und Michael Georges und Robert Amerman, meinen treuen Erstlesern.

An eventuellen Fehlern in diesem Buch trage alleine ich die Schuld.

PROLOG
2375

Der cardassianische Kriegsgefangene streckte sich auf der bequemen Föderationsliege, starrte den Rücken der uniformierten Wache vor dem Kraftfeld an und verfluchte seine Situation.

Er war so nahe dran gewesen. Nein, nicht nahe dran, eigentlich war er erfolgreich gewesen. Hätte er nur mehr Zeit gehabt. So vieles, was geschehen war, war einfach nur Pech gewesen. Wie so oft war es nur auf das Timing angekommen, und dieses Mal hätte das Timing nicht schlechter sein können. Seine Kollegen waren überhaupt keine Hilfe gewesen. Idioten. Schmiedeten ihre hinterhältigen Ränke, obwohl sie alle auf derselben Seite standen.

Der Cardassianer verfügte aber über genug Verstand, um zu erkennen, dass auch er selbst zu seiner Gefangennahme beigetragen hatte. Er war so vertieft in seine Arbeit gewesen, dass er ein paar Fehler begangen hatte. Vor Scham verzog er das Gesicht, als er sie sich in Erinnerung rief, und korrigierte sich: ein paar dumme Fehler. Bei seiner Arbeit war Geduld eine Tugend und eine Notwendigkeit. Und diesen wichtigen Grundsatz hatte er vergessen. Er hatte zugelassen, dass der Druck und der Nervenkitzel, entdeckt zu werden, ihn zu den

Entscheidungen gedrängt hatten, die schließlich zu seiner derzeitigen misslichen Lage geführt hatten.

Er seufzte laut. Die Wache vor seiner Zelle bewegte sich etwas, sah sich aber nicht zu ihm um. Immerhin würde man ihn nicht exekutieren. Das hatte er Captain Jean-Luc Picard zu verdanken. Er hatte mit Picard eine angenehme Unterhaltung über seine Arbeit geführt. Der Captain hatte sich als ein aufmerksamer, intelligenter Zuhörer erwiesen. Vielleicht gab es doch noch Hoffnung, überlegte der Cardassianer. Hoffnung darauf, mit ehemaligen Feinden eine vielversprechende Zukunft aufzubauen, sobald das Dominion siegreich war.

Aber vorerst, das war ihm klar, würde er den Rest des Krieges in dieser Zelle verbringen. Während er sich in seinem Gefängnis an Bord eines Föderationsraumschiffes umsah, kam er zu dem Schluss, dass es doch nicht so übel war, ein Gefangener zu sein. Vielleicht erlaubte man ihm, seine geliebten Opern zu hören oder mit seiner Frau zu sprechen.

Möglicherweise durfte er sogar seine Arbeit fortsetzen. Immerhin würde der Krieg irgendwann enden, und Männer seines Berufszweiges würden von Nutzen sein. Sogar notwendig.

Commander William Riker sah seinen Captain an. Picards ebenmäßige Züge wirkten hart und kühl, die Augen sprühten vor gerechtem Zorn, die Lippen hatte er vor unterdrücktem Ärger zusammengekniffen. Riker wusste, was in ihm vorging. Nur zu gerne würde er selbst dem Cardassianer einen rechten Haken verpassen.

»Zumindest haben wir ihn«, sagte er ruhig.

»Hmm? Oh, ja. Solange er in einem Gefängnis der Sternenflotte vor sich hin schmachtet, kann er keinen Schaden mehr anrichten«, erwiderte Picard. »Wissen Sie, Nummer Eins, allein, dass er sich an Bord meines Schiffes befindet, gibt mir ein mulmiges Gefühl.«

Riker grinste schelmisch. »Wir werden die Arrestzellen dekontaminieren, sobald wir ihn überstellt haben«, scherzte er. Ernster fügte er hinzu: »Ich weiß, was Sie meinen. Wir können uns entspannen, sobald der Mistkerl nicht mehr unser Problem ist.«

»Nie wurden wahrere Worte gesprochen.«

»Captain«, erklang Datas Stimme. »Die *Adventure* ruft uns.«

»Auf den Schirm.«

Die feinen Züge Captain T'Pirans erschienen auf dem Hauptschirm. Die Vulkanierin nickte zum Gruß.

»Captain Picard. Es ist mir eine Freude, Sie zu sehen.«

»Ganz meinerseits, Captain T'Piran. Ich muss zugeben, ich konnte die Ankunft Ihres Schiffes kaum erwarten.«

Sie zog eine Augenbraue hoch. *»Das überrascht mich nicht. Ihr Gefangener ist ... verabscheuungswürdig.«*

Riker lachte in sich hinein. Es gab solche Dinge wie den ehrbaren Feind, ein Krieger, der für etwas kämpfte, woran er glaubte. So einen Widersacher konnte man respektieren. Aber diesen Kerl ...

»Wir können den Gefangenen übernehmen, sobald Sie zum Beamen bereit sind«, sagte T'Piran.

»Glauben Sie mir, wir sind mehr als bereit.«

Ein paar Augenblicke später war es geschafft: Der Gefangene befand sich sicher an Bord der *Adventure*. Picard und T'Piran tauschten noch ein paar freundliche Abschiedsworte aus, bevor das Gesicht der Vulkanierin durch das Bild ihres kleinen Schiffes ersetzt wurde, das auf Warp beschleunigte. Picard stieß einen Seufzer aus.

»Nun, Nummer Eins, Sie sagten da etwas von einer Dekontamination ...«

Jetzt, da der Gefangene sich nicht länger auf der *Enterprise* befand, ließ die Anspannung an Bord nach. Der Cardassianer war ein letztes Überbleibsel einer schwierigen, wenn auch letzten Endes siegreichen Zeit gewesen, und jeder an Bord war froh darüber, dass allmählich alles wieder seinen gewohnten Gang ging. Betazed war wieder frei. Die Station, an der die Cardassianer gebaut hatten, war zerstört. Deannas Mutter, die unbeugsame Lwaxana, und ihr junger Sohn waren in Sicherheit, und ein Monster saß sicher hinter einem Kraftfeld an Bord der *Adventure*.

Um diese Tatsache gebührend zu feiern, gaben sich Riker und Deanna Troi ihrer liebsten dekadenten Freizeitbeschäftigung hin - Schokolade essen. Zu Dienstschluss trafen sie sich im Zehn Vorne, ein paar Stunden, nachdem der Gefangene von Bord gegangen war. An ihrem Stammplatz nahm Troi die dunkelbraune Süßigkeit zwischen Daumen und Zeigefinger und betrachtete sie ehrfürchtig.

»Thalianische Schokolade«, sagte sie schwärmerisch. »Die Bohnen sind wenigstens einhundert Jahre gereift. Replizierte Schokolade schmeckt im Vergleich wie *targ*-Dung.« Um ihre Worte zu unterstreichen, gestikulierte sie mit der Schokolade.

»Hm, lange her, dass ich *targ*-Dung versucht habe«, erwiderte Riker trocken. Als sie ihm die Süßigkeit anbot, lehnte er ab. »Nein, danke. Dir beim Essen zusehen, macht mir mehr Spaß.«

Sie hob eine Augenbraue und gönnte ihm die Andeutung eines Lächelns. »Weißt du, wahre Genießer betrachten das hier als Aphrodisiakum.«

Langsam kroch ein Grinsen über Rikers Gesicht. »Wenn das so ist«, lenkte er ein, beugte sich vor und öffnete den Mund.

Plötzlich schallte Picards Stimme durch das Schiff. *»An alle Besatzungsmitglieder, hier spricht der Captain. Gelber*

Alarm. Gehen Sie auf Ihre Posten und bereiten Sie sich auf eine Rettungsoperation vor.«

Sie sahen einander an. »Man sollte doch annehmen, dass wir nach all dem eine Pause verdient hätten.« Riker stand auf.

Troi schob sich das letzte Stückchen der exquisiten Schokolade in den Mund. »Wir haben nie Pause, Will. Hast du das noch nicht gemerkt?«, sagte sie um das Konfekt herum. Dann gingen beide zum Turbolift.

Picard sah auf, als sie die Brücke betraten. Riker gefiel der Gesichtsausdruck überhaupt nicht. Während Troi und er ihre Plätze einnahmen, fragte er: »Status?«

»Wir haben einen Notruf von der *Adventure* empfangen«, sagte Picard ernst. »Sie hatten noch Sekunden bis zu einem Warpkernbruch und haben versucht, das Schiff zu evakuieren, als sie den Notruf abgesetzt haben. Seitdem nichts mehr. Momentan fliegen wir mit Warp neun auf einem Abfangkurs zu ihrer letzten bekannten Position.«

Ihre Blicke trafen sich. Beide Männer wussten, dass selbst Warp zehn, wenn das möglich wäre, nicht ausreichen würde. Es ging um Sekunden, manchmal auch um Nanosekunden. Wenn es nicht gelang, einen Warpkern abzuschalten, bevor es zum Bruch kam, hatte man nicht einmal mehr die Zeit, zu den Rettungskapseln zu flüchten.

Als sie aus dem Warp gingen, bestätigten sich ihre Befürchtungen. Es gab keine Anzeichen für ein Schiff oder Rettungskapseln - nichts außer Trümmern, die durch die Kälte des Alls trieben.

Nur um sicherzugehen, fragte Picard knapp: »Deanna? Irgendetwas?«

Mit Bedauern in den großen braunen Augen schüttelte sie den Kopf. »Niemand hat überlebt, Captain.«

Riker hasste Momente wie diesen - Momente, in denen er absolut hilflos war und nichts tun konnte, um den Schmerz zu lindern. Die *Adventure* war Vergangenheit; Captain T'Piran, ihre fünfköpfige Mannschaft und ihr berüchtigter Gefangener waren tot.

»Als wir Crell Moset an Bord nahmen, versprach ich ihm, dass er nicht sterben würde«, sagte Picard.

Riker blickte zu den treibenden Trümmern hinaus. »Scheint, als hätten Sie gelogen.«

1
2378

Mit aufeinandergebissenen Zähnen und aufmerksamem Blick trat Admiral Kathryn Janeway an den Pool-Tisch. Captain Chakotay ging durch den Kopf, dass dieser Blick von leidenschaftlicher Entschlossenheit genauso gut zu Jeanne d'Arc gepasst hätte, auch wenn diese zu einer Lanze anstatt einem Queue gegriffen hätte. Janeway begutachtete die Kugeln, verkündete ihren Stoß, führte ihn aus, und es überraschte keinen ihrer anwesenden Freunde, dass sie die Kugel versenkte.

Die drei befanden sich im echten Sandrines in Marseilles. Lieutenant Commander Tom Paris war vor ein paar Monaten hingegangen und hatte Sandrine erzählt, wie beliebt das replizierte Bistro auf dem Holodeck der *Voyager* gewesen war. Der Gedanke, dass ihr einfaches kleines Bistro verlorenen Reisenden Behaglichkeit geboten hatte, hatte Sandrine sehr gefreut. Die elegante blonde Inhaberin hatte jeden auf die Wange geküsst - die Männer auf beide Wangen, vielleicht ein bisschen zu lange - und allen zur Begrüßung Champagner und Kaviar angeboten.

An diesem Abend, sechs Monate nach der Rückkehr der *Voyager*, genossen nur Janeway, Chakotay und Doktor Jarem

Kaz das gedämpfte Licht und die gemütliche Atmosphäre des Bistros. Janeway nippte zwischen den Spielstößen an einem Glas guten französischen Weines, Kaz frönte antareanischem Brandy, und Chakotay hielt ein Glas Mineralwasser mit Limette in der Hand.

»Morgen ist für mich ein wichtiger Tag«, hatte er beim Bestellen gesagt. »Abgesehen davon muss ich aufmerksam bleiben, wenn ich auch nur den Hauch einer Chance gegen Admiral Poolhai haben möchte.«

Letztendlich musste Chakotay erkennen, dass auch seine Entscheidung, bei Wasser zu bleiben, nicht half. Janeway bestimmte weiterhin das Spiel.

»Vielleicht sollten wir die Regeln ändern«, sagte Kaz zu Chakotay, als Janeway ihre vierte Kugel versenkte.

Janeway sah mit gespieltem Entsetzen auf. »Meine Herren, ich muss mich doch sehr wundern. Sie sollten doch mittlerweile wissen, dass ich *niemals* die Regeln ändere oder beuge.«

Die beiden Männer sahen einander amüsiert an. Chakotay war knapp sieben Jahre lang Janeways Erster Offizier gewesen und wusste beinahe alles, was es über diese Frau zu wissen gab, die ihre Mannschaft trotz widrigster Umstände zurück nach Hause gebracht hatte. Janeway hielt sich immer an den Grundgedanken der Gesetze, befolgte sie aber nicht buchstabengetreu. Sie ging Risiken ein, vertraute auf ihren Instinkt und darauf, was ihr Herz ihr riet, sowie auf die Logik ihres Verstandes.

Manchmal zahlten sich diese Risiken nicht aus. Manchmal forderten sie einen furchtbaren Preis. Aber meistens gewann Kathryn Janeway.

So wie jetzt.

Kaz kannte Janeway und Chakotay erst seit ein paar Monaten, aber die drei waren in dieser Zeit schnell Freunde geworden. Kurz nachdem die Besatzung der *Voyager* nach

Hause zurückgekehrt war, hatte der Trill-Arzt alles riskiert, um ihnen dabei zu helfen, eine für die Erde tödliche Bedrohung abzuwenden. Während dieser Krise hatte Kaz Janeway ebenso vertraut, wie auch Chakotay ihr zu vertrauen gelernt hatte, und das, obwohl der Arzt sie kaum gekannt hatte. Und durch dieses Vertrauen hatte er zwei Freunde fürs Leben gewonnen.

Es gab noch andere Gründe, wieso Chakotay den Arzt mochte. Der vorherige Wirt des Trill-Symbionten, Gradak, war ein Maquis gewesen, etwas, das Chakotay und er gemeinsam hatten. Gradak Kaz war kurz nach dem verheerenden Überraschungsangriff auf die Basis auf dem Mond von Tevlik gestorben - genau die Basis, von der aus auch Chakotay während des Krieges operiert hatte. Chakotay hatte Janeway einmal gesagt, hätte der Fürsorger sein Schiff nicht in den Delta Quadranten gezogen, wäre er vermutlich wie viele Tausend andere Maquis und ihre Familien auf Tevliks Mond gestorben.

Noch wichtiger war, dass sie beide, Gradak und Chakotay, den Verräter Arak Katal persönlich gekannt hatten - den Bajoraner, der den Maquis verraten hatte und somit direkt für das Massaker verantwortlich gewesen war.

Chakotay mochte Jarem um seiner selbst willen; Gradak hatte er nie kennengelernt. Aber zu wissen, dass ein Teil seines neuen Freundes verstand, was es bedeutete, ein Maquis zu sein, hatte ihm den Trill auf Anhieb noch sympathischer gemacht.

So sehr er Kaz auch mochte, noch mehr empfand er Respekt für ihn. Der Trill war Chakotays erste Wahl gewesen, um den Doktor an Bord der *Voyager* zu ersetzen. Kaz hatte sich freudig einverstanden erklärt, und Chakotay freute sich auf die Zusammenarbeit.

»Oh, jetzt reicht's aber«, platzte es aus Kaz heraus, als

Janeway sich anschickte, eine weitere Kugel zu versenken.

Der Ausbruch kam genau zum richtigen Zeitpunkt. Janeway lachte, und ihr Stoß ging völlig fehl. Noch immer lachend überließ sie Chakotay den Tisch.

»Ich übergebe an dich, alter Freund«, sagte sie, und er wusste, sie bezog sich auf mehr als auf den Tisch. Morgen würde sein erster offizieller Tag als Captain der *U.S.S. Voyager* anbrechen. Das Schiff würde mit neuem Captain, neuer Besatzung und neuen Missionen auslaufen. Es war ein bittersüßer Moment für Chakotay.

»Die Sechs, in die rechte Seitentasche«, verkündete er und setzte zum Stoß an.

Janeway hatte ihm stets die Wahrheit gesagt, und sie hatte ihm auch völlig offen berichtet, wie schwierig einige der Leute im Sternenflottenkommando zu überreden gewesen waren, Chakotay den Posten als Captain zu geben. Später hatte er herausgefunden, wie verbissen sie sich für ihn eingesetzt hatte.

»Sie hätten sie sehen sollen, Chakotay«, hatte Admiral Kenneth Montgomery, ehemals ihr Gegenspieler und nun Freund, vor ein paar Abenden gesagt. »Ich will offen sein - es hätte gar nicht möglich sein dürfen. Sie waren ein Maquis, und der einzige Beweis dafür, dass man Ihnen vertrauen konnte, bestand aus ihrem Wort und den Logbüchern der *Voyager.* Aber Janeway hätte den Raum nicht verlassen, ohne Ihre Beförderung zum Captain durchgesetzt zu haben. Ich habe in meinem Leben noch niemanden so leidenschaftlich für etwas argumentieren sehen. Ich glaube, am Ende wäre jeder im Raum bereit gewesen, Sie zum Präsidenten der Föderation zu ernennen.«

Später hatte Chakotay auch herausgefunden, dass noch andere vor das Sternenflottenkommando getreten waren, um seine Leistungen hervorzuheben - darunter auch Montgomery selbst. Es hatte ihm die Schamesröte ins Gesicht getrieben, als er erfahren hatte, wie viel sowohl fast Fremde als auch seine ehemaligen Mannschaftsmitglieder von ihm hielten. Chakotay wusste, dass er eine einmalige Gelegenheit erhalten hatte, und er war fest entschlossen, dass seine Freunde - besonders Kathryn - ihre Entscheidung, ihn zu unterstützen, niemals bereuen würden.

Man hatte ihm gestattet, eine regelrechte »Traum-Besatzung« zusammenzustellen: die Fähigsten der *Voyager* und einige der Besten, die die Föderation im Alpha-Quadranten zu bieten hatte.

Abgesehen von Kaz hatte er Harry Kim dazu überreden können, die Sicherheit zu übernehmen. Lyssa Campbell, die ehemalige Transporteroffizierin der *Voyager*, nahm Harrys ehemalige Position ein. Der intelligente und manchmal unfreiwillig komische Vorik wurde Chefingenieur. Jeweils eine beeindruckende Frau als Pilotin und Wissenschaftsoffizierin und eine Huanni als Counselor - die erste Wahl jedes Captains für diese wichtige, heikle und manchmal schwierige Aufgabe - rundeten die Gruppe der leitenden Offiziere ab.

»Sie wollen sich wirklich nicht mit mir zusammentun, Kaz?«, fragte Chakotay, als er sich auf seinen zweiten Stoß vorbereitete. »Könnte sein, dass es uns nur gemeinsam gelingt, sie zu schlagen.«

»Nein, ich warte und spiele gegen den Admiral - ich meine, gegen denjenigen, der das Spiel gewinnt.«

»Ja, ja, warten Sie nur, bis Sie sich an Bord meines Schiffes befinden, mein Freund.« Chakotay verfehlte seinen Stoß, und Kaz sah ihn bedeutungsvoll an.

Chakotay trank von seinem Wasser und ließ den Blick schweifen. Er seufzte. »Das ist ein fast perfekter Abend. Ich wünschte nur, Tom wäre hier.«

Janeway schenkte ihm einen mitfühlenden Blick, während

sie Kreide auf die Spitze ihres Queues rieb. Sie wusste, dass er mehr meinte als nur den Spaß an diesem Abend.

»Wir haben es versucht.«

»Ich weiß. Zwei schwarze Schafe waren mehr, als die Sternenflotte akzeptieren wollte.«

»Vorerst. Die Dreizehn in die Ecktasche. Abgesehen davon ist er noch zusammen mit B'Elanna und Miral in Elternzeit auf Boreth.« Bevor sie ihren Stoß ausführte, sah sie Chakotay eindringlich an. »Keine Sorge, Chakotay. Ich habe ein Auge auf Tom. Ich werde nicht zulassen, dass die Sternenflotte ihn vergisst. Dafür ist er ein zu guter Offizier.«

Chakotay hatte Paris als Ersten Offizier gewollt. Trotz - oder vielleicht gerade wegen - ihrer Auseinandersetzungen in den vergangenen Jahren, hatte er gelernt, Tom Paris völlig zu vertrauen. Es war ihm so richtig vorgekommen, eine völlig logische Wahl, dass ihn selbst jetzt noch die Erinnerung daran verletzte, wie Janeway ihm mitgeteilt hatte, dass sein Antrag abgelehnt worden war.

»Sie sind bereit, das Risiko mit dir einzugehen. Und sie sind bereit, auch auf Tom zu setzen«, hatte Janeway gesagt. »Nur nicht dazu, euch beide auf demselben Schiff einzusetzen.«

»Wir waren sieben Jahre auf demselben Schiff«, hatte Chakotay wütend erwidert. »Und wir haben damals ziemlich gute Arbeit geleistet.«

Das war der Moment, in dem ihm Janeway erzählt hatte, wie sehr sie sich dafür eingesetzt hatte, dass er den Posten des Captains der *Voyager* bekam ... und von dem Kompromiss, den sie hatte eingehen müssen.

»Aber das ist nicht nur verletzend, sondern auch beleidigend«, sagte Kaz und bezog sich damit auf diesen Kompromiss. Ganz offensichtlich hegte er dieselben Gedanken wie Chakotay. »Ich meine, man hat nicht nur abgelehnt, dass Tom als Ihr Erster Offizier an Bord der *Voyager* dienen darf, man hat Ihnen auch noch diesen Besen aufgehalst.«

Schon wieder ging Janeways Stoß fehl, als sie sich an ihrem Lachen verschluckte. »Kaz, so langsam glaube ich, das ist Absicht«, hielt sie ihm vor, sobald sie sich etwas erholt hatte. »Gut, dass gerade keiner von uns im Dienst ist, ansonsten hätte ich für diese Aussage einen Verweis aussprechen müssen. Andrew Ellis ist ein ausgezeichneter Offizier. Er ist hochdekoriert und längst überfällig für eine Position als Erster Offizier. Du kannst froh sein, ihn zu haben, Chakotay, und ich weiß zufällig, dass er sich sehr darauf freut, unter dir zu dienen.«

»Alles, was du sagst, trifft zu«, stimmte Chakotay zu. »Der Spitzname übrigens auch.« Er trat an den Tisch und führte seinen Stoß aus.

»Er ist nicht so steif wie ein Besenstiel«, widersprach Janeway wenig überzeugend. »Er ist nur etwas ... konservativ.« Sie legte eine Pause ein. »Und er hält sich an die Regeln.«

»Er ist viel zu verklemmt für einen Dreißigjährigen«, sagte Kaz.

Janeway blickte vom einen zum anderen. »Irgendwie glaube ich, Sie und Chakotay werden ihn schon lockerer machen.«

»Es ist nicht Ellis persönlich, der mich stört«, gab Chakotay zu. »Na gut, zumindest nicht sehr. Ich habe nur den Eindruck, die Sternenflotte will, dass er mein Kindermädchen spielt.«

»Wer weiß ... vielleicht schlägt unter der gestärkten Uniform das ungezähmte Herz eines Rebellen«, grübelte Kaz.

Chakotay wäre fast sein Wasser zur Nase wieder herausgespritzt. »Verdammt, Kaz«, ächzte er. Nun lachten sie alle drei.

»In Ordnung«, sagte Janeway gut gelaunt. »Kein Wort mehr über Commander Ellis. Er verfügt über die nötigen Referenzen, und du bist verpflichtet, ihm eine faire Chance zu geben. Das gilt auch für Sie, Kaz. Einverstanden?«

»Ja, Ma'am«, antwortete Chakotay gehorsam, wobei er wusste, wie sehr sie diese Bezeichnung störte.

Sie funkelte ihn an. »Themenwechsel. Du solltest wissen, dass man nach dem anfänglichen Widerstand ausgesprochen begeistert von dem Gedanken war, dass du die *Voyager* übernimmst. Tatsache ist, sie wollten dich für diese Mission.«

Diese Aussage überraschte Chakotay so sehr, dass sein Stoß fehlging. Er war sicher, anders als Kaz, dessen ironische Kommentare bewusst platziert waren, hatte es nicht in Janeways Absicht gelegen, ihn abzulenken.

»Wirklich? Wenn man bedenkt, worum es bei der Mission geht, überrascht mich das.«

»Das sollte es nicht. Es ist nur eine dieser kleinen Ironien, die das Leben interessanter machen. Die Chancen, dass dich deine erste Mission ausgerechnet in die Bereiche des Alls führt, die du als Maquis versucht hast zu befreien, scheinen gering, bis man darüber nachdenkt, dass sich gerade alles darum dreht, sich von dem Krieg zu erholen.«

»Der Krieg, den wir verpasst haben«, sagte Chakotay. »Ich habe es satt, zu hören, wie viel Glück wir doch hatten.«

Janeway musste nur noch zwei Kugeln versenken, um das Spiel zu gewinnen. Sie sprach weiter, während sie die Lage der Kugeln begutachtete. »Die Tatsache, dass du daran mitarbeiten sollst, zeigt nur allzu deutlich, dass alle bereit sind, Vergangenes zu vergessen.«

»Nicht alle«, wandte Kaz ein. »Als jemand, der den Krieg miterlebt hat, muss ich Ihnen sagen: Niemand hätte damit gerechnet, dass einige der Welten, für deren Schutz wir gekämpft haben, sich danach gegen uns wenden würden.«

Janeway führte ihren Stoß aus. Anschließend lag nur noch eine ihrer Kugeln auf dem Tisch.

»Ich würde nicht sagen, dass sie sich gegen uns gewandt haben. Der Krieg war schrecklich. Wir haben hohe Verluste erlitten. Manche Planeten neigen dazu, die Grundsätze der Föderation anstelle der des Dominion für diese Verluste verantwortlich zu machen. Mit so etwas muss man rechnen.« Sie versenkte die letzte Kugel mit einem kräftigen Stoß. »Aber das macht es nicht richtig.«

»Es ging der Föderation immer darum, zu unterstützen, anderen zu helfen«, führte Kaz aus. »Anteil zu nehmen, Mitgefühl zu zeigen. Nur weil manchmal einzelne Welten oder Spezies das ausnutzen, bedeutet das nicht, dass es nicht funktioniert. In der Vergangenheit haben diese Grundsätze sehr viel öfter funktioniert als versagt.«

»Das sehe ich ganz genauso«, sagte Janeway, während sie die Kugeln für das nächste Spiel aufbaute. Sie reichte Kaz ihren Queue. »Natürlich hat jedes Mitglied der Föderation das Recht, auszutreten. Es ist aber wichtig, dass diese Entscheidung aus den richtigen Gründen getroffen wird. Ansonsten leiden alle.«

»Die Galaxis ist derzeit kleiner als jemals zuvor«, brachte sich Chakotay wieder ins Gespräch. »Wir sind in den letzten Jahren in zwei neue Quadranten vorgestoßen. Niemand kann es sich leisten, einen Alleingang zu unternehmen.«

Chakotay wusste, dass dieses Thema der Einigkeit in den letzten Monaten sehr wichtig für Janeway geworden war. Auch wenn sie es genoss, mit Tuvok zusammen die Neuanwärter an der Akademie zu unterrichten, lastete sie das nicht aus. Als Captain hätte sie etwas gegen diesen Drang unternehmen können, indem sie mit ihrem Schiff dorthin geflogen wäre, wo es etwas zu tun gab. Als Admiral verfügte sie nicht über diese Möglichkeit.

Aber sie hatte etwas anderes, wie Chakotay inzwischen erfahren hatte: Zugriff auf Informationen und die Möglichkeit, auf politische Entscheidungen Einfluss zu nehmen. Was die *Voyager* ganze sieben Jahre lang am Laufen gehalten hatte, selbst unter den schwierigsten Umständen, war die Hingabe der Mannschaft an die Ideale der Föderation. Und das, obwohl - oder vielleicht gerade weil - sich Maquis unter ihnen befanden. In einen zersplitterten Quadranten heimzukehren, der sich von einem Krieg erholte, und zu sehen, wie die Föderation deswegen langsam zerfiel, war besonders für Janeway schmerzhaft gewesen. Darum hatte sie sich freiwillig gemeldet, alle Missionen zu koordinieren, die dabei halfen, die angeschlagene Föderation zusammenzuhalten.

Kaz führte den Break aus, und alle sahen schweigend zu, wie sich die Kugeln auf dem Tisch verteilten.

»Die Zwei in die Seitentasche«, kündigte er an.

Chakotay kam ein unangenehmer Gedanke. »Hat die Sternenflotte mir diese Mission als eine Art Test zugewiesen? Um mich daran zu erinnern, wo ich hingehöre?«

Während er die Worte aussprach, erkannte er, wie kindisch sie klangen. Aber Janeway wirkte nicht überrascht.

»Der Gedanke ist mir auch gekommen. Vermutlich eine Nebenwirkung des Zynismus, mit dem man uns begegnet ist, als wir zurückkamen. Aber ich glaube nicht, dass dem so ist, Chakotay. Du beförderst Passagiere, um Loran II wieder zu bevölkern. Die Tatsache, dass die Geschichte dieses Planeten ähnlich verlief wie die von Dorvan V, wurde bestimmt berücksichtigt. Anders kann es gar nicht sein. Ich glaube nicht, dass dir jemand etwas unter die Nase reiben wollte. Im Gegenteil, die Begründung, die man mir nannte, ist, dass du der beste Mann für die Aufgabe bist, weil du die Kolonisten verstehen kannst wie sonst niemand. Sie wurden auch den Cardassianern überlassen, sie mussten auch die schwierige Wahl treffen, evakuiert zu werden oder zu bleiben. Eine solche Verbindung ist sehr wichtig bei einer Mission, bei der es darum geht, Wunden zu heilen und sich zu erholen.«

Sie lächelte ihn freundlich an. Ein unterdrückter Fluch

von Kaz ließ sie zum Tisch blicken. Der Trill reichte Janeway mürrisch den Queue.

»Das nächste Mal pokern wir«, murrte er.

2

Chakotay war seinen Freunden gegenüber schon immer absolut loyal gewesen, und seine Zeit auf der *Voyager* hatte das nur verstärkt. Als die kleine Gruppe, die sich in einem der Privaträume auf der Erdstation McKinley versammelt hatte, in Applaus ausbrach, sobald er diesen in voller Galauniform betrat, konnte er ehrlich behaupten, dass niemand anwesend war, mit dem er nicht in letzter Zeit zu tun gehabt hätte.

Die überschwängliche Begrüßung war ihm ein wenig peinlich. Er hob die Hand. »Danke, alle zusammen. Ich bin froh, dass Sie hier sind. Das ist ein wichtiger Augenblick für mich, und ich kann mir keine bessere Art vorstellen, ihn zu feiern, als mit Ihnen zusammen. Bitte ...«, er deutete auf die holografischen Kellner, die Champagner und Appetithäppchen servierten, »... rühren.«

Gelächter brandete durch die Menge, während Chakotay seine Freunde einen nach dem anderen begrüßte. Natürlich war Janeway da und strahlte vor Stolz. Sie umarmten einander herzlich, und Chakotay gab ihr einen Kuss auf die Wange.

An ihrer Seite stand Commander Tuvok. Wie alle anderen hatte er höflich applaudiert, dennoch wirkte er, als betrachte er diese Form der Beifallsbekundung als unter seiner Würde. Chakotay unterdrückte ein Grinsen, als er die Hand des Vulkaniers schüttelte.

»Es wird nicht dasselbe sein ohne Sie als Chef der Sicherheit, Tuvok.«

Tuvok neigte huldvoll den Kopf bei dem Kompliment. »Danke, Captain. Ich bin mir allerdings sicher, dass Lieutenant Kim Ihnen gute Dienste leisten wird.«

»Das glaube ich auch«, kam es von Lieutenant Harry Kim. Er war bei dieser Zusammenkunft dabei, weil er Chakotay später auf das Schiff bringen würde. Alle anderen unter Chakotays Kommando befanden sich bereits an Bord der *Voyager*.

»Com…« Harry wurde rot. »Entschuldigung, *Captain* … Sie erinnern sich an Libby Webber?«

»Wie könnte man jemanden wie Sie vergessen, Miss Webber?« Chakotay wandte sich der hübschen jungen Musikerin zu, die im gesamten Quadranten berühmt war. »Es ist mir eine Freude, Sie wiederzusehen.«

Libby lächelte. »Danke, Captain. Es ist eine Ehre, heute hier sein zu dürfen.«

Nicht zum ersten Mal dachte Chakotay, dass Harry Kim ein Glückspilz war. Seine Familie war lebendig und wohlauf, mit seiner Karriere ging es stetig voran, und er ging mit einer Frau aus, die so talentiert und intelligent wie attraktiv war. Es war offensichtlich, dass sie ganz ineinander vernarrt waren.

»Tut mir leid, dass ich Ihnen Harry schon wieder wegnehmen muss.«

»Solange es nicht wieder sieben Jahre sind, ist das in Ordnung«, antwortete sie mit einem breiten, freundlichen Lächeln.

Chakotay wandte den Blick von Libby ab, nur um in ein Paar blauer, intelligenter Augen zu sehen. Ein Lächeln breitete sich auf seinem Gesicht aus, als er die Hand der Frau nahm.

»Hallo, Seven«, sagte er leise.

Sie lächelte ebenfalls. Dieses tiefe, strahlende Lächeln, das auch ihre Augen mit einschloss und das jedem, der es sah, bewies, dass sie nun ein Mensch war und keine Borg mehr. Sie hatten sich mehrmals freundschaftlich getroffen, seit sie auf der Willkommensfeier ihre Beziehung beendet hatte, und es war einfacher, als er erwartet hatte. Sevens neue Beschäftigung im Think-Tank der Föderation war Herausforderung genug, ihren wachen Verstand in Anspruch zu nehmen, und ihre Tante Irene hatte einen warmen, menschlichen Einfluss auf sie. Dadurch wirkte Seven of Nine glücklicher, als Chakotay sie jemals an Bord der *Voyager* gesehen hatte.

Er erinnerte sich an ihre Befürchtungen. Befürchtungen, die er, wenn er ehrlich war, bis zu einem gewissen Punkt geteilt hatte. Sie hatte sich Sorgen gemacht, keinen Platz auf der Erde zu finden. Und zu Beginn schienen sich diese Befürchtungen zu bewahrheiten. Jetzt waren diese Ereignisse nicht mehr als Erinnerungen, und Seven of Nine war unter dem blauen Himmel der Erde aufgeblüht.

»Herzlichen Glückwunsch, Captain Chakotay«, sagte sie, als sie seine Hand drückte. »Deine Beförderung ist gerechtfertigt. Deine Besatzung ist zu beneiden.«

»Danke. Wo ist deine bezaubernde Tante?«

»Genau hier«, ertönte Irene Hansens warme Stimme. Er drehte sich um und fand sich unversehens in einer festen Umarmung wieder, vollständig mit einem feuchten Kuss auf die Wange. »Das war lieb von Ihnen, mich auch einzuladen!«

»Natürlich habe ich Sie auch eingeladen.« Er zwinkerte ihr zu. »Ich habe zu oft vorzüglich bei Ihnen zu Hause gegessen, um mir die Chance auf mehr davon zu verderben.«

Ein schweres Seufzen brachte ihn dazu, sich umzudrehen. Der Doktor betrachtete einen der holografischen Kellner mit trauriger Miene. Chakotay verspürte einen Stich von Mitgefühl. Der Doktor war bei seiner Ankunft auf der Erde unabsichtlich in Kontroversen verstrickt worden. Während seine Unschuld zur Zufriedenheit der Sternenflotte bewiesen worden war, wusste Chakotay, dass für ihn die Rechte von Hologrammen noch immer ein leidenschaftliches Anliegen waren. Die Kellner, die darauf programmiert waren, sich bei dieser kleinen Zusammenkunft um die Bedürfnisse der Gäste zu kümmern, waren weit davon entfernt, solch bemerkenswerte holografische Wesen wie der Doktor zu sein. Aber Chakotay wusste, dass er sich ihnen dennoch verbunden fühlte.

»Alles bereit für Ihre Präsentation, Doc?«, wollte er wissen. Der Doktor war eingeladen worden, um vor einem speziellen Unterkomitee der Föderation über das Thema Rechte von Hologrammen zu sprechen. Chakotay verstand, wie wichtig dies für den Doktor war, nahm aber an, dass es auf der Prioritätenliste der Föderation eine eher untergeordnete Rolle spielte. Allerdings hoffte er, dass er sich irrte und die Aussagen des Doktors auf fruchtbaren Boden fielen.

Der Doktor drehte sich um und strahlte, als er ihn sah. »Captain Chakotay! Es ist mir eine Freude, an diesem glückverheißenden Tag hier zu sein. Danke der Nachfrage. Ja, ich bin deswegen ein wenig nervös. Aber Seven versicherte mir, dass meine Ansprache aussagekräftig und überzeugend ist.« Er zögerte, dann setzte er hinzu: »Natürlich hat sie sich die Rede bereits sechsmal angehört, während ich sie vorgelesen habe.«

»Es ist ein Stück stabile und gut durchdachte Redekunst, Doktor. Und Wiederholung schmälert nicht die Anerkennung«, sagte Seven.

»Ich wünschte, es wäre möglich gewesen, Sie beide wieder mit auf die *Voyager* zu nehmen«, sagte Chakotay ernst. »Wir könnten Sie sicher gut gebrauchen. Aber mir scheint, Sie genießen Ihre aktuelle Arbeit. Habe ich recht?«

»Sie ist ... befriedigend«, antwortete Seven.

»Worüber grübeln Sie in Ihrem Think-Tank?«, hakte Chakotay nach.

»Über alles«, mischte sich der Doktor ein.

»Der Doktor übertreibt.«

»Höchstens ein wenig.«

»Unser Think-Tank dient der gesamten Föderation, nicht einer bestimmten Abteilung. Darum gibt es auch keinerlei Einschränkungen, welchen Fragen und Forschungen wir nachgehen möchten. Unsere Anfragen nach Material und Informationen werden ohne Widerspruch erfüllt. Wir analysieren die Fehler in militärischen Plänen, suchen nach Heilmitteln für Seuchen und testen Erfindungen. Wir tauschen Ansichten aus, führen Forschungen und Experimente durch und präsentieren unsere Erkenntnisse der Föderation.«

»Nur Seven kann solch aufregende Arbeit langweilig klingen lassen«, sagte der Doktor. »Wir sind zu acht, jeder Einzelne ein Spezialist auf seinem oder ihrem Gebiet. Wir spielen uns gegenseitig Ideen zu. Brainstormen. Gehen Dinge aus unkonventionellen Richtungen an.« Seine Augen glänzten. »Manchmal streiten wir regelrecht.«

»Wir streiten nicht.« Sevens Ton deutete an, dass sie dieses Thema bereits diskutiert hatten. »Wir debattieren, das ist etwas anderes.«

»Seven«, erwiderte der Doktor geduldig, »Gestern wurde mit *Essen* geworfen. Das Werfen von Lebensmitteln ist kein üblicher Bestandteil gesitteter Debatten.«

»Das war noch nie zuvor geschehen, und Tklish drückte ernsthafte Reue aus.« Seven schaute wieder Chakotay an und zog eine Augenbraue hoch. »Wir debattieren«, wiederholte sie.

Chakotays Lächeln wurde breiter, als sich eine wohlige

Wärme in ihm ausbreitete. Er liebte es, dem Geplänkel der beiden zuzuhören. Es war ein sehr gutes Gefühl, wieder in der Gesellschaft dieser guten, alten Freunde zu sein. Fast alle waren hier. Sogar Neelix hatte ihm letzte Nacht eine Gratulation aus dem Delta-Quadranten geschickt. Obwohl Chakotay im Stillen dankbar dafür war, dass der Wunsch des Talaxianers, selbst die Bewirtung zu übernehmen, unmöglich zu erfüllen war, wäre ihm die lebhafte Anwesenheit Neelix' sehr willkommen gewesen.

Das leise Geräusch eines Kindes, das sich räusperte, zog seine Aufmerksamkeit wieder auf den Raum. Er drehte sich um und stand der grinsenden Naomi Wildman gegenüber. Hinter ihr standen die Eltern des Mädchens, der Ktarianer Greskrendtregk und die menschliche Samantha Wildman, sowie Icheb.

»Das nenne ich eine Überraschung«, sagte Chakotay zu Icheb. »Du solltest doch jetzt Unterricht haben, oder?«

»Wenn deine Lehrer Admiral Janeway und Commander Tuvok sind, ist es einfacher, zu schwänzen, um beim erneuten Start der *Voyager* dabei zu sein«, antwortete Icheb.

»Kann ich mir vorstellen.« Chakotay schüttelte die Hand des ehemaligen Borg und schlug ihm auf den Rücken. Dann breitete er die Arme aus und umarmte Naomi. »Meine Güte. Du bist vielleicht gewachsen!«

»In ungefähr einem Jahr kann ich mich an der Akademie bewerben«, bestätigte Naomi und wirkte dabei mehr wie ein lebhafter Teenager als wie das nette Mädchen, an das sich Chakotay erinnerte.

»Wie die Zeit vergeht. Für welche Fachrichtung willst du dich bewerben?«

Naomi wirkte nachdenklich. »Ich bin mir noch nicht sicher. Entweder Quantenmechanik-Theorie oder Mythologie und Kultur. Oder vielleicht Genetik.«

»Das ist eine ziemliche Bandbreite an Interessen. Wofür du dich auch entscheidest, ich bin mir sicher, du wirst deine Eltern stolz machen.« Mit Blick auf ihre Mutter fügte er hinzu: »Im Übrigen, herzlichen Glückwunsch zur Beförderung, Lieutenant.«

»Danke, Sir«, erwiderte Samantha Wildman formell, bevor sie wie üblich grinste. Chakotay tauschte noch ein paar Freundlichkeiten mit Greskrendtregk aus und fuhr dann fort, seine Gäste zu begrüßen.

Hätten nur Tom und B'Elanna dabei sein können, dann wäre die Runde der Gefährten vollständig. Aber die Familie Paris befand sich auf Boreth. Nachdem sich B'Elanna einer traumatischen Prüfung unterzogen hatte, um ihre Mutter zu finden, hatte sie das Bedürfnis verspürt, sich für eine Weile mit klingonischen Traditionen zu befassen. Tom, ein hundertprozentiger Mensch, hatte die Erlaubnis, sich an dem geheiligten Ort aufzuhalten, erst aufgrund eines speziellen Erlasses von Imperator Kahless selbst erhalten. Es hätte bestimmt die berühmte klingonische Ehre verletzt, wegen etwas Geringerem als dem Tod eines Familienmitgliedes wieder zu gehen - und vielleicht, wie Chakotay Klingonen einschätzte, nicht einmal dann.

Er ging eine Weile umher, erlaubte sich, den Moment zu genießen. Viel zu früh gemahnte Kim ihn durch ein leises Husten wieder an seine Pflichten.

»Captain, wir sollten bald aufbrechen.«

»Selbstverständlich«, sagte er.

Janeway hatte ihn die ganze Zeit unauffällig beobachtet und trat nun vor. »Hat jeder ein Glas?« Sie lächelte, als Seven ein Glas Apfelsaft anstatt Champagner nahm. Die ehemalige Borg vertrug Alkohol nicht besonders gut. »Ich möchte einen Toast aussprechen.«

Janeway drehte sich zu Chakotay um, wobei ihre Augen funkelten wie der Champagner, und hob ihr Glas.

»Auf Captain Chakotay«, sagte sie mit leicht zitternder Stimme. »Den besten Ersten Offizier, den man sich vorstellen kann, und einen Captain, der die Sternenflotte mit Stolz erfüllen wird. Wenn ich Ihnen eines wünschen könnte, Captain Chakotay, dann eine Besatzung auf der *Voyager*, die Ihnen so gute Dienste leistet, wie sie mir gedient hat.«

»Ein dreifaches Hurra auf Captain Chakotay!«, rief Harry Kim. Chakotay lief angesichts des alten Brauchs rot an. »Hip Hip ...«

»Hurra!«, stimmte jeder mit ein.

Zweimal ließ Kim den Jubel noch ertönen, dann brachen die Gäste in Applaus aus. Chakotay bat mit erhobener Hand um Ruhe.

»Es tut wirklich gut, so viele von Ihnen zu sehen. Ich hoffe, dass ich die Sternenflotte stolz machen kann. Immerhin«, fügte er hinzu, »habe ich von den Besten gelernt. Ich habe einen eigenen Toast. Auf den ehemaligen Captain dieses noblen Schiffes ... Admiral Kathryn Janeway!«

Sie prosteten Janeway zu und tranken. Nach ein paar Schlucken stellte Chakotay seine noch halb volle Sektflöte zurück auf das Tablett.

»Zeit, an die Arbeit zu gehen.«

Der kurze Shuttleflug zum Schiff, eine Tradition aus der Zeit, als die Transportertechnologie nicht immer zuverlässig gearbeitet hatte, erwies sich als angenehm. Kim und Chakotay sahen keinen Grund für Small Talk; sie verstanden einander auch so. Chakotay freute sich darauf, die restliche Besatzung der *Voyager* zu begrüßen und in manchen Fällen, sie kennenzulernen.

Seine Besatzung.

Kim sah von den Kontrollen des Shuttles auf und schien ein Grinsen zu unterdrücken. »Nervös, Captain?«

»Ein wenig. Man übernimmt nicht jeden Tag sein erstes Kommando«, gab Chakotay zu.

»Aber Sie waren schon einmal Captain, Sir.«

»Ja, ein Rebellen-Captain auf einem winzigen Schiff; die *Voyager* hätte es zum Mittagessen verspeisen können. Das ist nicht ganz dasselbe. Wechseln wir das Thema: Wie geht es den Passagieren?«, fragte er bedeutungsvoll.

»Sie sind vor ungefähr einer Stunde an Bord gegangen, und Commander Ellis hat ihnen ihre Quartiere zugewiesen. Sie wurden darüber in Kenntnis gesetzt, dass Astall sich gerne mit ihnen unterhalten wird, sobald sie bereit dafür sind, und dass wir noch einen spirituellen Berater an Bord nehmen werden.«

»Wenn sie Astalls Rat nicht selbst suchen, werde ich ihnen wohl einen Schubs in ihre Richtung geben müssen.« Chakotay konnte sein Glück, eine Huanni als Counselor bekommen zu haben, kaum fassen.

Als die Huanni vor über einhundert Jahren der Föderation beigetreten waren, hatten sie schnell den Ruf erhalten, das Gegenteil zu den Vulkaniern zu sein. Während die Vulkanier Wert darauf legten, ihre Emotionen zu kontrollieren, ehrten die Huanni die ihren und verliehen ihnen Ausdruck. Viele in der Sternenflotte hatten sich gefragt, ob die Huanni sich jemals ausreichend beherrschen können würden, um angemessen mit anderen, weniger enthusiastischen Spezies zu interagieren. Doch diese Befürchtungen erwiesen sich als unbegründet. Nach ungefähr zwanzig Jahren Kontakt mit anderen Rassen gelang es den Huanni, ihr Verhalten zu zügeln. Sie waren noch immer sehr emotional, konnten sich aber bei Bedarf recht gut beherrschen.

Die verehrte Botschafterin Skalli Jksili, die erste Huanni, die die Akademie der Sternenflotte absolviert hatte, war zur Vermittlerin zwischen ihrer und vielen anderen Spezies geworden. Nach einem Abenteuer mit dem berühmten Captain James T. Kirk, bei dem sie half, zwei entfremdete Völker wiederzuvereinen, schuf sich Skalli kühn selbst einen Platz in den Legenden der Sternenflotte. Sie hatte als Erste die Ansicht vertreten, dass Huanni gute Counselor sein könnten, sofern sie gut im Umgang mit Menschen und anderen Spezies der Föderationswelten ausgebildet wurden.

Es war ein brillanter Vorschlag gewesen. Die Huanni konnten hochgradig empathisch und mitfühlend sein, bis zu dem Punkt, an dem sie sich völlig in die Qual eines anderen hineinversetzten. Während eine derartig tief gehende Anteilnahme für Menschen nicht ratsam war, da sie dabei schweren und möglicherweise gefährlichen Stress erlitten, blühten die Huanni darunter förmlich auf. Die Chemikalien, die von solchen Gefühlen freigesetzt wurden, stärkten ihr Immunsystem und verbesserten insgesamt ihren Gesundheitszustand. Im Gegenzug waren sie in der Lage, ihren Patienten mit ehrlichem Mitgefühl zu begegnen. Diese natürliche Empathie in Verbindung mit traditioneller psychologischer Beratung war für beide Seiten gewinnbringend. Captains rissen sich um sie, aber es gab zu wenige, um den Bedarf zu decken. Chakotay nahm an, dass Janeway wieder einmal ein paar Beziehungen für ihn hatte spielen lassen. Er freute sich darauf, Astall zu treffen, so wie ein paar andere.

Er sah durch das Fenster des Shuttles. Sie hatten die *Voyager* erreicht, und nun füllte das Schiff, das sieben Jahre sein Zuhause gewesen war, den Sichtschirm. Wie immer bewunderte er die schlichte Linienführung, aber dieses Mal war etwas anders.

Dieses Mal war es sein Schiff.

Chakotay lächelte, als er eine bekannte Stimme hörte. »Voyager *an Captain Chakotays Shuttle*«, sagte Lyssa Campbell. »*Sie haben Andockerlaubnis.*«

Harry lächelte ebenso; sieben Jahren lang war es seine Aufgabe gewesen, diese Worte zu sprechen.

»*Voyager*, hier ist Captain Chakotays Shuttle im Landeanflug.«

»*Willkommen auf der* Voyager. *Bereitmachen zum Andocken.*«

Das ist die wirkliche Heimkehr, dachte Chakotay.

3

Die Luke des Shuttles öffnete sich, und Kim trat zuerst heraus. Der junge Lieutenant stand strammer, als Chakotay es jemals erlebt hatte, und wirkte sehr ernst.

»Captain an Deck!«, verkündete er.

Chakotay hörte die hohen Pfiffe, und alle nahmen Haltung an. Er trat ans Podium, das extra für diesen Anlass aufgebaut worden war; sein Blick schweifte über die Versammelten. Er bemerkte die Blicke von Kaz, Lieutenant Lyssa Campbell und Lieutenant Vorik. Kaz zwinkerte kaum sichtbar und lächelte ein wenig. Chakotay musste sich beherrschen, um nicht zurückzuzwinkern.

Commander Andrew Ellis, der neue Erste Offizier der *Voyager*, stand stocksteif. Chakotay betrachtete die tadellose Galauniform, den nach Vorschrift gestutzten Schnauzbart, das dünner werdende Haar und die blassblauen Augen und seufzte innerlich.

Er holte ein kleines Padd hervor, räusperte sich und verlas den formellen Brief, der ihm offiziell das Kommando über das Schiff übertrug, das ihm so viel bedeutete.

»Hiermit werden Sie gebeten und verpflichtet, ab sofort das Kommando über die *U.S.S. Voyager* zu übernehmen. Unterzeichnet, Admiral Kathryn Janeway, Sternenflottenkommando.«

Die Worte waren immer dieselben. Es tat gut, Teil einer Tradition zu sein. Seine »widerspenstige« Natur verlangte gelegentlich nach solchen Dingen.

Einer Eingebung folgend legte er das Padd beiseite und sprach weiter. »Wie jeder hier weiß, habe ich sieben Jahre lang als Erster Offizier auf diesem Schiff gedient. Es tut gut, zurück zu sein, und ich fühle mich geehrt. Ich freue mich darauf, mitzuerleben, wohin uns die neuen Reisen führen werden.«

Nachdem er das Podium verlassen hatte, machte er sich daran, seine Mannschaft zu begrüßen, angefangen bei seinem Ersten Offizier.

»Commander Ellis, schön, Sie wiederzusehen«, sagte er formell und schüttelte dem Offizier die Hand.

»Danke, Sir. Es ist mir eine Ehre, unter Ihnen zu dienen.«

»Wie geht es unseren Passagieren?«

»Sehr gut, Sir. Entsprechend den Vorschriften habe ich sie bis zu Ihrer Ankunft auf ihre Quartiere beschränkt.«

Chakotay versuchte, seine Überraschung und Enttäuschung zu verbergen. Er beugte sich zu Ellis vor und sprach leise, um ihn nicht bloßzustellen.

»Zukünftig wäre es mir lieb, wenn Sie mich zuerst fragen würden, anstatt anzunehmen, dass sämtliche Vorschriften bei allen unseren Gästen Anwendung finden.« Ellis' Gesicht verzog sich kaum merklich, sodass Chakotay hinzufügte: »Kommen Sie, sobald wir unterwegs sind, auf ein kleines Gespräch in meinen Bereitschaftsraum.«

»Natürlich, Sir. Entschuldigen Sie, Sir.«

»Sie haben nichts falsch gemacht, Commander. Es ist nur so ... Ich bin ein Captain, der Dinge nicht ganz so streng nach Vorschrift angeht, was Sie vielleicht nicht gewohnt sind.«

Etwas blitzte in Ellis' blassblauen Augen auf und verschwand wieder. Missbilligung. Chakotay fragte sich zum wahrscheinlich hundertsten Mal, wie er und sein Erster Offizier miteinander auskommen sollten, da sie sich so sehr voneinander unterschieden.

»Vorik«, sagte er laut und ging zu seinem Chefingenieur weiter. »Sie sind sicher froh, sich wieder auf vertrautem Terrain zu befinden. Nur B'Elanna Torres kennt diesen Maschinenraum besser als Sie.«

Vorik legte bei diesem Kompliment den Kopf schief. »Ich kann nur danach streben, Lieutenant Commander Torres ebenbürtig zu sein.«

»Sie werden sich wahrscheinlich nicht so schwertun, Ihr Verlangen zu zügeln, jemanden zu verprügeln, falls etwas schiefgeht«, scherzte Chakotay und genoss Voriks hochgezogene Augenbraue. Es machte sogar noch mehr Spaß, ihn zu ärgern, als Tuvok.

»Mit Sicherheit nicht, Captain.« Der Vulkanier klang ein wenig schockiert, worauf Chakotay ein Grinsen unterdrücken musste.

Der Nächste war Kaz. Sie schüttelten einander die Hände und tauschten Freundlichkeiten aus, aber Chakotay hatte mehr Interesse daran, die große attraktive Frau zu begrüßen, die neben dem Trill-Arzt stand. Sie hatte tiefbraune Haut und schwarzes, glänzendes Haar, das sie in einem Pferdeschwanz zurückgebunden trug. Er konnte erkennen, dass sie unter der Uniform muskulös war, und sie hielt den Kopf stolz erhoben, beinahe aufsässig.

»Lieutenant Akolo Tare.« Er kannte sie von einem Holofoto. »Ich bin froh, Sie endlich persönlich kennenzulernen.«

Sie schüttelte ihm die Hand. Ihr Griff war fest, kompromisslos, und sie erwiderte seinen Blick gelassen. »Ebenso, Captain.«

»Sie wurden mir wärmstens empfohlen. Nur schade, dass Sie und der ehemalige Pilot der *Voyager* keine Geschichten austauschen können.«

»Danke, Sir. Aber ich bin Pilotin, keine Märchentante. Trotzdem muss ich zugeben, dass ich mich freue, eine Runde mit dem berühmten *Delta Flyer* zu drehen.«

»Leider wird das warten müssen. Es wird noch daran herumgebastelt.«

Die dunklen Augen blitzten auf. »Hoffen wir, dass sie es damit nicht übertreiben.«

»Lieutenant«, sagte Chakotay nachdenklich, »ich glaube, wir werden hervorragend miteinander auskommen.«

Chakotay rief sich ihre Dienstakte ins Gedächtnis. Tare hatte polynesische Wurzeln und hatte im Dominion-Krieg gekämpft. Sie war mit dem Grankite-Orden für Taktik ausgezeichnet worden und hatte für unterschiedliche Taten während des Kriegs eine Ehrenvolle Erwähnung für auffallende Tapferkeit erhalten. Was ihm jedoch am meisten Sorgen bereitete, war etwas, das ihr erst kürzlich widerfahren war.

Vor sechs Monaten war sie eine von mehreren unglückseligen Sternenflottenoffizieren gewesen, die von dem enthusiastischen Oliver Baines entführt worden waren, dem Mann, der die sogenannte HoloRevolution ins Leben gerufen hatte. Sie war mit einigen anderen in einer brutalen holografischen Simulation gefangen gewesen, die demonstrieren sollte, wie erniedrigend diese Art der Freizeitaktivität für die Hologramme war. Zeugen zufolge war Tare wortwörtlich davongezerrt und wie ein Sack über einen Sattel geworfen worden, als sie es gewagt hatte, sich gegen Baines' Knechte zur Wehr zu setzen.

Nachdem sie ihren Dienst wieder angetreten hatte, hatte ihr kommandierender Offizier seine Besorgnis ausgedrückt. Er hatte diese in ihrer Akte vermerkt, zusammen mit der Erwähnung von »Fehlverhalten« und ihrem Antrag auf eine Versetzung. Aber Tare war Tom Paris, was die Fähigkeiten als Pilot anging, mindestens ebenbürtig, und Chakotay hatte nicht vor, irgendjemandem seine Vergangenheit vorzuwerfen.

Er wandte sich der Frau neben Tare zu. Auch sie hatte dunkle Haut und glänzendes, schwarzes Haar, damit endeten die Ähnlichkeiten aber bereits. Devi Patel, die über umfangreiche Kenntnisse in allerlei wissenschaftlichen Themen verfügte, war nicht besonders groß, und neben der amazonenhaften Tare wirkte sie noch zierlicher. Aber ihr Ruf stand dem der Pilotin in nichts nach.

»Willkommen, Lieutenant Patel«, sagte Chakotay freundlich. »Ihr Ruf eilt Ihnen voraus.«

»So wie Ihrer, Captain«, antwortete sie. Ihre Hand lag winzig in seiner, ihr Griff aber war fest und ihr Blick wach und intelligent. Durch ihre kurz gehaltene Frisur sah sie fast wie eine Vulkanierin aus.

Anschließend begrüßte er seinen Counselor. Chakotay fand, wie die meisten Menschen, Huanni sehr attraktiv. Ihre Frauen waren für gewöhnlich so groß wie ein durchschnittlicher menschlicher Mann, die Männer waren sogar noch größer. Dennoch waren sie sehr schlank und bewegten sich ausgesprochen grazil.

Der Begriff »gertenschlank« kam ihm in den Sinn. Ihre Haut war von einem blassen Lila, das Haar eine dunklere Schattierung derselben Farbe, und ihre Ohren waren denen eines Kängurus ähnlich. Früher hatte man die Stimmung eines Huanni an der Haltung der Ohren erkennen können, das stimmte mittlerweile jedoch nicht mehr. Mit der Zeit hatten sie etwas entwickelt, was sie als »Föderationsohren« bezeichneten. Wenn sie nicht gerade sehr aufgeregt waren, behielten sie ihre verräterischen Anhängsel unter Kontrolle.

Astall hatte vorschriftsmäßig Haltung angenommen und ihre »Föderationsohren« aufgesetzt, aber ihre Augen glänzten, und ihre Mundwinkel waren für solch eine formelle Situation ein wenig zu weit hinaufgezogen. Chakotay hatte keinen Zweifel, dass ihn der Counselor umarmt hätte, wären sie alleine gewesen. Aber hier tat sie das nicht. Stattdessen reichte sie ihm eine feingliederige Hand.

»Lieutenant Astall«, begrüßte er sie. »Es hat mich sehr gefreut, zu hören, dass Sie der *Voyager* zugewiesen wurden. Wir haben wirklich Glück, Sie an Bord zu haben.«

Ihre großen Augen blitzten, aber ihre Stimme war gelassen. »Danke, Captain. Ich freue mich darauf, unter Ihnen zu dienen.«

Chakotay wandte sich der nächsten Person zu, einer attraktiven Blondine. »Lieutenant Campbell. Sehr schön, Sie wiederzusehen.«

Lyssa Campbell strahlte. »Gleichfalls, Sir. Ich freue mich darauf, Teil Ihrer Brückenbesatzung zu sein.«

»Besser, als alleine im Transporterraum festzusitzen, nehme ich an«, antwortete Chakotay, und Lyssas normalerweise porzellanfarbenen Wangen röteten sich. Sie war eine lebhafte Frau, die in Gesellschaft aufblühte und sich ständig darüber beschwert hatte, wie einsam der Posten als Transporter-Chief war.

»Nun, Sir«, erwiderte sie herausfordernd, »zumindest die Gesellschaft wird viel besser sein.«

Chakotay ging die Reihe weiter ab, begrüßte alte wie neue Besatzungsmitglieder. Endlich hatte er mit allen gesprochen. Er wünschte sich, es wäre möglich, jedes einzelne Mitglied der Mannschaft seines Schiffs zu treffen. Während seiner sieben Jahre auf der *Voyager* hatte er es tatsächlich geschafft, jeden einzelnen sehr gut kennenzulernen. Nun fühlte es sich seltsam an, Abstand wahren zu müssen. Er hoffte, dass er seinem ehemaligen Captain nacheifern und seiner eigenen Besatzung mit Janeways Kombination aus Förmlichkeit und Vertrautheit begegnen konnte.

»Meine Damen und Herren, ich kann mir keine bessere Mannschaft wünschen. Gehen wir an die Arbeit.«

Er fuhr zusammen mit Kim und Campbell mit dem Turbolift zur Brücke. Vor einem Jahr hätten sie während der kurzen Fahrt ein wenig geplaudert. Aber dieses Mal sprach niemand. Keiner war sich über seine Rolle bereits völlig im Klaren, und es herrschte eine gewisse Anspannung, die Chakotay nicht gefiel und von der er hoffte, dass sie schnell vergehen würde.

Er war sich sehr bewusst, dass er die Brücke, die er so gut kannte, zum ersten Mal als Captain betrat. In der Mitte der Brücke musste er umschwenken, um sich in den Kommandosessel zu setzen anstatt in »seinen« zu Janeways Linker. Sobald er in dem Sessel saß, den er immer mit einem der besten Offiziere der Sternenflotte in Verbindung gebracht hatte, sah er sich um, achtete auf alle Veränderungen: die dunkelhaarige Frau an der Steuerkonsole anstelle des blonden Mannes, die schlanke Blondine an der Operationskonsole anstatt Harry Kim. Kim dafür an Tuvoks ehemaliger Station. Neben ihm ein Erster Offizier statt eines Captains. Seine Finger strichen über die Lehne seines Sessels.

Das Einzige, was sicher ist, ist Veränderung, dachte er.

Er lehnte sich zurück in dem Wissen, dass jeder auf ihn wartete, und gab seinen ersten Befehl als Captain.

»*Voyager* an Stationskontrolle von McKinley. Erbitten Starterlaubnis.«

»*Hier spricht die Stationskontrolle, Sie haben Starterlaubnis,* Voyager.«

»Alle Verankerungen lösen.«

»Alle Verankerungen gelöst, Sir.«

»Bringen Sie uns raus, Lieutenant Tare. Ein Viertel Impuls.«

»Aye, Sir«, antwortete Tare, während sie den Befehl ihres Captains ausführte. »Ein Viertel Impuls voraus.«

Chakotay sah zu, wie das Grau des Raumdocks einem Meer aus Schwärze mit glitzernden Sternen wich. Als würde er seine eigenen Verankerungen lösen, atmete er tief ein und spürte, wie sich seine Brust hob, als sich die Lungen mit Luft füllten.

»Wir haben das Dock verlassen und können nun frei navigieren, Sir«, kam es von Tare. »Erbitte Kursangaben.«

»Kurs eins drei Komma vier, nach Deep Space 6«, antwortete er.

Leise war zu hören, wie sie auf die Schaltflächen drückte. »Kurs gesetzt, Captain.«

Und dann gab er *den* Befehl: »Energie.«

Das Schiff sprang auf Warp, und eine Weile saß Chakotay nur da, sah den vorbeiziehenden Sternen zu. Aber der magische Moment verging schnell, und er musste erkennen, dass er nicht wusste, was er tun sollte. Einfach in seinem Sessel sitzen, der neue Captain an seinem angestammten Platz, und auf den Schirm blicken? Sollte er auf der Brücke herumgehen, überprüfen, was seine Besatzung tat? Sich geheimnisvoll verabschieden, in seinen Bereitschaftsraum zurückziehen, um ungestört an etwas zu arbeiten?

Wie zum Teufel hatte Janeway das angestellt?

Er hätte gewusst, was er zu tun hatte, wenn er in Ellis' Sessel gesessen hätte. Und er hätte es gewusst, wenn er immer noch beim Maquis gewesen wäre und sein eigenes kleines Schiff samt Besatzung befehligen würde. Aber während dieser ersten peinlichen Momente als Captain eines Föderationsraumschiffes, dieses Raumschiffes, war er sich seiner Rolle absolut nicht sicher.

Chakotay dachte an den riesigen schwarzen Jaguar, das kraftvolle tierische Totem, das ihm erschienen war, als er vor ein paar Monaten seine Heimatwelt besucht hatte. Der weibliche schwarze Jaguar stand für Kraft, Zielstrebigkeit und eine genaue Vorstellung von Gerechtigkeit. Sie würde sich ihren pelzigen Schwanz ablachen, könnte sie ihn nun sehen.

Der Gedanke ließ ihn lächeln, und in diesem Moment empfand er die Klarheit, die er suchte.

Er hatte es nicht auf den Rang des Captains abgesehen, er *war* der Captain. Jetzt musste er niemandem etwas beweisen. Er musste nur Vertrauen in sich haben, das Richtige zu tun.

Also erhob er sich und überließ Ellis seinen Sessel. »In dieser ersten Mission geht es um die Kolonisten«, sagte er zu seinem Ersten Offizier. »Benachrichtigen Sie Marius Fortier, dass er mich in meinem Quartier aufsuchen soll.«

Fortier hatte offenbar nur auf dieses Treffen gewartet. Kaum hatte Chakotay sein Quartier betreten, als das Türsignal ertönte.

Amüsiert rief er: »Herein.«

Es zischte, als sich die Tür öffnete. Der Anführer der Kolonisten war groß und schlank. Ungeachtet der Tatsache, dass er einige Jahre auf der Erde verbracht hatte, wirkte Marius Fortier noch immer wie jemand, der sich in einer förmlichen Gesellschaft nicht allzu wohlfühlte. Dennoch schüttelte er Chakotays angebotene Hand kräftig.

»Schön, Sie kennenzulernen, Mr. Fortier. Ich habe vorgeschlagen, dass wir uns hier statt in meinem Bereitschaftsraum treffen, da wir hier wahrscheinlich ungestörter sind. Ich hoffe, Sie sind damit einverstanden.«

»Wo immer es Ihnen recht ist, Captain.« Fortier sprach mit leichtem französischen Akzent. »Es freut mich, dass Sie überhaupt mit mir sprechen wollen.«

Chakotay fragte sich, wie lange man den Mann hingehalten hatte. »Ich habe gerade keine anderen Termine, also können wir uns Zeit lassen. Ich wollte mir einen Kaffee gönnen. Darf ich Ihnen etwas zu trinken anbieten?«

»Danke. Vulkanischer Gewürztee, heiß.«

Chakotay bestellte die Getränke und nahm beide dampfenden Tassen aus dem Replikator.

»Scheint, als hätten Sie einen kultivierten Geschmack entwickelt, während Sie auf Ihre Rückkehr nach Loran II gewartet haben«, sagte er, als er Fortier den Tee reichte. »Vulkanischer Gewürztee sagt nicht jedem zu.«

»Unsere Kontaktperson bei der Föderation war Vulkanierin.« Fortier inhalierte das Aroma, bevor er einen Schluck des heißen Gebräus trank. »Sie hat ihn mir nahegebracht, und mit der Zeit bin ich auf den Geschmack gekommen.« Er zog eine Augenbraue hoch, fügte dann hinzu: »Doch auch wenn ich vulkanischen Gewürztee mag, ich würde weder mich noch irgendeinen der anderen Kolonisten in meiner Gruppe als kultiviert bezeichnen.«

Er sprach das Wort aus, als wäre es eine Beleidigung. Chakotay fand das witzig. Jahrhundertelang hatte man auf der Erde die Franzosen als die kultiviertesten Menschen auf dem Planeten betrachtet. Aber Fortier legte offensichtlich keinen Wert auf diesen Aspekt seiner Abstammung.

Chakotay deutete an, dass sie sich hinsetzen sollten. Nach einem weiteren Schluck Kaffee beschloss er, Klartext zu reden. Er wies auf ein Padd. »Natürlich habe ich alles über die Geschichte von Loran II gelesen. Aber Berichte der Sternenflotte neigen dazu, etwas trocken zu sein. Ich würde die ganze Geschichte gerne von Ihnen selbst hören, falls es Ihnen nichts ausmacht.«

»Selbstverständlich. Aber bevor ich anfange, lassen Sie mich sagen, dass auch ich mich über Sie informiert habe. Ich bin dankbar dafür, dass wir jemandem anvertraut wurden, der unsere Lage aus eigener Erfahrung nachvollziehen kann.«

Chakotay legte den Kopf schief. »Unsere Geschichten mögen viele Gemeinsamkeiten aufweisen, aber Sie haben einen eigenen Blickwinkel auf das, was Ihnen widerfahren ist. Darum möchte ich es von Ihnen selbst hören.«

Fortiers Lippen verzogen sich zu dem Versuch eines Lächelns. Chakotay merkte, wie er begann, den Mann zu mögen. Ihm schien es wichtig, sich an jemanden zu wenden, der ihn und seine Leute verstand.

»Nun gut. Vor dem Krieg hatten wir uns auf Loran II häuslich niedergelassen. Es war das fünfzehnte Jahr seit Gründung der Kolonie. Viele Kinder kannten kein anderes Zuhause. Es war ein wunderschöner Planet, und wir hatten alles, was wir brauchten. Natürlich hielten wir Kontakt zur Föderation, und gelegentlich kam ein Schiff der Föderation vorbei, um Ausrüstung zu reparieren oder bestimmte Vorräte aufzufrischen.«

»Wie war Ihre Beziehung zu diesen Leuten?«

»Ganz gut. Wir haben uns nie als Flüchtlinge vor der Föderation oder ihren Grundsätzen betrachtet. Es war immer gut, neue Gesichter zu sehen, und wir haben ihnen gerne unsere Gastfreundschaft zuteilwerden lassen, um ihnen einen angenehmen Landurlaub zu bieten.« Sein Blick wurde traurig. »Ich möchte die Vergangenheit nicht beschönigen, aber ich muss zugeben, Captain, es war ein idyllisches Leben.«

Chakotay erinnerte sich an seinen letzten Besuch auf Dorvan V, wo er und seine Schwester Sekaya wie in ihrer Kindheit schwimmen gegangen waren und sich auf den Felsen gesonnt hatten. Er dachte an die Festessen, an die Feiern und Rituale. Daran, dass seine Eltern die meiste Zeit ihres Lebens zufrieden gewirkt hatten. Er selbst war anders gewesen, hatte danach gestrebt, sein Schicksal an anderen Orten zu suchen. Aber er wusste, dass die meisten Leute auf Dorvan V ihr Leben auch als Idylle bezeichnet hätten.

»Ich verstehe«, sagte er, was aber nicht dasselbe wie Zustimmung war.

Fortier sprach weiter. »Das einzige wirkliche Problem, dem wir uns jemals gegenübersahen, war das Abkommen zwischen der Föderation und den Cardassianern von 2370. Unsere Welt, genau wie Ihre, gehörte zu denen, die den Cardassianern zugesprochen wurden, um den Frieden zu wahren. Viele wollten nicht zurück auf die Erde. Unser Zuhause war Loran II. Die meisten von uns wurden überredet, zu evakuieren, aber nicht alle. Fast ein Viertel der Familien entschied sich zu bleiben. Auch wenn wir hatten, was wir brauchten, ist Loran II nicht unbedingt ein reicher Planet. Zumindest nicht auf die Weise, wie der Rest der Galaxis Reichtum definiert. Diese Familien waren sich sicher, dass die Cardassianer Besseres zu tun haben würden, als sich mit ihnen und ihrer kleinen Welt zu befassen.«

Davon waren damals auch die Kolonisten von Dorvan V ausgegangen. Sie hatten darauf vertraut, dass »ihre kleine Welt« für die Cardassianer nicht sehr wichtig sein würde, und sie hatten Glück gehabt, dass sie mit ihrer Annahme recht behielten.

Chakotay wusste, dass das zunächst auch auf Loran II zugetroffen hatte. Bis vor Kurzem, seit dem Ende des Krieges, hatten diejenigen, die geblieben waren, relativ regelmäßig Kontakt zu denen halten können, die sich für die Evakuierung entschieden hatten.

»Den Berichten zufolge haben Sie den Kontakt zu den verbliebenen Kolonisten auf Loran II verloren, kurz bevor Sie aufbrechen wollten, um wieder dort zu leben.«

Fortier nickte, seufzte und nippte an seinem abkühlenden Tee. »Stimmt. Wir haben keine Ahnung, wieso. Es kann viele Gründe haben. Von einfachem Systemversagen - was wir natürlich hoffen - über eine sich rasch ausbreitende, verheerende Krankheit bis hin zu einem Angriff.«

»Nichts, was wir gehört haben, deutet auf Letzteres«, warf Chakotay schnell ein.

»Natürlich. Aber bis wir dort ankommen, um uns selbst ein Bild zu machen, werden wir es nicht mit Sicherheit wissen.« Fortiers Stimme zitterte leicht. »Ich habe dort noch einen Bruder, Captain. Ihnen muss klar sein, dass ich nur das Beste hoffe.«

»So wie ich - und jeder in der Föderation«, erwiderte Chakotay mit Nachdruck. Dies war der erste wirkliche Versuch seit dem Ende des Krieges, wieder so etwas wie Normalität herzustellen. Es würde der Moral einen ordentlichen Schub geben, wenn das einzige Problem ein defektes Kommunikationsgerät wäre.

Abgesehen davon gab es dieses hartnäckige Prinzip innerhalb der Föderation, dass alle Mitglieder friedlich, glücklich und zufrieden sein sollten.

»Danke, Captain. Gibt es sonst noch etwas, das Sie von mir wissen möchten?«

»Im Augenblick nicht.« Chakotay zögerte, um dann hinzuzufügen: »Ich gehe davon aus, mein Erster Offizier hat sich gut um Sie gekümmert, als Sie an Bord gekommen sind?«

»Ja, aber er war sehr formell.«

»Er nimmt diese Mission ernst«, sagte Chakotay in der Annahme, dass es der Wahrheit entsprach.

Fortiers dunkle Augen blitzten auf. »Niemand auf diesem Schiff nimmt diese Mission ernster als ich. Aber wir sind zwanglose Männer und Frauen, Captain. Wir sind freie Menschen. Wir mögen es nicht, wenn man uns sagt, dass wir wie Tiere eingesperrt in unseren Quartieren bleiben sollen.«

»Selbstverständlich nicht. Ich versichere Ihnen, Commander Ellis befolgte lediglich die Vorschriften. Dies ist die erste Mission dieses Schiffes mit seiner neuen Besatzung - und einem neuen Captain. Sie werden wahrscheinlich ein paar ... Kinderkrankheiten miterleben. Ich versichere Ihnen, dass sich Ihre Leute frei bewegen können, sobald wir das alles geregelt haben.«

»Danke«, sagte Fortier, sichtlich entspannter.

»Vielleicht möchten Sie mit unserem Counselor sprechen. Wir haben das Glück, eine Huanni zugeteilt bekommen zu haben. Bitte scheuen Sie sich nicht, alle Bedenken bezüglich der Rückkehr nach Loran II vorzubringen.«

»Es gibt keinerlei Bedenken. Wir kommen nach Hause. Wir sorgen uns um diejenigen, die wir zurückgelassen haben, sonst nichts.«

Chakotay bemerkte, dass er Fortier bedrängte. Er war offensichtlich ein unabhängiger Mann, und Chakotay wollte nicht das Risiko eingehen, ihn vor den Kopf zu stoßen.

»Wie Sie meinen. Falls sich einer Ihrer Leute dazu entschließt, mit ihr zu sprechen, wird alles, was sie ihr mitteilen, vertraulich behandelt werden.«

»Ich verstehe.« Fortier zögerte. »Wir hatten noch eine andere Bitte, Captain. Konnte sie genehmigt werden?«

»Ah, ja. Sie baten um einen spirituellen Beistand. Wir werden ihn bald an Bord nehmen, auf Deep Space 6.«

»Ah, gut, gut.«

Nun war es an Chakotay, zu zögern. »Ich möchte nicht neugierig erscheinen, aber ... Astall ist ein sehr fähiger Counselor.«

»Und Sie wundern sich, wofür wir noch jemanden benötigen, mit dem wir reden können. Ich bin sicher, Ihre Astall ist brillant. Das Problem ist, Captain, ich kann einem Counselor sagen: ›Ich mache mir um die Sicherheit meines Bruders Sorgen‹, und sie kann mir helfen, mit meinen Sorgen umzugehen. Wenn ich allerdings sage: ›Ich mache mir um die Seele meines Bruders Sorgen‹, was soll sie darauf antworten?«

Der Mann hatte ein stichhaltiges Argument. »Mein Vater hätte Sie und Ihre Leute sehr gemocht.«

Fortier lächelte ein wenig. »Ich hoffe, das trifft auch auf seinen Sohn zu. War's das, Captain?«

»Ich glaube schon, vorläufig.« Beide Männer standen auf und reichten einander die Hände. Die Tür zischte, als Fortier hinausging. Chakotay atmete auf. Er verspürte einen neuen Respekt für seine Freundin Kathryn Janeway. Aber er hatte ein Problem, das sie nicht gehabt hatte - den Besen als Ersten Offizier.

Es wurde Zeit, »das Gespräch« zu führen.

4

Der Schein der Fackeln flackerte über dem Dampf, der aus den Rissen in den Steinen aufstieg, beleuchtete diesen, während er aufwärts waberte, über entzückte Gesichter strich. Die Lava badete alles in ein unwirkliches, rotes Glühen. Die Hitze reinigte; sie verbrannte alles Unreine, was nicht zielgerichtet war. Alles, was nicht das ursprüngliche, wahre Selbst war. Das tiefe Brummen des Gesanges ging einem durch Mark und Bein, wurde eins mit dem Herzschlag. Ein zugleich beruhigender wie auch anregender Rhythmus. Die versammelten Gestalten drängten sich zusammen, öffneten Geist und Körper für den Dampf und die Hitze, für die Visionen, die beim Anstarren der pulsierenden, geschmolzenen Felsen kommen würden.

Lieutenant Commander Tom Paris hätte sich am liebsten den Schweiß von der Stirn gewischt, bevor er ihm in die Augen tropfte, aber er verkniff es sich. Es wäre ein Zeichen des Unwohlseins, und Unwohlsein wurde als Schwäche betrachtet. Seine Nebenhöhlen brannten vom Dampf, und die schwere klingonische Kleidung, die er tragen musste, war unglaublich heiß. Er schluckte, was mit dicker, ausgedörrter Zunge nicht einfach war. Er hatte das Gefühl, dass er vor Hitze und Wassermangel bald das Bewusstsein verlieren würde. Normalerweise wäre eine Ohnmacht auch ein Zeichen von Schwäche, aber hier würde es den versammelten Klingonen signalisieren, dass der Mensch Tom Paris für eine Vision auserkoren war.

Nun, dachte er sich, *man kann ja hoffen.*

Er hatte angenommen, er würde sich daran gewöhnen, körperlich zumindest, wenn schon nicht emotional, aber das geschah nicht. Sogar der halb menschlichen B'Elanna fiel es schwerer, damit klarzukommen, als den anderen Klingonen, die auf den heiligen Planeten Boreth gepilgert kamen, um Visionen von Kahless zu erhalten.

Paris war immer der Ansicht gewesen, dass B'Elanna ihre klingonische und ihre menschliche Seite besser in Einklang bringen sollte. Aber er machte sich Sorgen, welchen Preis diese Methode von ihr fordern würde. Trotzdem berührte es ihn, sie zu sehen, wenn die notwendigen Gebete und Treffen und Meditationen vorbei waren und sie allein in ihrem Quartier saßen, zusammen mit ihrer wunderschönen sechs Monate alten Tochter Miral. Die Aura des Friedens, die seine Frau dann umgab, rechtfertigte all dies.

Er hoffte nur, dass sie bald fand, wonach sie auf Boreth suchte.

Paris merkte, dass es ihm fehlte, sich an Bord eines Schiffes aufzuhalten. Genauer gesagt vermisste er seine Freunde, und er vermisste es, etwas Sinnvolles mit seiner Zeit anzufangen. Er wusste, dass er sich aufgrund eines speziellen Erlasses hier befand, bis die Sternenflotte ihn brauchte oder B'Elanna sich entschloss zu gehen. Und es war ja auch nicht so, dass er undankbar wäre für das Privileg, das ihm zuteil wurde. Eine Zeit lang hatte Tom sogar mehr Respekt für klingonische Traditionen empfunden als seine Frau. Aber er wollte ebenso wenig auf Boreth als »B'Elanna Torres' Ehemann« sein, wie sie auf einem Schiff als »Tom Paris' Ehefrau«.

Als der Klang eines massiven Gongs seinen ganzen Körper erschütterte, musste er sich zurückhalten, um nicht zu jubeln. Unsicher kam er auf die Füße und half B'Elanna auf. Es war Zeit für die nächste Gruppe von Bittstellern, in die Lavahöhlen zu kommen und durch Hitze und chemische Stoffe hervorgerufene Trugbilder zu erleben. Er wünschte ihnen viele glückliche Visionen.

Sie sprachen kein Wort, als sie von den Lavagruben die gewundenen Stufen hinaufgingen. Ihr Ziel war der Raum, der als Boreths Kindergarten diente. Sie waren nicht die einzigen Eltern, die dem Ruf auf eine Pilgerfahrt gefolgt waren, und es hatte Tom überrascht und erfreut, zu sehen, dass die Klingonen keine Probleme damit hatten, sich um die Bedürfnisse kleiner Kinder zu kümmern. Im Moment waren hier acht Stück untergebracht. Die meisten der Kinder waren alt genug, um sich selbst zu beschäftigen, aber es gab ein paar, die noch sehr jung waren und daher Fürsorge brauchten. Mit sechs Monaten war Miral die jüngste »Pilgerin«.

Tom musste ein Grinsen unterdrücken, als er Kularg, dem barschen ergrauten Krieger, der sich um die Kinder kümmerte, zunickte. Klingonen überraschten ihn immer wieder. Kaum hatte man sie als stolze, ehrenhafte, manchmal etwas übereifrige Krieger abgestempelt, spielten sie die »Familie ist wichtig«-Karte aus und machten Babysitting zu etwas ebenso Ehrenhaftem wie jemandem, der einen beleidigt hatte, den Kopf abzuschlagen.

Tom und B'Elanna verbeugten sich leicht. Kularg akzeptierte die Ehrung mit grimmigem Blick.

»Ich ehre Sie für Ihre Hingabe an zukünftige Generationen«, sagte B'Elanna förmlich.

»Die Ehre ist mein, die Zukunft zu formen«, antwortete Kularg mit tiefer Stimme.

Sie nahmen ihre Tochter mit und gingen in ihr Quartier. In dem Moment, in dem die schwere Holztür hinter ihnen zufiel, atmete Tom tief aus.

»Bei Kahless' Bart«, improvisierte er, »ich habe Durst. Du auch?«

Er schenkte ihnen zwei Becher mit Wasser ein. Zur Antwort nahm B'Elanna ihren und leerte ihn in einem Zug zur Hälfte. Er trank seinen Becher gierig leer und schenkte sich nach. Egal, wie oft er sie spülte, den Bechern haftete immer ein leichter Geschmack von Blutwein an. Wahrscheinlich, weil jeder anständige Klingone, der sie beim Trinken von Wasser anstelle des beliebten Gebräus erwischt hätte, ihre Eltern beleidigen würde.

Mein Vater kommt mit jeder Beleidigung klar, die ein Klingone vorbringen kann. Ich trinke Wasser, verdammt noch mal.

Das Zimmer war, wie das gesamte Kloster, vergleichsweise neu. Es war mühsam wiederaufgebaut worden, nachdem das Kloster bei einem Putschversuch gegen Martok zerstört worden war. B'Elanna hatte ihm erzählt, dass zwar alles unter der Erde weitestgehend unbeschädigt geblieben war - inklusive einer offenbar beeindruckenden Bibliothek -, aber das Kloster selbst war dem Erdboden gleichgemacht worden. Tom war überrascht, wie viel in so kurzer Zeit wieder neu errichtet worden war. Manche Teile des Gebäudes wurden noch restauriert, aber vieles war bereits fertig. Noch beeindruckender war, dass das Gebäude wie in alten Zeiten wieder von Hand aufgebaut worden war. Handwerker und Architekten aus dem gesamten Imperium waren an diesem geheiligten Ort zusammengerufen worden, um Stein für Stein wieder aufeinanderzusetzen. Viele Klingonen hatten unschätzbar wertvolle und alte Artefakte aus Privatbesitz gespendet. Tom hatte sich nach dem Grund gefragt - sicher wäre es einfacher und schneller gegangen, alles Benötigte einfach zu replizieren.

Aber laut dem eindrucksvollen Commander Logt, einer von Imperator Kahless' persönlichen Wachen und der einzigen hier auf Boreth stationierten Kriegerin, bestand der Zweck der Geschenke darin, die Geister jener zu ehren, die das Kloster ursprünglich erbaut hatten.

Kerzen, Fackeln und offene Feuer waren die einzigen Lichtquellen, abgesehen von den Lavagruben selbst. Die Zimmer waren spärlich eingerichtet und lediglich mit grob gearbeiteten Stühlen, Bänken und Tischen ausgestattet. Es gab keine Betten, nur Matten auf dem Boden, auf denen Tierfelle lagen. Zum Waschen hatte man nur eine Schale mit Wasser. Zweimal am Tag gab es Mahlzeiten, die vollständig aus traditionellen klingonischen Gerichten bestanden. Tom mochte mittlerweile sogar *gagh* und musste zu seiner eigenen Überraschung den Klingonen zustimmen, dass die Würmer tatsächlich lebend am besten schmeckten.

B'Elanna reichte ihm Miral, die sich in seinen Armen wand und strampelte. Wie sehr auch immer sich Tom darüber ärgerte, auf Boreth zu sein, das Gefühl verschwand, sobald er seine Tochter hielt. Ihm war klar, dass er sich glücklich schätzen konnte, so viel Zeit mit ihr zu verbringen. Er lächelte den Säugling an.

»Wer ist eine brave kleine *Kuvah'Magh?*«, gurrte er, während er sie in den Armen wiegte. Sie blies eine Speichelblase, was er bezaubernd und unglaublich einfallsreich fand.

B'Elanna war aus ihrer Tunika geschlüpft und griff nach dem hungrigen Baby, um es an ihre Brust zu legen. Dabei machte sie es sich auf dem dichten Fell bequem, das auf dem steinernen Boden lag. Mit tiefer Zufriedenheit sah Tom ihnen zu.

»Maria mit Kind«, sagte er.

Sie blickte ihn finster an und zerstörte damit den Eindruck. »Das sagst du andauernd.«

Er legte die schweißgetränkte Kleidung ab und zog stattdessen etwas an, das zumindest den Eindruck erweckte, sauber zu sein. »Nun, wieso auch nicht? Es war das Treffen mit Kohlar und seinem Schiff von Gläubigen, das dein Interesse an deiner klingonischen Abstammung wieder geweckt hat. Und das hat uns hergebracht.«

Sie seufzte. »Wahrscheinlich hast du recht.«

Er setzte sich neben sie auf das Fell, das auch als ihr Bett diente, und streichelte ihre nackte Schulter. Was er nicht erwähnte, war, dass die Begegnung mit den Klingonen, die glaubten, ihr Kind sei ihre Erlöserin, auch ihn verändert hatte. Ihm war bewusst, dass die ganze Sache für B'Elanna nur ein Haufen Blödsinn war, aber er war sich da nicht so sicher.

»Hast du über meinen Vorschlag nachgedacht?«, fragte er vorsichtig.

»Dass wir Kularg niederschlagen, Miral schnappen und ... wie hast du es ausgedrückt? ›Uns von hier verkrümeln‹?«

Tom lachte und küsste ihre Schulter. »Nein, den anderen, weniger Schmerz verheißenden Vorschlag.«

»Ich habe darüber nachgedacht. Ich weiß nicht, Tom. Auf lange Sicht ist es möglicherweise kaum weniger Schmerz verheißend.«

»Sie sollten es wirklich erfahren, Liebling«, sagte er ernster. »Ich weiß, dass der Doc alle seine medizinischen Informationen an die Sternenflotte und das Imperium weitergegeben hat, aber die Klingonen sollten wirklich die ganze *Kuvah'Magh*-Geschichte erfahren.«

»Das Imperium weiß Bescheid.«

»Sie kennen einen trockenen, unpersönlichen Bericht. Sie wissen nicht, wie sehr die Prophezeiungen auf Miral zutreffen. Abgesehen davon kannst du mir nicht weismachen, dass es dich überhaupt nicht interessiert, was es dort draußen noch geben könnte, das sich auf unsere Tochter bezieht.«

»Zufälle passieren andauernd, Tom.« Langsam schlich sich Frust in Torres' Stimme. »Nur in Geschichten haben sie auch etwas zu bedeuten.«

»Trotzdem ist es ein nettes Stück klingonischer Geschichte. Und egal, ob sie die Erlöserin ist oder nicht, ich wüsste gerne, ob es noch andere Schriftrollen über sie gibt.«

»Über sie? Wen, Miral oder die Erlöserin?«

Er wich der Frage auf eher hinterhältige Weise aus, indem er auf dem Bett hinter sie kroch und begann, ihren Nacken zu massieren. Sie schloss die Augen und sagte mit sanfter Stimme: »Mmmmm ... Das fühlt sich gut an.«

»Und das?«

»Mmm ... ja, genau dort.«

»Und ... *das* ...?«

»Sehr ... ähm ... sehr angenehm ...«

»Wirst du morgen darum bitten, dass wir das Zimmer mit den Schriftrollen betreten dürfen?«

»Du kleiner, hinterlistiger ... oh. Oh. *Komm her.*«

Libby Webber, berühmte Musikerin und Agentin des Sternenflottengeheimdienstes, hatte beschlossen, nicht zu weinen, als sie sich von Harry Kim verabschiedete.

Sie hatte gegenüber Captain Chakotay positiv über die Mission gesprochen, und in guten Momenten glaubte sie sogar daran. Aber sie erinnerte sich, wie sie Harry vor acht Jahren zum Abschied geküsst hatte. Bevor er nach Deep Space 9 geflogen war, um als noch hinter den Ohren feuchter Ops-Offizier an Bord der *Voyager* zu gehen. Er hatte sich verändert, und sie hatte sich erst recht verändert - mehr, als sie ihm sagen konnte -, aber trotz ihres Lachens und ihrer gespielten Lässigkeit wiesen die beiden Abschiede einige unheimliche Gemeinsamkeiten auf.

Sie war sehr zufrieden mit sich selbst, als sie es schaffte, nicht zu weinen. Nicht einmal, als er sie sanft küsste und sagte: »Wir sehen uns in ein paar Wochen.« Dann stellte er ihren Entschluss, keine Tränen zu vergießen, weiter auf die Probe: »Ich nehme an, du hast deine Meinung nicht geändert?«

Vor einem Monat hatte er ihr einen Heiratsantrag gemacht. Sie war erschrocken und hatte eine Ablehnung gestammelt, obwohl sie nur zu gerne angenommen hätte. Doch sie konnte ihm nicht von ihrem tatsächlichen Beruf erzählen, und sie war nicht dazu bereit, ihr Leben mit jemandem zu teilen, den sie anlügen musste. Zumindest noch nicht. Sie war sich nicht sicher, ob sie jemals dazu bereit sein würde. Also hatte sie zusehen müssen, wie sein ehrliches Gesicht entgleist war. Die letzten Wochen waren anstrengend gewesen. Sie hoffte, dass die Zeit der Trennung ihnen beiden half, die Dinge so zu akzeptieren, wie sie vorläufig sein mussten.

Sie beamte zurück in ihre Hütte in Maine, fühlte sich schwermütig und unglücklich. Und zu sehen, dass einige Nachrichten auf sie warteten, hob ihre Laune nicht gerade. Sie ignorierte sie vorerst, um auf dem Boden mit Binky, ihrem Kaninchen, zu kuscheln. Dann seufzte sie und ging, genau wie Harry, an die Arbeit.

»Wie verlief der Start?«, fragte ihr Vorgesetzter, der Direktor für verdeckte Operationen Aidan Fletcher. Sie beide waren vor sechs Monaten befördert worden, weil sie Aidans Vorgängerin davon abgehalten hatten, einen brutalen und hinterlistigen Plan gegen die Erde und die Föderation erfolgreich umzusetzen. Ungeachtet der Tatsache, dass Libby und der elegante und schlanke Aidan vor Harrys Rückkehr eine romantische Beziehung unterhalten hatten, hatte Libby nun keine Probleme, mit ihm zusammenzuarbeiten. Aidan wusste, wie sie für Harry empfand, und er selbst hatte die Beziehung mit Libby beendet. Nun stand Aidan auf der sehr kurzen Liste von Leuten, denen sie völlig vertraute.

»Ohne Probleme.«

»Gut. Irgendwelche Verdächtigen?«

Das letzte Mal, als der Direktor für verdeckte Operationen Libby angewiesen hatte, nach einem Spion in der Föderation zu suchen, hatte es nur dazu gedient, die junge Agentin von dem abzulenken, was zu dem Zeitpunkt wirklich in der Abteilung für verdeckte Operationen vorgegangen war. Nun allerdings befanden sich Libby und Fletcher tatsächlich auf der Suche nach einem Maulwurf. Es gab jemanden innerhalb der Föderation, der aus unbekannten Gründen auf geheime Informationen zugriff. Libby und einige andere Agenten, deren Namen sie aus Gründen der Sicherheit nicht kannte, versuchten, den Schuldigen aufzuspüren.

Libby zuckte mit den Schultern. »Es war schwierig, irgendwen in ein ernsthaftes Gespräch zu verwickeln. Es ging hauptsächlich um Chakotay und die Feier.«

»Und selbstverständlich wäre unser Lieutenant Kim nicht sonderlich erbaut darüber gewesen, dass Sie sich mit anderen Leuten unterhalten, wenn er für ein paar Wochen weg sein wird, richtig?«, sagte Fletcher mit einem ironischen Lächeln in den grauen Augen.

»Ja, das auch«, gab sie zu.

»Machen Sie sich keine Sorgen. Da Harry erst einmal auf einer sterbenslangweiligen Mission unterwegs ist, können Sie ungestört diese Personen überprüfen.« Er drückte einen Knopf, und auf der Konsole erschien eine Liste mit Namen. Ihr Mund öffnete sich ein wenig, als die Liste länger und länger wurde, und Aidan lachte.

»Ich weiß, es sind viele. Aber ich habe vollstes Vertrauen in Sie, Agent Webber.«

»Na, vielen herzlichen Dank auch«, erwiderte sie sarkastisch. »Sie wissen, dass ich mich auf ein Konzert vorbereite? Auf einige, um genau zu sein.«

»Und Sie werden sehen, dass ich so weitsichtig war, diese Liste nur aus den Namen von Leuten zusammenzustellen, die vorhaben, besagte Konzerte zu besuchen. Nein, Sie müssen mir nicht danken. Leisten Sie einfach wie immer hervorragende Arbeit, und wir werden diesen Maulwurf festnageln.«

Er zwinkerte und beendete die Übertragung. Libby schüttelte den Kopf. Sie sah sich die Liste der Namen noch einmal an, seufzte und griff nach ihrer *Lal-shak*. Für ein paar Augenblicke wollte sie sich noch der entspannenden Musik hingeben, bevor sie sich mit dieser Liste auseinandersetzte.

Sie dichtete Gilbert und Sullivan um, spielte und sang dabei leise: »Das Los eines Geheimagenten ist nicht glücklich, glücklich.«

5

Die Erde bebte wie unter Schmerzen.

Gradak riss die Augen auf, als sein Bett erzitterte. Er fragte sich kurz, ob es sich um ein Erdbeben handelte. Monate des Flüchtens und Versteckens sorgten dafür, dass er sofort hellwach war. Deshalb war er bereits auf den Beinen, als die zweite Erschütterung kam, und wurde zu Boden geworfen.

Das war kein Erdbeben. Das war etwas anderes, weitaus Gefährlicheres.

Es war Phaserfeuer.

Gradak schlief immer vollständig angezogen, eine weitere Angewohnheit, die aus der Notwendigkeit entstanden war. Er griff nach seinen Waffen und dem Kommunikator. In dem Moment, als er den Kommunikator aktivierte, bemerkte er, dass ein Dämpfungsfeld errichtet worden war.

»Schweine!«, rief er. Anscheinend reichte es nicht aus, einen Großangriff gegen den Mond durchzuführen, auf dem Hunderte von Familien lebten. Sie wollten sichergehen, dass niemand eine Evakuierung koordinieren konnte. Weiterhin fluchend rannte Gradak hinaus in einen Albtraum aus Flammen und Angst.

Der Nachthimmel wurde vom Feuer erhellt. Gerade als er aus

seiner Unterkunft rannte, wurde diese von Phaserschüssen getroffen und ging in Flammen auf.

Schreckenschreie marterten seine Ohren, und im orangefarbenen Schein der knisternden Flammen sah er Gestalten hin und her rennen. Manche hatten ein Ziel, so wie er; andere flohen nur in Panik.

Ich habe doch gesagt, dass wir hierfür Übungen ansetzen müssen!, *dachte Gradak verzweifelt. Aber die dreitausend, die diese Basis ihre Heimat nannten, hatten unbedingt glauben wollen, dass man sie hier nie finden würde. Hatten glauben wollen, sie könnten die Gefahr, das Risiko, den Tod dort draußen lassen, draußen im Weltraum. Verzweifelt wünschte er sich, sie hätten auf seine Warnungen gehört, aber tief im Inneren waren die Maquis Idealisten. Und dieses Mal würde dieser Idealismus sie teuer zu stehen kommen.*

Es gab einige kleine Schiffe auf Tevliks Mond, alle auf Geschwindigkeit und Manövrierbarkeit ausgelegt, auf einen Angriff. Auf einer normalen Basis wären sie alle an einem Ort untergebracht. Jeder wüsste, wohin man müsste. Aber hier waren sie verteilt; so waren sie schwierigere Ziele, aber das machte es auch schwieriger, zu flüchten.

Mehr Phaserfeuer. Mehr Schreie. Die Luft war rauchgeschwängert, und Gradak würgte beim Übelkeit erregenden Geruch von brennendem Fleisch. Auf dieser Maquis-Basis gab es Leute, die er liebte. Aber dank des Dämpfungsfeldes der Jem'Hadar - es mussten die Cardassianer und ihre neuen Verbündeten sein; die Föderation würde sie einsperren und ihre Schiffe beschlagnahmen, aber sie würde nie so ein Massaker anrichten - konnte Gradak mit keinem seiner Lieben Kontakt aufnehmen. Er konnte nur hoffen, dass sie wussten, wo sein Schiff zu finden war, und ihn dort treffen würden.

Die Cardassianer setzten ihren Angriff fort. Gradak wurde schlecht, als er sah, wie Phaser breite Schneisen in den Boden schnitten. Explosionen ertönten; die Schüsse hatten Schiffe getroffen. Aber die schrecklichen Geräusche kamen aus dem Westen, und Gradaks kleines Schiff lag nördlich.

Der Schmerz trieb ihm Tränen in die Augen - eine körperliche Reaktion auf den Rauch, eine emotionale auf den Horror, den er um sich herum sah. Er blinzelte, versuchte die mitleiderregenden Schreie nach Hilfe zu ignorieren, weigerte sich, stehen zu bleiben und zu helfen, fühlte sich deswegen verabscheuungswürdig. Jeder, der nicht innerhalb der nächsten Minuten auf einem Schiff war, würde sterben oder, wenn er Glück hatte, gefangen genommen werden. Seine einzige Hoffnung für sich selbst und so viele, wie er in sein kleines Schiff stopfen konnte, bestand darin, die Vallias Rache *so bald wie möglich zu erreichen.*

Bevor sie zerstört wurde. Bevor alles zerstört wurde.

Wie hatte das passieren können? Wie hatten die Cardassianer die Basis finden können? Seit dem Beginn der Widerstandsbewegung war sie aktiv gewesen, sicher und unentdeckt. Sie war der eine Zufluchtsort, die kein Maquis jemals verraten hätte, nicht einmal unter Folter. Es war eines, militärische Pläne, Strategien und Waffenlager während eines »Verhörs« durch die Cardassianer hervorzukeuchen. Aber ein Wort über diesen Ort zu verlieren, die Kinder und Familien zu gefährden - kein Maquis hätte das getan.

Wie also hatte diese schreckliche Nacht stattfinden können?

Jarem Kaz fuhr aus dem Schlaf und schnappte nach Luft.

»Licht«, befahl er mit krächzender Stimme, während er nach einem Glas Wasser tastete. Er trank in großen Schlucken, aber das befeuchtete seinen trockenen Mund kaum.

Während sich sein Herzschlag beruhigte, sah er sich in seinem angenehm geräumigen Quartier an Bord der *Voyager* um. Er war nicht glücklich über die Rückkehr des Traumes, aber sie überraschte ihn auch nicht. Zum ersten Mal seit der Vereinigung mit dem Kaz-Symbionten befand sich Jarem auf den Weg in ein Gebiet, das ein Kriegsschauplatz gewesen war. Natürlich waren die Kolonisten an Bord keine Maquis, aber Loran II lag in einer Region des Weltraumes, die zuvor den Cardassianern gehört hatte. Es war nachvollziehbar, dass Kaz' Unterbewusstsein jetzt, am ersten offiziellen Tag als Besatzungsmitglied dieses Schiffes, die schlimmste Erinnerung eines vorherigen Wirtes heraufbeschwor, um ihn damit zu quälen.

Seine Atmung und sein Herzschlag verlangsamten sich, als er das Wasser trank. Je länger der Traum zurücklag, umso weniger bedrückt fühlte er sich. Es war eine natürliche Reaktion. Und ein schlechter Traum war nichts, worüber man sich Sorgen machen musste.

Er gab das Kommando, das Licht wieder zu löschen, legte sich ins Bett und wartete zum zweiten Mal in dieser Nacht auf den Schlaf.

Am nächsten Morgen bat Chakotay Commander Ellis um ein Gespräch unter vier Augen. Während sich Marius Fortier offenbar in Chakotays Quartier wohler gefühlt hatte, wusste der Captain der *Voyager*, dass Ellis den Bereitschaftsraum für angemessener halten würde.

Er entschied sich, das Eis schnell zu brechen, und reichte Ellis, in dem Moment, als sich die Tür hinter ihm schloss, ein Padd.

»Was ist das, Sir?«

»Der Dienstplan. Ich habe es gehasst, ihn erstellen zu müssen. Das ist eines der Dinge, die ich gern an Sie übergebe, Andrew. Oder bevorzugen Sie Andy, oder vielleicht Drew?«

Chakotay nahm an, dass er Commander Ellis bevorzugte, aber der jüngere Mann antwortet ein wenig steif: »Andrew ist in Ordnung, Sir. In informellen Situationen, versteht sich.«

Chakotay lächelte. »Selbstverständlich. Setzen Sie sich.«

Ellis sah unbehaglich zu der Tür zurück, die auf die Brücke führte.

»Lieutenant Kim hat Dienst, und Sie können mir glauben, er ist schlau genug, um Hilfe zu rufen, falls er sie braucht. Setzen Sie sich«, wiederholte Chakotay mit etwas mehr Nachdruck.

Ellis gehorchte und setzte sich auf die Kante des Sofas. Wenn es jemanden gab, der sogar im Sitzen aussah, als würde er strammstehen, dann war es Ellis.

»Wir hatten noch nicht die Gelegenheit, uns ausführlich zu unterhalten. Das möchte ich gerne nachholen.«

»Captain Chakotay«, sagte Ellis, und man sah ihm an, dass er sich unwohl fühlte. »Wie jeder andere auf dem Schiff mag ich es, mich mit Freunden zu entspannen.« Chakotay hatte Schwierigkeiten, das zu glauben. »Aber ich glaube nicht, dass das angemessen ist, während wir beide im Dienst sind.«

»Und Sie haben recht damit. Darum werden wir heute Abend zusammen essen.« Ellis wirkte erschrocken, schien seinen Widerstand aber angesichts der Ankündigung aufzugeben. Chakotay hatte entschieden, dass er »mit Freunden entspannen« zu einem Befehl machen musste. Ansonsten würde Ellis einen Grund finden, sich dem zu entziehen. Es war für einen aufstrebenden Offizier der Sternenflotte schon eine Leistung, Kommentare wie »strengt sich zu sehr an« in seinen Beurteilungen stehen zu haben. Sich anzustrengen wurde erwartet und normalerweise geschätzt und dazu ermuntert. Aber irgendwie hatte Ellis es geschafft.

»Was ich Ihnen sagen wollte, ist Folgendes: Obwohl ich Ihre Art, Ihre Aufgaben zu erfüllen respektiere, sind es Aufgaben, die ich selbst eine ganze Weile lang ausgeführt habe. Ich weiß, worauf es ankommt. Ich werde Ihnen eine Menge Freiheiten lassen, Andrew, aber ich werde Sie im Auge behalten.«

Offensichtlich verstand er Chakotays Worte falsch. »Bei allem Respekt, Captain, für die Art, wie ich bisher meine Pflichten erfülle, habe ich bisher nur Lob und Anerkennung erhalten. Falls Sie mir unterstellen möchten, dass es Nachlässigkeiten ...«

»Ganz im Gegenteil,«, versicherte Chakotay ihm. »Ich werde Sie beobachten, um sicherzugehen, dass Sie sich nicht verausgaben.«

»Ich glaube kaum ...«

Chakotay stellte seine Tasse auf dem Tisch ab. »Lassen Sie uns offen sprechen. Ich weiß, Sie wollten diesen Posten. Ich kenne Ihre Akte. Ich weiß, wie sehr Sie von der Sternenflotte geschätzt werden und wie fähig Sie sind. Sie wissen, dass Sie nicht meine erste Wahl als Erster Offizier waren, und wir wissen beide, dass Sie den Spitznamen ›Besen‹ verpasst bekommen haben.«

Ellis' blassblaue Augen weiteten sich ein wenig, während er rot anlief. *Oh*, dachte Chakotay. *Vielleicht hat er* das *nicht gewusst.*

Er versuchte, seine Aussagen weiter auszubauen. »Ebenso wissen wir beide, wie man über uns, die wir die letzten Jahre im Delta-Quadranten verbracht haben, denkt, innerhalb bestimmter Teile der Bevölkerung und besonders innerhalb der Sternenflotte. Ich kann gar nicht mehr zählen, wie oft irgendwer gesagt hat, wir hätten ›Glück‹ gehabt. Ich glaube nicht, dass die Familien derer, die beim Versuch, die *Voyager* nach Hause zu bringen, gestorben sind, sagen würden, ihre Angehörigen hätten Glück gehabt. Ich habe die Berichte gelesen. Ich habe mit Überlebenden gesprochen. Ich habe ein gutes Bild davon, was im Alpha-Quadranten los war, während wir mit unseren eigenen Problemen zu kämpfen hatten. Es war schwieriger für uns, uns wieder der Gesellschaft anzupassen, als es Ihnen vielleicht bewusst ist. Nun haben wir eine Mischung aus ehemaligen Besatzungsmitgliedern der *Voyager* und Veteranen des Dominion-Krieges an Bord und das spiegelt sich auch im Captain des Schiffes und seinem Ersten Offizier wider.«

Er konnte Ellis' Gesichtsausdruck nicht deuten. Aber da er die sprichwörtliche Büchse der Pandora bereits geöffnet hatte, sprach Chakotay weiter.

»Die Leute, mit denen ich während der vergangenen sieben Jahre gedient habe, sind absolut dazu in der Lage, sich auf eine Aufgabe zu konzentrieren und in Sekundenschnelle Entscheidungen zu treffen. Wäre das nicht der Fall, hätten wir es nicht zurück geschafft. Aber es könnte sein, dass sie etwas entspannter sind, als es Ihrer Gewohnheit entspricht. Etwas lockerer, und vielleicht ein wenig respektlos. Begehen Sie nicht den Fehler, das entspannte Verhalten in der Kantine oder auf dem Holodeck mit Inkompetenz zu verwechseln.«

»Captain, ich glaube, solch eine Annahme wäre tatsächlich ein Fehler«, sagte Ellis ein wenig spitz. Es gefiel Chakotay, dass er nun eher amüsiert als beleidigt wirkte. Gut.

»Ist Ihnen bewusst, dass einer der Gründe, weswegen ich Ihnen als Erster Offizier zugeteilt wurde, der war, Ihre Respektlosigkeit zu zügeln?«

»Das ist es. Aber ich bin ranghöher.«

Ellis machte eine Pause, wohl, um seine Gedanken zu sammeln, bevor er sagte: »Bitte um Erlaubnis, frei zu sprechen.«

»Ich bitte darum.«

»Ich weiß nicht, ob ich aus meiner eigenen Haut kann, oder, um ehrlich zu sein, ob ich das überhaupt möchte. Aber ich verstehe, was Sie meinen, Captain. Ich habe Respekt für das, was die Leute, die auf der *Voyager* gedient haben, durchmachen mussten. Und auch wenn Sie es vielleicht nicht glauben, ich respektiere auch die ehemaligen Maquis innerhalb der Besatzung. Sie mussten kämpfen, lange bevor der Rest der Föderation dazu gezwungen wurde. Ihnen ist sicher bewusst, dass man über die, die noch übrig sind, nur in den höchsten Tönen spricht.«

Die, die noch übrig sind. Chakotay erinnerte sich an den Brief, den er von Sveta erhalten hatte. Das schreckliche Schreiben, in dem er gelesen hatte, dass eine überwältigende Mehrheit der Maquis getötet worden war. Nach der Lektüre hatte er sich gefühlt, als hätte man ihm einen Schlag in den Magen verpasst. Es hatte ihn tief getroffen. Es hatte jeden Maquis auf der *Voyager* getroffen, B'Elanna vielleicht am schlimmsten. Sie hatte sich daraufhin immer gefährlicheren Holodeck-Programmen gestellt, nur um etwas zu fühlen, irgendetwas. Er hatte es nicht glauben können, als er damals das Holodeck betreten hatte, während solch ein Programm aktiv gewesen war. Ermordete, blutüberströmte Maquis hatten in einem Labyrinth aus Höhlen gelegen, dazwischen grinsende, wahnsinnige Cardassianer, gegen die sie kämpfen konnte.

Seine Gedanken drifteten weiter zurück, noch bevor der Fürsorger sie in den Delta-Quadranten gerissen hatte. Er sah Arak Katals freundliches bajoranisches Gesicht. Eine nett anzuschauende Maske, hinter der sich eine Boshaftigkeit verborgen hatte, die Chakotay nicht einmal im Ansatz verstand. Er fragte sich zum vielleicht tausendsten Mal, was einen Bajoraner dazu hatte treiben können, seine eigenen Leute auf diese Weise zu verraten.

»Captain?« Ellis' Stimme riss ihn wieder in das Hier und Jetzt. Um zu verbergen, dass er alten Erinnerungen nachgehangen hatte, lächelte er seinen neuen Ersten Offizier zuversichtlich an.

»Wir schaffen hier etwas Neues, einen Neuanfang«, sagte

Chakotay. »Lassen Sie uns mit gutem Beispiel vorangehen.« Er streckte die Hand aus.

Ohne zu zögern, ergriff Ellis sie fest. »Es wäre mir eine Ehre, Sir.«

Eine Standardprozedur, die bei jedem Schiff auf seiner ersten Mission anstand, war, dass sich alle Besatzungsmitglieder einer Routineuntersuchung unterzogen. Es war nicht das Wichtigste, aber da die Reise nach Loran II vermutlich ereignislos bleiben würde, hatte Chakotay den Befehl ausgegeben. Er nahm an, dass eine Menge Leute in Kaz' Krankenstation aufkreuzen würden, die einfach nur irgendetwas zu tun haben wollten.

Chakotay beschloss, mit gutem Beispiel voranzugehen. Als er auf der Krankenstation ankam, wunderte es ihn nicht, drei Besatzungsmitglieder vorzufinden, die diese Aufgabe schnell hinter sich bringen wollten. Bisher hatte er noch keinen davon getroffen und hoffte, die Gelegenheit nutzen zu können, sich vorzustellen und ein wenig zu plaudern. Sie lagen alle auf Biobetten, doch gleichzeitig sprangen sie auf, um Haltung anzunehmen, sobald Chakotay eintrat. Der winkte ab.

»Rühren.« Vergeblich versuchte er, ein Grinsen zu unterdrücken. Zögernd gehorchten sie, aber ihm war klar, dass seine Anwesenheit sie beunruhigte. Sie kamen alle frisch von der Akademie und wirkten sehr nervös. Als er in die drei Augenpaare blickte, die ihn voller Bewunderung ansahen, dachte er: *Sie sind so jung, dass sie nicht im Dominion-Krieg gekämpft haben, und das Abenteuer* Voyager *wirkt wahrscheinlich recht verlockend.*

Nach ein paar angespannten Augenblicken, in denen er versuchte, sie in ein lockeres Gespräch zu verwickeln, zog sich Chakotay in Kaz' Büro zurück. Dort würde er dem

Doktor nicht im Weg stehen, bis dieser mit den drei ehemaligen Kadetten fertig war. Als sie gingen, wobei sie alle ihrem Captain heimlich ehrfürchtige Blicke zuwarfen, setzte Chakotay sich auf eines der Biobetten.

»Scheint so, als seien Sie der Einzige auf dem Schiff, der wirklich etwas zu tun hat«, kommentierte Chakotay.

»Zum ersten Mal.« Kaz blickte auf seinen medizinischen Trikorder, während er Chakotay scannte. »Ich habe schon einmal auf einem Schiff gedient und musste die Mannschaft immer geradezu anbetteln, sich ihrer Hauptuntersuchung zu unterziehen.«

»Bisher war es eine ruhige Reise.«

Der Blick von Kaz' blauen Augen zuckte zu Chakotays braunen. »Und das ist ein Problem?«

»Nein. Nur ungewöhnlich. Im Delta-Quadranten war es schwierig, sich zu langweilen.«

»Kann ich mir vorstellen. Borg, Hirogen, Kazon ... Sie hatten alle Hände voll zu tun. Nun legen Sie sich hin und lassen Sie den netten Onkel Doktor ein paar Kortikalmonitore anbringen.«

Chakotay gehorchte. Das unangenehme Schweigen zwischen den Freunden wurde nur von den gelegentlichen Geräuschen der medizinischen Ausrüstung unterbrochen, die summte und piepte.

Schließlich sagte Chakotay: »Jarem ... Ich wollte Ihnen eine Frage stellen.«

»Nur zu.«

»Hat diese Mission irgendwelche ... Erinnerungen geweckt?«

Kaz sah ihn durchdringend an. »Ja, um ehrlich zu sein, hat sie das. Das ist seit Gradaks Tod, seit ich den Kaz-Symbionten erhielt, das erste Mal, dass ich an etwas beteiligt bin, das mit den Cardassianern zu tun hat, wenn auch nur am Rande.«

»Für mich auch. Ich habe mit Ellis gesprochen, und er

erwähnte, dass nur noch wenige Maquis übrig sind. Ich konnte nicht anders, als an Arak Katal zu denken.«

»Dieser Bastard«, sagte Kaz so ruhig, als würde er an einem Replikator eine Tasse Tee bestellen. »Lassen Sie es mich so ausdrücken, Chakotay. Ich hoffe, wir finden ihn eines Tages. Es wäre eine enorme Befriedigung, vor Gericht gegen ihn auszusagen. Mehr kann ich leider nicht erwarten, da die Föderation Exekutionen missbilligt.«

Chakotay hustete leise, doch Kaz hatte das Zischen der sich öffnenden Tür auch gehört. Zwei weitere Grünschnäbel standen dort und gafften, als sie den großen Captain Chakotay sahen.

Er lächelte ihnen zu und wurde dafür mit großen Augen angestarrt. Natürlich war er sehr dafür, dass die Besatzung ihren Captain respektierte - verdammt, niemand hatte Janeway mehr respektiert als er -, aber dieses Verhalten war lächerlich.

Es wurde Zeit, seine Mannschaft kennenzulernen.

6

Janeway schenkte sich eine weitere Tasse Kaffee ein und setzte sich hinter ihren Schreibtisch im Hauptquartier der Sternenflotte. Sie nippte an dem aromatischen Getränk - selbst jetzt noch, wo sie seit sechs Monaten wieder echten Kaffee trank, genoss sie es - und sah auf ihre To-do-Liste.

Sie wusste, dass es für alle Mitglieder ihrer ehemaligen Besatzung eine ... interessante Erfahrung war, sich nach sieben Jahren Reise wieder an das »normale« Leben hier im Alpha-Quadranten zu gewöhnen. Aber sie fragte sich, ob einer von ihnen - abgesehen von Icheb und Seven of Nine - eine schwierigere Anpassung als sie durchmachen musste. Es war eine enorme Umstellung vom Captain eines verschollenen Raumschiffes zum Schreibtischjob hier im Hauptquartier der Sternenflotte. Sie hatte immer angenommen, dass sie sich, wenn es jemals so weit käme, wie ein Vogel mit gestutzten Flügeln fühlen würde. Aber zu ihrer eigenen Überraschung war sie sich nicht sicher, ob sie es nicht sogar genoss.

Janeway war eine geborene Lehrerin, und sie genoss jede Minute des Unterrichts, den sie zusammen mit Tuvok gab. Die wissbegierigen jungen Leute, die hinter den Pulten saßen, waren wie Schwämme, die alles aufsaugten, was sie sagte. Es schadete nicht, dass die beiden alten Freunde ein faszinierendes Fach unterrichteten - die Borg. Gestern erst hatten die Studenten die Gelegenheit zu einer Fragerunde mit Icheb und Seven gehabt. Die beiden hatten sich freundlicherweise dazu bereit erklärt, sich genau unter die Lupe nehmen zu lassen. Es war ein fabelhafter Unterricht gewesen. Janeway hatte den Eindruck, dass in diesen beiden Stunden mehr dafür getan worden war, die Vorurteile gegen Borg-Opfer zu zerstreuen, als in den fünfzehn Jahren davor. Sie war sehr stolz auf ihre beiden früheren Ehren-Mannschaftsmitglieder.

Tatsächlich hatte sie noch ein wenig Zeit bis zu ihrem nächsten Termin. Ein Blick auf das Chronometer sagte ihr, dass im Think-Tank gerade Pause war. Eines der Mitglieder, ein Mnari, musste alle drei Stunden wenigstens zehn Minuten lang auf einer Liege schlafen, sonst würde das leistungsfähige Gehirn Schaden nehmen. Laut Seven musste er auch alle zwei Stunden essen. Darum stand denen, die der Doktor als »Tanker« bezeichnete, auch immer ein Vorrat an Nahrungsmitteln zur Verfügung. »Daher auch die reichlich verfügbare Munition für die Essensschlacht neulich«, hatte er gejammert.

»Computer, Verbindung zu Seven of Nine aufbauen«, sagte Janeway zu ihrer Konsole.

Sevens hübsches Gesicht erschien auf dem Bildschirm. Sie lächelte. *»Admiral, schön Sie zu sehen. Was kann ich für Sie tun?«*

»Ich wollte nur sehen, wie es Ihnen nach dem Verhör gestern geht.«

Seven zog eine Augenbraue hoch. *»Es war wohl kaum ein Verhör. Ihre Studenten waren scharfsinnig und aufmerksam. Es war mir eine Freude, ihnen Informationen zu vermitteln.«*

»Dennoch war es ziemlich anstrengend für Sie. Ich hoffe, Sie hatten dadurch keinerlei Nachwirkungen.«

»Admiral Janeway, ich habe schlimmere Verhöre durch Offizielle der Sternenflotte überstanden. Ich habe ohne Zwischenfälle regeneriert«, erwiderte Seven geradeheraus.

»Gut. Wie geht die Arbeit voran? Wir hatten gestern nicht viel Gelegenheit, zu plaudern.«

»Ganz gut, nur ...« Sie sah sich um und sprach leiser weiter. *»Ich mache mir Sorgen um den Doktor.«*

»Wirklich? Warum?«

»Er setzt große Hoffnungen in seine Präsentation. Ich fürchte, zu viel. Er wird mit einer Gruppe von Individuen sprechen, deren Ansichten bereits feststehen, und sein Vortrag, so eloquent und logisch er auch sein mag, wird sie kaum umstimmen.«

Janeway hatte Mitleid mit dem Doktor. Obwohl Oliver Baines ein Verfechter für die Rechte der Hologramme war, hatte er ihnen keinen Dienst erwiesen. Tatsächlich hatte er mehr Schaden angerichtet, als der Sache zu nützen. Niemand konnte dem Thema derzeit etwas Positives abgewinnen. Es war ein schlechter Zeitpunkt für die Ansprache des Doktors.

»Nun, er ist ein erwachsenes Hologramm; was auch immer sie ihm entgegenhalten, er kann es verkraften.« Sie lächelte Seven an. »Sie haben ein gutes Herz, Seven.«

»Anders als Dichter uns glauben lassen wollen, ist das Herz nicht die Quelle von Emotionen, Admiral. Es ist lediglich ein Organ, dessen einzige Aufgabe darin besteht, Blut durch den Körper zirkulieren zu lassen. Jegliche Freundlichkeit oder Sympathie, die ich für den Doktor empfinde, hat ihren Ursprung im Gehirn. Insbesondere im ...«

»Jetzt ziehen Sie mich auf, Seven.«

Sie lächelte. *»Ich gebe zu, das tue ich.«*

Welche Fortschritte sie doch gemacht hat, dachte Janeway. »Woher die Emotionen auch immer kommen, ich bin froh, dass Sie für ihn da sind und ihn unterstützen.«

»Das bin ich auch.«

Ein schrilles *Tut-tut-tut* ließ beide Frauen zusammenzucken. *»Ah, Jish ist wach. Ich muss zurück an die Arbeit, Admiral. Gibt es sonst noch etwas?«*

»Nein, nichts. Ich wollte nur Hallo sagen. Passen Sie auf sich auf, Seven.«

»Das werde ich, Admiral. Seven Ende.«

Janeway setzte sich auf ihrem Sessel zurück und streckte sich, sammelte Kraft für die nächste Unterhaltung, die vermutlich nicht so angenehm verlaufen würde.

Während es eindeutig eine wichtige Aufgabe war, junge Geister zu formen, war die ebenfalls wichtig, die heute vor ihr lag - einen Planeten davon zu überzeugen, Mitglied der Föderation zu bleiben. Sie schloss die Tür zu ihrem Büro, sah auf das Chronometer und sagte: »Computer, verbinde mich mit Amar Kol.«

Nach einer Sekunde erschien Amar Merin Kols freundliches Gesicht auf dem Schirm. Die Kerovianer waren humanoid, hatten orangefarbene Haut und rotes Haar, vier Finger an jeder Hand und breite Münder. Sie waren seit annähernd vierzig Jahren Teil der Föderation. Zwar brachten sie sich militärisch nicht ein - bislang hatte kein Kerovianer auch nur das geringste Interesse daran gezeigt, die Akademie zu besuchen -, waren allerdings ein Volk, das vieles zum gemeinsamen Wissensschatz der Föderation beigetragen hatte, und sie waren sehr kunstinteressiert. Janeway wusste, dass es ein vielfältiger Verlust für die Föderation wäre, wenn sich Kerovi für einen Austritt aussprechen würde.

Janeway lächelte, und Kol erwiderte die Geste. Zumindest Janeway hatte es genossen, sich mit der Regierungsvorsitzenden des Planeten zu unterhalten, und es erweckte den Anschein, dass es Kol nicht anders ergangen war. Wenn sie doch nur über kerovianische Symphonien und Theater diskutieren könnten statt über eine Abspaltung.

»Guten Abend, Admiral Janeway,«, sagte Kol mit sanfter, tiefer Stimme. *»Oder ist es in San Francisco eher ›Guten Morgen‹?«*

»Ein herrlicher neuer Tag«, antwortete Janeway. »Tut mir leid, Sie noch wach zu halten.«

»Überhaupt nicht. Es ist mir immer eine Freude, mit Ihnen zu sprechen.«

Mit einem Stich des Bedauerns überlegte Janeway, dass dies durchaus den Tatsachen entsprechen mochte. Das Gefühl beruhte auf Gegenseitigkeit.

»Gleichfalls, Amar Kol«, erwiderte sie ehrlich. Kol hatte sie immer mit vollem Titel angesprochen, also achtete Janeway darauf, es ebenso zu halten. »Hatten Sie Gelegenheit, die Statistiken durchzusehen, die ich Ihnen vor ein paar Tagen geschickt habe?«

Kol nickte. *»Sie sind sehr beeindruckend, und es freut mich, dass bereits so viel wiederhergestellt wurde.«* Sie verzog ihren breiten Mund zu einem traurigen Lächeln, als sie weitersprach. *»Aber wir wissen beide, dass Statistiken auf vielerlei Arten interpretiert werden können, je nachdem, was man mit ihnen aussagen möchte.«*

Sanft, aber stur. Das war Merin Kol, die sprichwörtliche eiserne Faust im Samthandschuh. Die Regierungsvorsitzende der Kevorianer war schlank mit feinen Zügen, und sie trug immer fließende Gewänder. Janeway fragte sich, ob diese Kleiderwahl Absicht war, ob sich Kol bewusst war, wie sanft sie auftrat, während sie streng und energisch blieb. Es war einfach, Kol zu unterschätzen, wenn man sie nicht gut kannte. Innerlich seufzte Janeway.

»Kerovi hat immer an seiner Politik der Gewaltlosigkeit festgehalten, was von der Föderation stets respektiert wurde. Sie wissen sehr gut, dass wir Ihr Volk nie dazu gezwungen haben,

Truppen zur Verfügung zu stellen, nicht einmal während der schlimmsten Zeit des Krieges«, sagte Janeway.

»Nein, das haben Sie nicht«, stimmte Kol zu, *»aber man benötigt keine Gewalt, um Druck auszuüben.«*

Janeway dachte an die Statistiken, die sie kürzlich gelesen hatte: wie viele Millionen gestorben waren. Kerovi hatte eine Bevölkerung von zwei Milliarden, und nicht einer von ihnen hatte an den Kämpfen teilgenommen. Sie hatten weder Waffen noch Schiffe, noch nicht einmal Nachschub für den Krieg zur Verfügung gestellt. Was sie getan hatten, war, den Opfern des Krieges zu helfen, bereitwillig Nahrung, Medizin, Kleidung und Unterkünfte zur Verfügung gestellt, und dafür war die Föderation dankbar. Dennoch konnte Janeway nicht anders, als einen Anflug von Ärger zu empfinden.

Sie widerstand der Versuchung, den subtil ausgeworfenen Köder zu schlucken, und fuhr fort: »Es bleibt eine Tatsache, dass Kerovi kein einziges Kriegsopfer zu beklagen hat, der Planet und das Volk jedoch von der Föderation geschützt wurden.«

Kol hielt ihrem Blick stand. *»Geschützt vor Angriffen in einem Krieg, den wir nicht wollten. Kerovis Regierung - und ich persönlich, Admiral - wollte sich am Dominion-Krieg nicht beteiligen. Wir haben uns dagegen ausgesprochen. Wir hätten den Schutz durch die Föderation nicht benötigt, hätte die Föderation nicht jeden einzelnen Mitgliedsplaneten zu einem potenziellen Ziel für ihre Feinde gemacht.«*

Ihre Stimme wurde rauer, und Janeway wechselte das Thema. »Wir haben darüber bereits gesprochen, Amar. Und wir haben festgestellt, dass keine von uns die andere überzeugen kann. Es ist ein müßiges Thema. Tatsache bleibt, wir haben diesen Krieg gewonnen, und aufgrund dieser Tatsache sind die Planeten der Föderation sicher.«

Kol zog eine Augenbraue hoch.

»Wenn es wieder Schwierigkeiten gäbe«, fuhr Janeway fort, um ihren Standpunkt klarzumachen, »sei es durch einen Nachbarn oder woher auch immer, wäre Kerovi in der Lage, Unterstützung durch die Föderation anzufordern. Wenn Sie sich von der Föderation lossagen, wären Sie völlig schutzlos. Ihr Planet verfügt über keine Möglichkeit, sich selbst zu verteidigen.«

»Mehrere Tausend Jahre lang musste sich Kerovi nicht verteidigen. Bis wir der Föderation beitraten. Für uns ist das Ursache und Wirkung. Tritt der Föderation bei, und dein Planet benötigt letzten Endes Schutz.«

»Tritt der Föderation bei«, sagte Janeway mit ruhiger und gleichmäßiger Stimme, »und dein Planet hat Zugang zu medizinischen und wissenschaftlichen Neuerungen, sobald sie entdeckt und als sicher eingestuft wurden. Ihr Planet verfügt über Nahrungsmittel, falls es einmal zu Engpässen kommt, Technologien, die Ihr Volk dabei unterstützen, zu wachsen. Sie sind in der Lage, Ihren Teil dazu beizutragen, die Zukunft des Quadranten zu formen.«

»Admiral.« Kols Stimme war voller schmerzhafter Aufrichtigkeit. *»Ich fürchte um die Zukunft dieses Quadranten, sofern die letzten Jahre ein Zeichen dafür waren, wohin uns der Weg führt.«*

Frustriert riss sie die schlanken, vierfingrigen Hände nach oben. *»Alles, was Sie sagen, entspricht der Wahrheit. Was Sie unerwähnt lassen, ist, dass die Föderation den freien Handel nicht kontrolliert - zumindest noch nicht.«*

Janeway verengte die Augen zu Schlitzen. Nur mit Mühe verkniff sie sich eine Erwiderung.

»Wir können Nahrung, technische Geräte und Medikamente auf anderen Wegen beschaffen«, fuhr Kol fort. *»Auf Wegen, die uns nicht dazu zwingen, uns mit einer riesigen und anonymen Ansammlung von Planeten zu verbünden.*

Auf Wegen, die kein Risiko für Kerovi darstellen.«

Janeway lächelte traurig; aller Ärger fiel von ihr ab. »Wieso ist mir schwindelig?«

Kol lächelte ebenso, wodurch ihr Gesicht weicher wurde. *»Als wären Sie im Kreis gerannt? Seltsam, mir geht es genauso.«*

Der Admiral zögerte. »Sie haben ein paar leidenschaftliche Argumente vorgebracht, Amar Kol. Aber noch sind Sie nicht offiziell ausgetreten. Ich gehe davon aus, dass Sie an der Konferenz teilnehmen werden?«

Kol nickte. *»Ja, das werde ich. Ich freue mich darauf, Sie persönlich kennenzulernen, Admiral. Ich glaube, dass es viele Dinge gibt, über die wir derselben Ansicht sein werden.«*

»Das glaube ich auch. Am besten lasse ich Sie nun zu Bett gehen, Amar.«

Kol verzog das Gesicht. *»Ein Amar bekommt wenig Schlaf.«*

»Dasselbe gilt für Admirals«, erwiderte Janeway. »Gute Nacht, Amar.«

Kol seufzte, als Janeways Gesicht vom Schirm verschwand. Es war so schwierig. Janeway hatte so eine dominierende und überzeugende Art, dass es schwerfiel, Nein zu sagen, selbst wenn sie wusste, dass es das Richtige war - und das, was ihr Volk und ihre Regierung wollten.

Sie rieb sich die Wangen, massierte die empfindliche Ansammlung von Nerven, die sich dort befanden. Es half ihr, zu entspannen.

Amar Merin Kol war vor sechs Jahren zufällig an die Macht gelangt. Ihr Ehemann war bei einem Unfall ums Leben gekommen, und aus Pflichtgefühl hatte sie es auf sich genommen, seine Amtszeit zu beenden. Sie hatte nicht damit gerechnet, wiedergewählt zu werden, und während sie danach strebte, ihrer ehrenhaften Stellung gerecht zu werden, indem sie lernte und zuhörte, war sie froh über die vielen weisen Leute um sie herum, die ihr Ratschläge gaben.

Ihr Computer tschirpte leise, und sie sah, dass eben eine dieser weisen Personen mit ihr Kontakt aufnehmen wollte. Lächelnd berührte sie den Bildschirm, und das Gesicht ihres Freundes und Beraters Sul Alamys erschien.

»Guten Abend, Amar. Ich hoffe, ich störe nicht.«

»Natürlich nicht. Mein bester Berater könnte mich niemals stören. Wie war Ihre Reise? Was konnten Sie erfahren?«

»Ziemlich viel«, sagte Alamys ernst, *»und alles davon unterstützt unsere Position. Amar, wie ich vorhergesagt habe, sind wir nicht die Einzigen, die genug von den Schikanen der Föderation haben. Von den sechs Repräsentanten, mit denen ich gesprochen habe, denken drei ebenso über einen Austritt nach.«*

»Wirklich?«

Die Zahl war erstaunlich. Kol hätte nicht gedacht, dass so viele unzufrieden waren. Es schien, dachte sie traurig, als würde der Dominion-Krieg noch weitere Opfer fordern.

Alamys nickte. *»Es gibt eine Übermacht bestimmter Spezies innerhalb der Föderation, und diese scheinen die Kontrolle auszuüben. Menschen, Vulkanier, Trill, Bolianer und eine Handvoll anderer im Verhältnis zu den Hunderten Spezies, die vertreten werden. Wir verfügen nur über ein paar Offizielle, die unsere Interessen durchsetzen. Wir haben keinerlei Einfluss auf das, was die Föderation tut, müssen uns aber damit abfinden.«*

Kol nickte traurig. »Vierzig Jahre sind eine lange Zeit. Ein Austritt wird schwierig.«

»Wäre alles so geblieben wie in den letzten vierzig Jahren, würde ich den Austritt nicht befürworten. Aber die Politik der Föderation ist mittlerweile gleichbedeutend mit Einmischung, und diese Einmischung führte zu vielen Toten. Es muss sich

dabei nicht um kerovianische Tote handeln, damit wir ihren Verlust beklagen.«

»Nein, selbstverständlich nicht«, stimmte Kol zu. »Hätte sich die Föderation nur mehr isoliert. Sicher gibt es innerhalb der Mitgliedsplaneten genug Herausforderungen, dass es nicht nötig gewesen wäre, in den Krieg zu ziehen und mehr zu schaffen.«

»Und diese Position vertreten beinahe alle Planeten, die den Austritt in Erwägung ziehen.«

Kol nickte und seufzte. »Setzen Sie Ihre Gespräche mit diesen Leuten fort, Alamys, und halten Sie mich auf dem Laufenden. Ich werde die Ergebnisse Ihrer Beobachtungen mit in die Konferenz nehmen.«

Und Admiral Janeway die schlechte Nachricht persönlich überbringen, dachte sie traurig.

7

Ensign David Chittenden machte es sich in der Messe der *Voyager* mit seinem Mittagessen gemütlich. Selbstverständlich hatte jeder einen neuen Posten, immerhin war dies die erste Mission des Schiffes seit seiner Rückkehr in den Alpha-Quadranten. Aber dies war Chittendens erster Posten überhaupt auf einem Raumschiff, und er war mehr als nur ein wenig nervös.

Er biss von seinem Schinkensandwich ab und kaute nachdenklich darauf herum, während er den Blick seiner blauen Augen schweifen ließ, um die übrigen Anwesenden zu betrachten. Er entschied, ein Spiel zu spielen: Konnte er erkennen, wer zur ursprünglichen Besatzung der *Voyager* gehörte und wer, wie er, ein Alpha-Quadranten-Veteran war?

Manche kannte er vom Sehen - Lieutenant Harry Kim, und natürlich seinen eigenen vorgesetzten Offizier, Lieutenant Vorik. Ihre Verbindung zu dem Schiff war bekannt. Aber die niedliche junge Frau mit dem kurzen roten Haar und den Sommersprossen auf der Nase dort drüben - sie musste ein AQV sein, frisch von der Akademie. Sie war zu jung, um bereits sieben Jahre Dienst hinter sich zu haben. Und der Typ da hinten, groß und schlaksig, ungefähr in seinem Alter - er sah sich die ganze Zeit um, als würde er sich unwohl fühlen.

»Ist hier besetzt?«, erklang eine angenehme weibliche Stimme.

Chittenden schreckte so plötzlich zusammen, dass er seinen Kaffee verschüttete. »Entschuldigung. Ich habe Sie nicht kommen hören. Bitte, setzen Sie sich.« Errötend machte er sich daran, eine Kaffeepfütze von dem Sitz zu wischen, auf den sie eben gezeigt hatte.

»Danke.« Die junge Frau lächelte ihn an. Als er den Fleck aufgewischt hatte, setzte sie sich und streckte ihm die Hand entgegen.

»Ich bin Lyssa Campbell.«

Er schüttelte die angebotene Hand. Den Namen erkannte er als den des Ops-Offiziers des Schiffs.

»David Chittenden«, sagte er ein wenig ehrfürchtig.

»Oh, Sie sind der Wunderknabe, über den alle reden«, sagte sie freundlich und hob dann ein Stück Pizza an die Lippen.

David fühlte, wie er rot wurde. »Wunderknabe?« Er setzte sich etwas aufrechter hin.

Während sie auf ihrer Pizza kaute, nickte Campbell und wischte sich den Mund mit ihrer Serviette ab.

»Sicher. Vorik hat Ihren Namen mir gegenüber mindestens zweimal erwähnt. Und glauben Sie mir, bei ihm ist das ein echtes Kompliment. Willkommen an Bord der *Voyager.*«

»Danke«, murmelte er und richtete seine Aufmerksamkeit wieder auf sein Sandwich. Es entstand eine lange Pause. Chittenden dachte fieberhaft nach, worüber man sich unterhalten könnte.

»Mh ... wie ist es, wieder zurück zu sein?«

»Auf der *Voyager?*« Sie überlegte kurz. »Gut, glaube ich. Aber ein wenig seltsam. Sieben Jahre sind eine lange Zeit mit derselben Besatzung.« Sie lächelte leicht. »Es ist gut, frisches Blut an Bord zu haben.«

Nun wurde er wirklich rot. »Das kann ich mir vorstellen«, sagte er und dachte im selben Moment, wie albern das klang. Auf der Suche nach etwas, das er noch sagen konnte, fuhr er fort. »Die *Voyager* ist nun ein echtes Sternenflottenschiff.«

Das attraktive Lächeln verschwand, und ihre Augen blickten plötzlich eisig. David erkannte, dass er in ein riesiges Fettnäpfchen gestolpert war.

»Jede Minute, die wir im Delta-Quadranten verbracht haben, waren wir ein echtes Sternenflottenschiff.« Ihre Stimme klang noch angenehm, aber es schwang die Andeutung einer Warnung darin mit.

Bitte, dachte er, *ich hoffe, ich sage nun nichts Falsches.*

»Selbstverständlich waren Sie das«, sagte er schnell. »Was ich meinte, war, dass diejenigen, die im Delta-Quadranten waren, jetzt wieder Teil des Teams sein können.«

Ihr Gesichtsausdruck wurde noch kälter. David zuckte innerlich zusammen. *Sportmetaphern. Schlechte Idee, Dave. Schlechte Idee.*

»Weil Captain Janeway eine Mission auf Befehl der Sternenflotte ausführte, waren wir im Delta-Quadranten verschollen.« Nun gab es keinen Zweifel mehr daran, dass sie wütend war. »Weil wir auf dieser Mission waren, wurden wir vom Fürsorger entführt. Oder haben Sie in Geschichte nicht aufgepasst?«

»Uhm«, war alles, was Chittenden erwiderte.

»Wir wurden von allem, was wir kannten, fortgerissen und Tausende von Lichtjahre von zu Hause entfernt zurückgelassen. Wir haben viele gute Leute verloren, gleich bei unserer Ankunft und während der nächsten sieben Jahre. Aber Captain Janeway hat uns zurück nach Hause gebracht. Ein kleines Wunder, wenn Sie mich fragen. Und hier sind wir, mehr als bereit, unsere Pflicht zu tun. Aber wir waren niemals raus aus dem Team, Ensign. Niemals.«

»Sie haben zumindest nicht im Alpha-Quadranten mitgespielt. Wissen Sie, wir haben hier auch eine Menge guter Leute verloren. Ein paar *Millionen* guter Leute.«

Farbe stieg ihr ins Gesicht. Sie wirkte dadurch noch attraktiver.

»Und wie viele dieser Millionen guter Leute haben Sie gekannt und geliebt? Ich habe Freunde verloren, die ich sieben Jahre lang jeden einzelnen Tag gesehen hatte!«

»Ich habe auch Freunde verloren, Lieutenant!« Ihre Gesichter kamen ihm in den Sinn. Der Sieg über das Dominion hatte den Schmerz über ihren Verlust nur geringfügig gelindert. »Freunde, die bereitwillig an Bord ihrer Schiffe gegangen sind, sich in den Kampf gestürzt haben, um diesen Quadranten zu beschützen. Nicht nur, um nach Hause zu kommen und sich eine gemütliche Tasse Kaffee zu genehmigen!«

Seine Augen weiteten sich, während er die Worte aussprach. Er konnte nicht glauben, was er eben gesagt hatte. Das war mehr als eine hitzige Unterhaltung. Er konnte dafür wegen ungebührlichen Verhaltens belangt werden.

Campbell starrte ihn mit hochrotem Gesicht an.

»Lieutenant Campbell, ich ...«

Sie stand auf, nahm ihr Tablett. »Entschuldigen Sie mich.«

David trat sich in Gedanken selbst in den Hintern, während er ihr nachsah. Er atmete tief ein, und zum ersten Mal fiel ihm auf, dass man ihn beobachtete. Manche der ihm zugewandten Gesichter wirkten wütend oder verletzt. Andere wiederum - die niedliche junge Rothaarige und der langgliedrige Typ beispielsweise - lächelten leicht, und er erhielt von mehreren ein zustimmendes Nicken.

Der Appetit war ihm vergangen. Chittenden brachte den Rest seines Essens zum Replikator zurück. Ein Teil von ihm wollte Campbell suchen und sich bei ihr entschuldigen. Ein anderer jedoch dachte, dass seine Worte vielleicht unangemessen gewesen waren, aber die dahinter stehende Einstellung war es nicht.

Die Besatzung der *Voyager* hatte nichts - überhaupt nichts - durchgemacht im Vergleich zu dem, was der Alpha-Quadrant durchlitten hatte, während sie weg waren.

Die Leben, die das Schiff während der letzten sieben Jahre verloren hatte, waren nichts im Vergleich dazu, was diejenigen, die hiergeblieben waren, erduldet hatten.

Nein, entschied Chittenden, während er zurück in den Maschinenraum ging. Er würde sich nicht entschuldigen.

Immerhin hatte er recht.

Lyssa Campbell war froh, auf ihrem Weg zurück zur Brücke allein im Turbolift zu sein. Die Einsamkeit gab ihr die Möglichkeit, sich abzuregen.

Wie konnte dieser Grünschnabel es wagen, auch nur anzudeuten, dass diejenigen, die auf der *Voyager* gedient hatten »weniger Sternenflotte« waren als die, die im Alpha-Quadranten geblieben waren! Das war seine erste Mission auf einem Raumschiff, verflucht. Was wusste er schon darüber? Was wusste er überhaupt?

Sie erinnerte sich an den schrecklichen Moment, als sie im Transporterraum aufgewacht war, alleine, mit von Blut verklebtem Haar, nachdem der Fürsorger die *Voyager* entführt hatte - es gab kein anderes Wort dafür. Zu erfahren, dass so viele ihrer Freunde in diesem einen Augenblick gestorben waren. Zu hören, dass Janeway die einzige Möglichkeit, das Schiff nach Hause zu bringen, bewusst zerstört hatte. Der Schmerz war grausam gewesen, aber mit der Zeit war Campbell froh gewesen, dass der Captain diese Entscheidung getroffen hatte. Sie hatte Kes, die Ocampa, kennengelernt. Und der Gedanke, dass dieses freundliche Mädchen nur wegen der *Voyager* zur letzten Überlebenden ihrer Spezies hätte werden können ... Nein, so etwas war undenkbar. Janeway hatte die richtige Entscheidung getroffen.

Während die Decks an ihr vorbeizogen, dachte Lyssa an die Freunde, die seit damals gestorben waren. Ihre Gesichter drängten sich in ihre Gedanken. Es waren so viele ... zu viele.

Wie konnte David Chittenden es wagen zu behaupten, dass er mehr gelitten hatte?

Sie stieß den Atem aus und fuhr sich mit den Händen durch das blonde Haar, während ihre Wut verebbte. Jeder hatte gelitten, ob sie nun im Alpha-Quadranten oder im Delta-Quadranten gewesen waren. Dieses »Wir haben mehr durchgemacht als ihr«-Spiel zu spielen war idiotisch, aber sie wusste, dass nicht nur sie und Chittenden es spielten.

Der Krieg war vorbei. Die *Voyager* hatte es zurück nach Hause geschafft. Es war an der Zeit, nach vorne zu blicken.

Wäre nur jeder dieser Ansicht.

Campbell musste lächeln, als ihr klar wurde, dass der einzige Grund, warum ihr Chittenden so sehr unter die Haut ging, der war, dass sie ihn mochte. Und wenn sie auch nur einen Hauch Menschenkenntnis besaß, dann mochte er sie auch. Vielleicht war es gut, dass sie gleich zu Beginn einen Streit hatten. Romanzen an Bord waren für gewöhnlich keine gute Idee.

Sie kehrte etwas entspannter an ihren Posten zurück. Die Ops war unbesetzt geblieben, während sie in der Mittagspause gewesen war. Harry war auf der Brücke und hätte notfalls einspringen können. Niemand kannte die Ops besser als Harry. Chakotay saß in seinem Kommandosessel und betrachtete seinen Computer genau. Er sah auf, als sie eintrat.

»Wie war das Mittagessen?«, fragte er freundlich.

»Gut, Sir, danke.«

»Sie sind früh zurück. Wenn Sie wollen, können Sie Ihre ganze Pause nehmen, Lieutenant.« Er wies auf den Bildschirm, an dem die Sterne vorbeirasten. »Es ist nicht so, als hätten wir Roten Alarm.«

»Danke, Sir, ich ziehe es vor, auf meinem Posten zu sein.«

Chakotay lächelte sie an, doch für einen Moment suchten seine Augen die ihren. Sie wurde unter seinem prüfenden Blick etwas rot.

»Wie Sie möchten, Lieutenant. Ich kann nicht behaupten, nicht froh darüber zu sein, dass Sie da sind. Mr. Kim, Sie haben die Brücke. Ich bin in meinem Bereitschaftsraum.«

Kim ging hinunter zum Sessel des Captains. Lyssa drückte flink ein paar Knöpfe auf ihrer Konsole und verzog leicht das Gesicht. Sie sah sich um; Kim war der ranghöchste Offizier unter den Anwesenden, und sie waren alte Freunde. Sie gestand nicht gerne ein, wenn sie etwas nicht wusste, aber sie vertraute ihm.

»Harry ... Entschuldigung, Lieutenant Kim?«

»Ja?« Er sah zu ihr hinüber.

»Ist irgendetwas vorgefallen, während ich fort war?«

»Nein, alles ruhig. Wieso fragen Sie?«

»Es ist nichts«, sagte sie schnell. »Es ist nur ... ach, egal.«

Kim lächelte. »Ich wette, es war ein Gespenst.«

»Ein was?«

»Ein Gespenst. Etwas, das nicht wirklich da ist. Das passiert öfter, nachdem ein Schiff gründlich überholt wurde. Man sieht etwas, das nicht zu stimmen scheint, und wenn man es überprüfen will, ist es weg.«

»Ja, das ist genau das, was ich meine«, sagte Campbell erleichtert.

Kim schüttelte den Kopf. »Sie haben die *Voyager* ziemlich zugerichtet. Sie hatten sie förmlich ausgeschlachtet, als wir vor ein paar Monaten an Bord kamen.«

»Und sie haben auch noch die ganze futuristische Technik ausgebaut«, sagte Tare von der Steuerkonsole aus.

»Ja, das macht es noch trauriger«, stimmte Kim zu. Die Tür zur Brücke zischte, und Ellis trat aus dem Turbolift. Sofort spannten sich alle an und konzentrierten sich auf ihre Aufgaben. Das gut gelaunte Gespräch verflüchtigte sich wie Wasser auf einer heißen Herdplatte. Kim gab schnell den Sessel frei und kehrte an seine Station zurück.

Lyssa erstickte ein Seufzen. Sie hoffte, der Besen würde lernen, sich etwas gehen zu lassen. Und sie hoffte, dasselbe galt auch für den steifen David Chittenden.

8

Chakotay hatte nun ein Ziel: dafür zu sorgen, dass sich die Besatzung in seiner Gegenwart wohlfühlte und miteinander auskam, zumindest ein wenig, bis sie ihre Mission beendet hatten. Er würde Sektion für Sektion vorgehen, vorbeikommen, Namen und Gesichter kennenlernen und tun, was nötig war, um es seiner Besatzung leichter zu machen.

Es ist seltsam, B'Elanna nicht zu sehen - oder zu hören, dachte er, als er den Turbolift verließ. Er vermisste seine alte Freundin, wusste aber, dass Vorik ein beinahe ebenbürtiger Nachfolger war. Der Vulkanier beendete gerade eine Unterhaltung mit jemandem, als Chakotay hinter seinen Chefingenieur trat und sich räusperte.

»Captain«, Vorik drehte sich geschmeidig um, »was für eine Überraschung.« Er wirkte nicht überrascht. Chakotay fragte sich, ob er das jemals tat. »Was kann ich für Sie tun, Sir?«

»Ich möchte mir Ihre Mannschaft ansehen, herausfinden, wie sie sich machen. Und ich wollte mir die Beine etwas vertreten.« Voriks Miene nach zu urteilen, empfand er das als keine angemessene Erklärung. Andererseits war Chakotay der Captain. Er brauchte keine angemessenen Erklärungen.

»Wie wirken sich die letzten Veränderungen auf die Leistung der *Voyager* aus?«, fragte Chakotay.

Voriks Augenbrauen zogen sich zu der stärksten Andeutung von Ärger und Missbilligung zusammen, die Chakotay je an ihm beobachtet hatte.

»Die Technik zu entfernen war unlogisch.« B'Elanna war ebenfalls Voriks Meinung gewesen, und Chakotay wünschte sich, sie könnte jetzt den Gesichtsausdruck des Vulkaniers sehen. Die beiden Chefingenieure hatten mehr gemeinsam, als er gedacht hatte.

»Auch wenn es nichts nützt, stimme ich Ihnen zu. Aber keiner von uns ist beim Kommando der Sternenflotte.«

Als die *Voyager* zurück nach Hause gekommen war, war das weit gereiste Schiff zum Mittelpunkt intensiver Untersuchungen geworden. Da es mit Borg-Modifikationen sowie Technik aus der Zukunft ausgestattet war, hatte man sie ausgeweidet, zerlegt und analysiert. Alle »fremde Technologie«, so hatte der verkniffene Admiral, der ihre Entfernung autorisiert hatte, sich ausgedrückt, war konfisziert worden. Die *Voyager* war nun nicht mehr - aber, verbesserte sich Chakotay in Gedanken, auch nicht weniger - als ein herkömmliches Raumschiff der *Intrepid*-Klasse.

Es gab dafür zwei Gründe, die einander auch noch widersprachen: Die Sternenflotte musste die Modifikationen untersuchen, und sie mussten entfernt werden, um die Zeitlinie nicht zu verunreinigen.

Es war, wie Vorik gesagt hatte, unlogisch. Aber es kam nicht überraschend.

»So schmerzlich das auch für einen Chefingenieur klingen mag, ein Schiff besteht aus mehr als seinen technischen Komponenten. Die *Voyager* war wegen ihrer Besatzung etwas Besonderes, und wegen dessen, was wir zusammen durchgemacht haben. Jetzt, da wir eine andere Besatzung haben, ist sie noch immer etwas Besonderes und einzigartig, aber auf eine neue Art.«

»Es wäre von Vorteil für ihre spezielle und einzigartige Mannschaft gewesen, wenn man dem Schiff seine spezielle und einzigartige Technologie gelassen hätte«, erwiderte Vorik.

»Vorik, wenn Sie nicht aufpassen, entwickeln Sie eines Tages noch einen Sinn für Humor.« Chakotay musste grinsen.

Vorik blickte leicht bestürzt drein. »Ich hoffe ernsthaft, dass das nicht geschieht, Sir.«

Chakotay konnte nicht anders, als ihm auf die Schulter zu klopfen. Der Vulkanier zuckte zusammen.

»Kommen Sie, stellen Sie mir Ihre Mannschaft vor.«

Vorik folgte der Aufforderung. Die meisten waren ehemalige *Voyagers*, dadurch war es eher ein Auffrischen der Bekanntschaft als eine Vorstellung. Aber es gab ein neues Gesicht.

»Ensign David Chittenden.« Der junge Mann stand stocksteif da.

»Oh, der Wunderknabe«, sagte Chakotay. Chittenden verzog kaum wahrnehmbar das Gesicht. »Vorik hat Sie erwähnt. Wir haben Glück, Sie an Bord zu haben. Willkommen an Bord der *Voyager*. Das ist Ihre erste Mission auf einem Raumschiff, oder?«

»Ja, Sir.« Er sah dem Captain nicht in die Augen und wirkte etwas unbehaglich. Chakotay fragte sich, woran das lag. Er war der Ansicht, über eine gute Menschenkenntnis zu verfügen, und Chittendens Verhalten ließ ihn vermuten, dass mehr dahintersteckte als die Unerfahrenheit eines Neulings. Chittendens Akte las sich hervorragend, und Chakotay wusste, dass die Mannschaft des Maschinenraumes freundlich und zuvorkommend war. Warum also hielten sie alle Abstand zu dem Neuling? So früh schon Differenzen? Er hoffte es nicht.

»Sie sind in guten Händen«, sagte er freundlich. »Ich bin mir sicher, Ihre Kollegen tun alles, damit Sie sich willkommen fühlen.«

Er sah sie bedeutungsvoll an. Was auch immer zwischen Chittenden und den anderen Ingenieuren vorgefallen war, er wollte, dass sie es hinter sich ließen.

»Selbstverständlich, Sir«, sagte Chittenden. »Es ist mir eine Ehre, meinen Dienst zu tun.«

Chakotay fragte sich, ob er es wirklich so meinte.

Die *Voyager* legte einen Halt auf Deep Space 6 ein, bevor sie zu ihrem endgültigen Ziel weiterflog. Es gab noch jemanden, der an dieser Mission teilnehmen musste. Janeway hatte die Person als »spirituellen Berater« bezeichnet. Jemand, der mit Astall zusammenarbeiten sollte, um die Kolonisten darauf vorzubereiten, sich wieder an dem Ort niederzulassen, den sie unter solch traurigen Umständen verlassen hatten. Trotz seiner eigenen Spiritualität hatte er die Notwendigkeit dieses Beraters infrage gestellt.

»Ich bin mir sicher, es gibt innerhalb der Gruppe jemanden, der ihnen besser helfen kann als ein völlig Fremder«, hatte er bei einem Kaffee in Janeways Apartment gesagt.

»Alle Kolonisten mit dieser Art von Ausbildung haben sich entschlossen, auf Loran II zu bleiben«, hatte seine Freundin und sein ehemaliger Captain erwidert. »Sie haben um jemanden gebeten, der ihre Situation auf einer spirituelleren Ebene nachempfinden kann als ein Counselor. Das ist eine wichtige Mission, Chakotay. Die Sternenflotte möchte, dass die Kolonisten das Gefühl haben, man nimmt sich ihrer Bedürfnisse an.«

Chakotay hatte von Janeway keinen Namen erfahren; sie sagte, die Sternenflotte habe noch keine Entscheidung getroffen. Es komme darauf an, wer verfügbar wäre.

Darum stand er nun ein wenig neugierig im Transporterraum, als der sogenannte spirituelle Berater an Bord gebeamt wurde. Ensign Thomas Stefaniak, der Lyssa Campbells Posten übernommen hatte, bediente die Kontrollen, und der Berater materialisierte sich auf der Plattform.

Chakotays Kinnlade fiel herab.

»Überraschung!«, sagte seine kleine Schwester mit leuchtenden Augen und einem Grinsen, das von Ohr zu Ohr ging.

Er umarmte sie kräftig. »Sekky! Diese hinterlistige Kathryn«, sagte er, nachdem er sie losgelassen hatte. »Ihr beide hattet das die ganze Zeit geplant, oder?«

»Genau«, gab Sekaya selbstzufrieden zu und wirkte nicht im Geringsten, als würde sie sich schämen. Grinsend schüttelte Chakotay den Kopf, während er das alles verarbeitete. Er bemerkte, wie Stefaniak versuchte, seine Neugierde zu unterdrücken.

Lachend sagte er: »Ensign Stefaniak, das ist meine Schwester Sekaya. Offenbar wird sie den Kolonisten als spiritueller Berater zur Seite stehen.«

»Freut mich, Sie kennenzulernen, Ma'am«, erwiderte Stefaniak lächelnd. »Willkommen an Bord der *Voyager.*«

»Es ist mir eine Freude, hier zu sein. Wie macht sich mein großer Bruder als Captain? Hat er Sie alle bereits in Schwierigkeiten gebracht?«

»Darauf müssen Sie nicht antworten, Stefaniak«, sagte Chakotay schnell.

»Danke, Sir.« Stefaniak wirkte sehr erleichtert.

»Komm, Sekky. Ich zeige dir dein Quartier.« Sie verließen den Transporterraum und gingen zum Turbolift. »Warum hast mir nichts davon erzählt, als ich vor ein paar Monaten zu Besuch war?«

Sekaya kicherte noch immer über Chakotays Überraschung, während sie antwortete: »Meine Ausbildung zur Schamanin war noch nicht abgeschlossen, und ich war mir nicht sicher, ob ich das wirklich tun wollte. Abgesehen davon warst du gerade erst wieder zu Hause. Wir wollten dich nicht gleich mit allem erschlagen. Und direkt nach deinem Besuch, na ja, warst du plötzlich damit beschäftigt, wieder einmal die Föderation zu retten.«

Er grinste und zerzauste ihr das Haar. »Es ist wirklich schön, dich zu sehen«, sagte er ehrlich.

»Mir geht es genauso, Bruder.«

Sekaya war eine schöne Frau. Groß, schlank, aber wohlproportioniert, mit wachen intelligenten Augen. Sie und er wurden oft für Zwillinge gehalten. Es trennte sie ein Jahr, aber sie sahen einander sehr ähnlich. In ihrer Kindheit hatte zwischen ihnen eine tiefe Vertrautheit geherrscht. Chakotay fragte sich häufig, ob seine »widerspenstige« Art, die dazu geführt hatte, dass er als erster Bewohner von Dorvan V den Planeten hinter sich gelassen hatte, Sekaya beeinflusst hatte. Nachdem er fortgegangen und ihr Vater gestorben war, hatte auch sie beschlossen, ihr Zuhause zu verlassen. So viel wusste er. Was er nicht wusste, war, warum sie gegangen war.

»Erzähl mir von diesem Posten als spiritueller Berater. Bist du Mitglied der Sternenflotte?«

»Nein«, sagte sie rasch. »Ich habe diese Position irgendwie selbst für mich geschaffen. Nachdem du fortgelaufen und der Sternenflotte beigetreten bist«, neckte sie ihn. »Ich habe über meine Rolle auf Dorvan V nachgedacht. Dort habe ich die Schamanen unterstützt und wurde von ihnen ausgebildet, aber ich verspürte das tiefe Bedürfnis, dieses Wissen woanders zum Einsatz zu bringen. Es einem größeren Kreis zur Verfügung zu stellen.«

»Du Widerspenstige, du.«

»He, das ist dein Titel«, scherzte sie. Dann fuhr sie etwas ernsthafter fort: »Ich hatte das Gefühl, dass das, was ich gelernt hatte, geteilt werden müsse, dass es andere gäbe, die es brauchten. Nachdem ich die Erlaubnis der Schamanen hatte, ging ich und habe auch auf anderen Gebieten gelernt.«

Chakotay war ein wenig überrascht, dass die Schamanen seines Volkes so aufgeschlossen waren.

»Sie haben zugestimmt, dass du ihre Geheimnisse mit anderen teilst?«

»Natürlich nicht alle unsere Geheimnisse. Aber ein paar davon. Und viele waren ebenfalls der Meinung, dass es zwar wichtig ist, unsere Traditionen innerhalb der Stämme zu wahren, aber auch, dass jemand auszieht und unsere Art anderen vermittelt.«

Chakotay sah sie mit neuem Respekt an. »Sehr gut, Sekky. Ich bin stolz auf dich.«

Sie lächelte. »Ich möchte nicht unhöflich sein, aber kannst du meinen Spitznamen für dich behalten? Ich bin nun erwachsen, falls dir das noch nicht aufgefallen ist. Und ich bevorzuge es, Sekaya genannt zu werden.«

Es war ein sanfter Tadel, aber dennoch ein Tadel, und es überraschte Chakotay, wie sehr er schmerzte. Zum ersten Mal wurde ihm schlagartig klar, wie viele Jahre vergangen waren und wie sehr sie sich voneinander entfernt hatten. Der Gedanke stimmte ihn traurig, aber er nahm an, dass manche Dinge unausweichlich waren.

»Selbstverständlich, Sekaya.«

Sie grinste, legte ihm einen Arm um die Hüfte und umarmte ihn.

»Aber ich hoffe, dass ich für dich immer Sekky sein werde.«

Nachdem er Sekaya ihr Quartier gezeigt hatte, folgte eine Besichtigung des Schiffes.

Zuerst besuchten sie Counselor Astall, mit der sie auf dieser Mission eng zusammenarbeiten würde. Als Chakotay sie vorstellte, gab Astall ein glückliches Geräusch von sich und schloss ihre »Schwester« in eine erdrückende Umarmung. Für den Bruchteil eines Augenblicks versteifte sich Sekaya, bevor sie sich der Umarmung ergab und sich Zufriedenheit in ihrem Gesicht abzeichnete.

»Ich wollte schon immer einem Huanni begegnen«, sagte sie, als sie sich voneinander lösten. »Ich bewundere Ihre Herangehensweise an die traditionelle Therapie.«

Astall zog den Kopf ein wenig ein, geschmeichelt und ein wenig verlegen angesichts der lobenden Worte.

»Wir helfen durch Zuhören beim Heilen. Es ist überraschend einfach. Während es unserer Spezies leichtfällt, scheint es anderen schwerer zu fallen. Wenn wir dieses tiefe Hineinhören mit traditionellen Therapiemethoden verbinden, benötigt die Genesung viel weniger Zeit.«

Chakotay runzelte die Stirn. Das war ihm bekannt, aber so wie Astall es sagte, erinnerte es ihn an irgendetwas. Er konnte aber nicht sicher sagen an was, also gab er es auf. Es würde ihm schon einfallen.

Als Nächstes traf sie Kaz, der Sekaya offensichtlich bezaubernd fand. Danach war Fortier dran, der sich tatsächlich verbeugte und galant ihre Hand küsste. Chakotay nahm an, dass die männlichen Kolonisten mehr Zeit in Sitzungen bei seiner hübschen Schwester verbringen würden als bei Astall.

Als er sie auf die Brücke führte, grüßte Sekaya jeden mit derselben Freundlichkeit, vom Neuling Tare über Kim bis zu Ellis. Ellis schüttelte ihr die Hand und blickte mit leichter Überraschung von ihrem Gesicht in Chakotays.

»Sie haben dieselben Gesichtszüge«, sagte er und fügte dann hinzu: »Wobei sie Ihnen viel besser stehen, Ma'am.«

Chakotay hob eine Augenbraue, als Ellis seinem Blick begegnete. Es war nicht schwer, darin zu lesen. Ellis tat, was er konnte, um »lockerer« zu werden, wie Chakotay es vorgeschlagen hatte, und hoffte sichtlich, es nicht übertrieben zu haben. Chakotay schenkte ihm ein freundliches Grinsen und klopfte ihm auf die Schulter, woraufhin sich Ellis merklich entspannte. Es war ein guter Anfang.

In seinem Quartier replizierte Chakotay ein paar traditionelle Gerichte von Dorvan V, und die beiden Geschwister hielten ein Festessen ab. Er hielt die Unterhaltung absichtlich belanglos, da ihm auffiel, dass Sekaya etwas vor ihm verbarg.

Während Kaffee und Nachtisch, einem mächtigen Schokoladen-Käsekuchen, entschied Chakotay, dass es an der Zeit war, ein wenig nachzubohren.

»Sekaya, ich glaube, es gibt etwas, über das wir reden müssen«, tastete er sich vorsichtig vor.

Sie hatte gerade einen Bissen Käsekuchen in den Mund genommen, und nun riss sie die Augen auf. Sie kaute, schluckte hustend und griff nach dem Kaffee. »Unterhalten? Worüber?«

»Du hast vorhin gesagt, ihr wolltet mich nicht gleich mit allem erschlagen.«

Er hatte recht, irgendetwas beschäftigte Sekaya. Sie senkte den Blick schnell auf ihren Teller mit den Resten des Käsekuchens. Dann lächelte sie ihn an.

»Ich hätte mir denken können, dass du es bemerkst. Nur weil du widerspenstig bist, bedeutet das nicht, dass du begriffsstutzig bist.«

»Sag schon.«

Sie seufzte und schob ihren Teller von sich. Eine ganze Weile sah sie auf ihre Hände, bevor sie weitersprach.

»Sag du *mir* erst, wie dein Eindruck von der Situation zu Hause war, als du zu Besuch warst.«

Mit einem unguten Gefühl sagte Chakotay: »Alles wirkte in Ordnung. Ich habe ein wenig herumgefragt, wie es euch unter den Cardassianern ergangen ist, und jeder versicherte mir, dass die Besatzung ohne besondere Ereignisse verlaufen wäre. Dass die Cardassianer euch, wie wir alle gehofft hatten, in Ruhe gelassen haben. Ich erinnere mich, dass ich dachte, Vater sei letztendlich grundlos gestorben. Dass er nur aus Prinzip losgezogen war, um zu kämpfen.«

Sie beäugte ihn. »Unser Vater, ein standfester Befürworter von Frieden und Zusammenarbeit. Und du glaubst tatsächlich, dass er losgezogen ist, um zu kämpfen?«

»Es war die einzige Theorie, die mir eingefallen ist und die zu den Fakten gepasst hat. Wenn die Cardassianer Dorvan V in Ruhe gelassen haben und Vater dennoch dem Maquis beigetreten ist, was hätte ich sonst denken sollen?«

»Als er gestorben ist, hast du die Sternenflotte verlassen. Du wurdest ein Maquis, genau wie er. Du hast auch nur aus Prinzip den Kampf gesucht.«

Er starrte in seinen abkühlenden Kaffee. »Natürlich. Der Grund, weswegen wir so lange nicht miteinander gesprochen hatten, war der, dass ich unsere Heimatwelt verlassen hatte und der Sternenflotte beigetreten war. Vater hatte das Gefühl, dass die Sternenflotte - die Föderation - unsere Leute enttäuscht hatte. Als ich die Nachricht erhielt ... Es war fast, als hätte die Sternenflotte ihn getötet, als hätte *ich* ihn getötet. Also habe ich die Fackel, die er fallen gelassen hatte, aufgenommen. Ich habe seinen Kampf weitergeführt. Und ich trage dies, um ihn zu ehren.« Er berührte die Tätowierung an seiner Stirn mit einem Finger. »Genau wie du.«

Sie lächelte, doch ihr Lächeln verblasste schnell, als sie sprach. »Aber du hast nicht in der Nähe unserer Heimatwelt gekämpft.«

»Nein, die Cardassianer waren überall der Feind. Ich kämpfte, wo ich konnte - wohin man mich schickte.«

»Es muss beruhigend für dich gewesen sein, als du gehört hast, dass der Krieg vorbei war und alle Maquis begnadigt wurden.«

»Es war so, wie ich es bei meinem Besuch erzählt habe.« Langsam zehrte dieses Gespräch an seinen Nerven. »Sekaya, du schleichst wie die Katze um den heißen Brei. Was ist los?«

Sekaya seufzte. »Chakotay, wir haben dich angelogen. Nein«, fügte sie schnell hinzu, »das stimmt so nicht. Wir haben ... wir haben dir nur bestimmte Dinge nicht gesagt.«

»Was für Dinge?«

»Wir haben es noch niemandem gesagt. Die Föderation hatte uns im Stich gelassen. Wir wollten ihnen nicht erzählen, was wir durchgemacht haben.«

Er wurde besorgt. »Was ist passiert?«

Sie hob den Blick ihrer dunklen Augen. Er sah, wie sie schluckte. »Vater ist nicht grundlos gestorben. Er hat den Kampf nicht gesucht. Der Kampf kam zu uns. Weißt du ... Die Cardassianer haben uns nicht in Ruhe gelassen.«

Er griff über den Tisch, um ihre Hand in seine zu nehmen. »Erzähl.«

»Das werde ich. Das ist eines der Dinge, die ich tun wollte, warum ich dieser Mission zugestimmt habe, als Admiral Janeway den Vorschlag gemacht hat. Aber ich habe nicht erwartet ... Ich bin heute erst angekommen, Chakotay. Ich möchte es dir erzählen, aber ... es tut mir leid. Ich bin noch nicht bereit dazu.« Sie lächelte freudlos. »Vielleicht sollte ich wie die Kolonisten mit Astall sprechen.«

»Vielleicht solltest du das«, sagte er völlig ernst.

Sekaya stand auf und ließ ihre Serviette auf den Tisch fallen. »Es ist spät, und es war ein langer Tag. Ich sollte mein Quartier aufsuchen.«

»Du kannst so etwas nicht erwähnen und dann einfach gehen.«

»Ich brauche Zeit, um mich vorzubereiten. Zu überlegen, wie ich es am besten ausdrücke.« Sie stand da, wrang die Hände und starrte auf den Teppich. »Ich habe nicht damit gerechnet, gleich am ersten Abend darüber reden zu müssen. Ich dachte, wir verbringen etwas Zeit miteinander, und es würde irgendwann von selbst aufkommen.«

»Das ist geschehen.«

Sie sah ihn mit einer Mischung aus Frustration und Angst an. »Ich weiß, aber ich möchte jetzt noch nicht darüber reden. In Ordnung?«

»Sekaya, du bist vielleicht kein Mitglied der Sternenflotte, aber du befindest dich auf einem Sternenflottenschiff, und ich bin der Captain. Du hast mir gerade gesagt, dass die Sternenflotte darin versagt hat, unser Volk zu beschützen. Es wäre mein Recht dir zu befehlen, mir davon zu erzählen.«

Ihre dunklen Augen blitzten. »Das würdest du nicht«, sagte sie leise.

»Nein, das würde ich nicht. Aber das ... ist nicht nett von dir, Sekaya.«

Sie kam auf ihn zu und beugte sich vor, küsste seine Schläfe rechts von der Tätowierung.

»Es geht nicht darum, grausam oder nett zu sein, Chakotay. Es geht darum, bereit zu sein, über etwas sehr Wichtiges zu reden - meine Seele zu offenbaren. Ein Geheimnis zu enthüllen. Du weißt, dass das für unser Volk schon immer ein großer Schritt war. Abgesehen davon wollte ich diese Mission wirklich antreten, um den Kolonisten von Loran II zu helfen. Ich möchte nicht, dass ich durch das, was unserer Kolonie zugestoßen ist, von meinen Pflichten abgelenkt werde. Verstehst du das?«

Er legte sich ihre Hand an die Wange. »Nicht direkt«, gab er zu. »Aber ich respektiere es. Sag mir, wenn du die Zeit für gekommen hältst. Aber ich warne dich, ich werde dich nicht nach Deep Space 6 zurückbringen, bevor ich dieses Geheimnis kenne.«

Sie lächelte, und es erleichterte ihn, das vertraute Grübchen auf ihrer Wange zu sehen. Worum es auch ging, es war offensichtlich schlimm, aber es hatte seine lebensfrohe Schwester nicht ihres Lachens beraubt. Und dafür war er dankbar.

»Danke, großer Bruder. Das Abendessen war hervorragend. Gute Nacht.« An der Tür blieb sie stehen. »Chakotay ... Es tut wirklich gut, dich wiederzusehen.«

Die Tür schloss sich zischend hinter ihr. Er warf seine eigene Serviette auf den Tisch und starrte, die Hände an den Hüften, darauf hinab, ohne sie wirklich wahrzunehmen.

»Alles wirkte in Ordnung«, sagte er zu sich selbst.

9

Kaz pfiff vor sich hin, während er ein paar Akten aktualisierte, und legte gelegentlich Pausen ein, in denen er seine Umgebung anerkennend betrachtete. Sein letzter Einsatz auf einem Schiff war eine Weile her, und was er von der Krankenstation der *Voyager* sah, gefiel ihm. Wie nahezu jeder, der sich mit Medizin befasste, hatte er interessiert und mit einem Anflug von Neid die »Abenteuer« des Doktors gelesen. Ein Arzt im Delta-Quadranten zu sein, beinahe jeden Tag neuen Herausforderungen gegenüberzustehen - das musste anregend gewesen sein.

Er lachte leise, fragte sich, ob das wirklich Jarems Gedanken waren, oder Gradaks oder vielleicht sogar die des Poeten Radara. Er war sie alle, und doch war er sein eigener Herr. Jarem genoss es sehr, ein vereinigter Trill zu sein, und dachte nicht zum ersten Mal daran, was er für ein Glück hatte.

Das Pfeifen erstarb in seiner Kehle, als er sich an die Umstände erinnerte, die zu der Vereinigung geführt hatten. Für gewöhnlich lag ein Trill, der einen Symbionten erhalten sollte, neben dem ehemaligen, sterbenden Wirt, damit ihm bewusst blieb, dass dieses Ereignis kein Einzelfall war. Aber es war kein friedlicher Übergang gewesen. Gradak hatte nicht

sterben wollen, hätte nicht sterben müssen.
Hätte nicht sterben dürfen ...

»Medizinischer Notfall«, *ertönte Captain Lanhams Stimme. Auf dem Schiff herrschte bereits Roter Alarm.* »Krankenstation, bereiten Sie sich auf Verletzte vor.«

»Verstanden«, erwiderte Jarem, während er die Hände unter das sterilisierende Licht hielt. »Wie viele?« Noch während er sprach, begann sein Team mit den Vorbereitungen. Sie legten Trikorder bereit, stellten Medikamente zusammen, schalteten die Biobetten ein, stellten Notliegen auf.

»Sechzehn.«

Kaz fragte nicht, wer die Verletzten waren, woher sie kamen, wie sie verletzt worden waren. Es war ihm egal. Dafür war später noch Zeit. Jetzt war er ein Arzt, und alles, worauf es ankam, war, dass er ihnen half, sofern er dazu in der Lage war.

Er hörte das Summen des Transporters. Die Verletzten erschienen auf den Betten, und einige materialisierten auf dem Boden. Die Pfleger und er halfen diesen schnell auf die Notliegen. Manche der Patienten waren bei Bewusstsein, hatten nur leichte Verletzungen, die Jarems geübter Blick sofort als Phaserverbrennungen erkannte. Anderen ging es deutlich schlechter.

Erneut summte der Transporter, und mehr Patienten materialisierten. Jarem lief es kalt den Rücken hinunter, als sie schimmernd Form annahmen.

»Oh nein«, keuchte er, entsetzt über den Anblick. Auf dem Boden lagen einige verbrannte und blutüberströmte Kinder. Was war mit ihnen geschehen? Welches verkommene Wesen feuerte mit Phasern auf Kinder*?*

Er gab Befehle, um eine Einteilung vorzunehmen. Sein Team beurteilte die Verletzten und begann sofort damit, die schwersten Fälle zu versorgen. Noch während er sich darauf konzentrierte, einem Bolianer eine Blutinfusion zu verabreichen, ging er im Geiste die Spezies durch: die meisten waren menschlich, ein paar Bolianer und ein paar Bajoraner.

Dann dämmerte es ihm. Es handelte sich um Maquis. Maquis mit ihren Familien …

»Doktor, Sie sehen sich das besser einmal an«, erklang die angespannte Stimme eines Pflegers.

»Was?«, schnappte er, während er den Bolianer überwachte. Gut, sein Zustand stabilisierte sich, nachdem Jarem ihn an die Plasmainfusion angeschlossen und seine Wunde geschlossen hatte. Als der Pfleger nicht antwortete, drehte sich Jarem gereizt um – und wurde bleich.

Auf einer der Notliegen lag, gekleidet in die zufälligen, nicht zusammenpassenden Kleidungsstücke, die für Maquis so typisch waren, ein bewusstloser Trill.

Jarems Mund wurde trocken. Er wies einen der Pfleger an, die Versorgung des Bolianers zu beenden. Rasch scannte Jarem den Trill. Seine Verletzungen waren schwerwiegend; er würde nicht überleben. Schlimmer noch, er war vereinigt. Die Leben beider, des Wirtes und des Symbionten, stand auf dem Spiel.

Er leckte sich über die Lippen. »Computer, aktiviere das Medizinisch-Holografische Notfallprogramm.«

Das irgendwie gelangweilt dreinschauende Hologramm erschien. »Bitte nennen Sie die Art des medizinischen Notfalls.«

»Wir haben hier einen vereinigten Trill, der nicht überleben wird. Sie müssen den Symbionten entfernen und ihn für den Transport nach Trill vorbereiten.« Kurz drückte Jarem die Hand des sterbenden Trills, bevor er sich wieder den anderen Patienten zuwandte.

Mit einem schweren, leiderfüllten Seufzen scannte das MHN den Trill.

»Der Symbiont hat einen traumatischen Schock erlitten«, sagte es in teilnahmslosem Tonfall. »Er wird die Reise nicht

überleben. Ihre Einschätzung, dass der Wirt ebenso wenig überleben wird, ist korrekt.« Desinteressiert zog das MHN eine Decke über den noch immer atmenden Trill und beäugte den Raum voller Verletzter. »Vielleicht kann ich anderweitig helfen.«

»Nein!«, rief Jarem, entsetzt über das fehlende Mitgefühl des Hologramms, und erschreckte mit diesem Ausbruch sein Team und sich selbst. Er riss das Tuch von dem Verletzten und starrte wieder in das Gesicht des sterbenden Trills. Auf eine sehr reale Weise war dieser Mann sein Bruder. Seinem Volk wurde ein starkes Bedürfnis anerzogen, die Symbionten zu schützen, die das verkörperten, was es wirklich bedeutete, Trill zu sein.

Er konnte nicht herumstehen und zusehen, wie Wirt und Symbiont starben. Nicht, wenn es etwas gab, das er tun konnte.

Er traf seine Entscheidung. Er würde seinen Captain nicht informieren, denn egal, was Captain Lanham sagte, Jarem würde seinen Plan durchführen. Manchmal war es besser, um Vergebung zu bitten, als um Erlaubnis zu fragen. Er begann damit, seine Uniform auszuziehen.

Das Hologramm starrte ihn missbilligend an. »Was tun Sie da, Doktor?«, fragte es spitz.

»Ich bereite mich auf einen Eingriff vor. Und ich befehle Ihnen, dasselbe zu tun. Sie werden mir den Symbionten einpflanzen. Ich werde sein neuer Wirt.«

Das Hologramm hob eine Augenbraue. »Sie sind viel zu alt für eine erfolgreiche Vereinigung.«

»Nicht zu alt, um es zu versuchen«, erwiderte Jarem. Um dem nächsten Einwand des Hologramms vorzugreifen, fügte er schnell hinzu: »Hat dieser Mann Ihrer fachkundigen Meinung zufolge eine Überlebenschance?«

»Nein.«

»Kann der Symbiont den Transport nach Trill ohne einen Wirt überleben?«

»Nein«, wiederholte das MHN sichtlich unbehaglich.

»Verbessert es seine Überlebenschancen, wenn er in einen lebenden Wirt transplantiert wird?«

Etwas flackerte in den dunklen Augen. »Ja, vorausgesetzt, er und der Wirt überleben die Transplantation.«

Jarem sah sich auf der Krankenstation um. Sein Stab hatte alles unter Kontrolle. Diejenigen mit den schwersten Verletzungen waren bereits versorgt. Sie würden überleben. Jarems Team brauchte seine Unterstützung nicht.

Der sterbende Trill schon.

Er schob eine der Notliegen näher an den Trill-Maquis heran. Der Mann atmete noch, wenn auch nur schwach. Jarem sah das Hologramm an.

»Darf ich Sie daran erinnern, dass Sie nicht angemessen darauf vorbereitet wurden, einen Symbionten zu empfangen? Es könnte sogar sein, dass Sie überhaupt nicht zusammenpassen?«, sagte es.

»Selbst ein unpassender Wirt verbessert die Überlebenschancen des Symbionten, zumindest lang genug, um ihn zurück auf seine Heimatwelt zu bringen.« Plötzlich grinste er. »Ich komme dafür wahrscheinlich vor ein Militärgericht. Das sollte Sie doch freuen.«

»Ich bin ein Medizinisch-Holografisches Notfallprogramm«, erwiderte das MHN etwas gereizt. Es drückte ein Hypospray gegen Jarems Hals. Das Letzte, was Jarem als nichtvereinigter Trill hörte, war, wie das Hologramm leicht genervt sagte: »Freude ist irrelevant für die Erfüllung meiner Aufgabe. Hoffen wir, dass Sie lange genug überleben, um vor ein Militärgericht zu treten.«

Kaz lächelte bei der Erinnerung. Captain Lanham hatte keine Anklage erhoben; immerhin hatte Jarem Kaz keinen direkten Befehl missachtet. Zudem hatte er sehr überzeugend argumentiert, dass sein Handeln ein Leben gerettet hatte.

Die ersten Wochen mit dem Symbionten waren schwierig gewesen, schwieriger, als er erwartet hatte. Die Vereinigung war sehr kraftraubend, und Jarem musste zugeben, dass er nicht mehr der Jüngste war. Lanham wollte die Mission des Schiffes abbrechen, um Kaz nach Trill zu bringen, aber Jarem bestand darauf, dass er damit umgehen konnte.

Und tatsächlich, nachdem sie sich aneinander gewöhnt hatten, hatte sich herausgestellt, dass Jarem ein angemessener Wirt für den Kaz-Symbionten war. Er hatte von ihm so viel über den vorherigen Wirt, Gradak, erfahren, und über all die anderen, mit denen der Symbiont vereinigt gewesen war. Sie alle lebten in gewissem Sinne in ihm.

Und nun, da sie auf dieser Mission in ein Gebiet flogen, das einmal cardassianischer Raum gewesen war, drängten Gradaks Erinnerungen in den Vordergrund.

Die Tür zischte, und Kaz kehrte in die Gegenwart zurück. Er war angenehm überrascht, die Pilotin des Schiffs ein wenig unsicher in seiner Krankenstation stehen zu sehen.

»Hallo, Lieutenant Tare. Was kann ich für Sie tun?«

Sie sah sich um. »Ich erhielt den Befehl, mich für eine Untersuchung bei Ihnen zu melden. Ich dachte, es wäre das Beste, das schnell hinter mich zu bringen.«

Ihre Körpersprache, Worte und Stimmlage brüllten ihm förmlich entgegen, dass sie gar nicht hier sein wollte. Er konnte es ihr nicht übel nehmen, vielmehr war er überrascht, dass sie von sich aus gekommen war. Es gab ein paar Besatzungsmitglieder, von denen er angenommen hatte, er müsse sie einfangen, um sie für die Standarduntersuchung in die Krankenstation zu bekommen, und sie stand auf dieser Liste ganz oben.

»Bitte legen Sie sich auf das Biobett. Es wird nicht lange dauern.« Er wies auf das Bett, und sie schob sich gehorsam darauf.

Das Biobett führte seine Analyse durch, dann bat Kaz sie, sich aufzusetzen, damit er sie selbst untersuchen konnte. Er versuchte sich in Small Talk.

»Wie gefällt es Ihnen bisher auf der *Voyager*?«

»So weit ganz gut.«

»Gute Leute?«, bohrte er nach.

»Ja, scheint so.«

»Wie fühlen Sie sich insgesamt?«

»Gut.«

Nicht gerade sehr entgegenkommend. Sie schien zu bemerken, dass er nach Informationen fischte, und offenbar mochte sie es nicht.

Akolo Tare war ein besonderer Fall. Aufgrund der Geheimhaltung innerhalb der Sternenflotte wussten nur wenige Mannschaftsmitglieder von dem, was sie durchgemacht hatte, während sie in der Gewalt von Oliver Baines' Hologrammen gewesen war. Nur Kaz, Astall und Chakotay waren offiziell über den Vorfall in Kenntnis gesetzt worden. Nachdem sie zurückgekehrt war, hatte man Tare einer gründlichen physischen und psychologischen Untersuchung unterzogen und für diensttauglich erklärt.

Das war alles, was Chakotay wissen musste, aber Kaz sorgte sich um andere Dinge als der Captain der *Voyager*. Begriffe und Phrasen aus Tares medizinischem Bericht kamen ihm wieder in den Sinn: *subkutane Hämatome an beiden Unterarmen und Schultern ... einige offensichtliche Hautrötungen ... leichte Abschürfungen an weichem Gewebe ... oberflächliche Riss- und Schnittwunden ... kleine Ansammlungen von Prellungen und subkutanen Blutungen oberhalb der Schamlippen ... Ursache des Traumas unbestimmt, möglicherweise durch sexuellen Übergriff oder andere Gründe.*

Mit anderen Worten, dachte Kaz bitter, der untersuchende Arzt konnte weder bestätigen noch ausschließen, ob man

Akolo Tare zusätzlich dazu, dass sie entführt, gedemütigt und geschlagen worden war, auch noch vergewaltigt hatte. Sie selbst hatte dazu keinerlei Informationen preisgegeben.

Wenn sie tatsächlich vergewaltigt worden war, war es eine schwierige Angelegenheit, nicht nur aus den offensichtlichen Gründen. Selbstverständlich war es das Wichtigste, dass Tare besser früher als später darüber hinwegkam. Sie musste genesen, geistig wie körperlich.

Darüber hinaus war Kaz aber auch klar, dass es die Debatte um holografische Rechte bis ins Mark erschüttern würde. Fragen würden aufkommen, die dringend geklärt werden mussten: Galt ein Hologramm als Person? Konnte man es wirklich eine »Vergewaltigung« nennen, wenn der Täter kein Lebewesen, sondern eine Ansammlung von Photonen war?

Er machte sich Sorgen um sie, war sich allerdings unsicher, wie er sie zum Reden bringen könnte. Nachdem er seine Analyse beendet hatte, kam Kaz eine Idee.

Er sah finster auf den Trikorder. »Manchmal geht doch nichts über das gute alte Abtasten, um der Technologie ein wenig auf die Sprünge zu helfen«, sagte er, während er die Hände nach ihr ausstreckte. »Darf ich?« Er wollte sehen, wie sie auf eine männliche Berührung reagierte.

Tare spannte sich an. »Ist das wirklich notwendig?«

»Um ehrlich zu sein, nein.« Er behielt eine freundliche Miene, beobachtete sie jedoch wie ein Falke. Er log seine Patienten nicht an. »Aber«, fuhr er fort, und auch das war die Wahrheit, »es würde mir bei meiner Analyse helfen.«

»Vermuten Sie, dass etwas nicht in Ordnung ist?«

Er zögerte, bevor er antwortete, und entschied dann, dass es das Beste wäre, direkt zu sein. Akolo Tare sah nicht wie jemand aus, der es mochte, wenn man um ein Thema herumschlich.

»Ja«, sagte er schließlich, wobei er ihr direkt in die Augen sah. »Ich vermute, dass Sie vergewaltigt wurden, Lieutenant.«

Lieutenant Tare erstarrte. Sie wandte den Blick ihrer dunklen braunen Augen nicht von seinen ab, aber ihre Nasenlöcher weiteten sich, als sich ihre Atmung beschleunigte. Als sie sprach, war ihre Stimme kalt und ruhig.

»Haben Sie Ihre Untersuchung beendet, Doktor?«

»Ja.«

»Dann verschwinde ich.«

Sie rutschte vom Biobett und marschierte entschlossen zur Tür.

Er rief ihr nach: »Lieutenant Tare, Sie wollten von mir nicht einmal im Rahmen einer medizinischen Routineuntersuchung berührt werden. Ich bin ein Arzt, ein Wesen aus Fleisch und Blut.«

»Worauf wollen Sie hinaus?«, schnappte sie, ohne langsamer zu werden.

»Was würden Sie tun, wenn mir etwas passiert? Wenn Sie vom Medizinisch-Holografischen Notfallprogramm behandelt werden müssten?«

Sie war unterdessen an der Tür angekommen. »Ich würde tun, was nötig wäre.«

»Lieutenant!« Kaz konnte aus seiner eigenen Stimme einen flehenden Unterton heraushören. Sie hielt an der Tür an, drehte sich jedoch nicht um.

Ihre Körpersprache zeigte den Konflikt mehr als deutlich.

»Hören Sie«, fuhr Kaz sanfter fort. »Der Captain, Astall und ich sind die Einzigen, die von Ihrer Entführung wissen. Und lediglich Astall und ich wurden über eine mögliche Vergewaltigung in Kenntnis gesetzt.«

Sie drehte den Kopf und sah ihn über die Schulter hinweg an, mühsam kontrollierte Wut in ihrem attraktiven Gesicht.

»Sorgen wir dafür, dass es so bleibt.« Dann ging sie.

Es war eine lausige Schicht im Maschinenraum gewesen. Chittenden hatte die ganze Zeit nichts als abweisende Blicke und kalte Stimmen gesehen und gehört. Von Vorik war das zu erwarten gewesen, aber nicht von anderen Menschen. Er fragte sich, ob alle von seinem Streit mit Campbell wussten. Er hatte sich nicht so im Ton vergreifen wollen – aber die Erinnerung an seine Freunde, die bei der Verteidigung des Alpha-Quadranten gestorben waren, hatte wehgetan.

Also verließ er, sobald seine Schicht vorbei war, rasch den Maschinenraum und ging vielleicht schneller, als es ratsam war, zum nächsten Turbolift. Er konnte Voriks stechenden Blick beinahe spüren, der sich in seinen Rücken bohrte, während er mit schnellen Schritten durch die Tür verschwand. *Lass ihn starren*, dachte David. Er konnte es nicht erwarten, in sein Quartier zu kommen und sich bei seiner Lieblingsbeschäftigung zu entspannen, einem guten Buch.

Die Türen des Turbolifts öffneten sich zischend, und er starrte in ein Paar wunderschöner blauer Augen.

Er konnte nichts sagen.

»Steigen Sie ein oder nicht?«, fragte Campbell.

Er war unschlüssig. Was wäre schlimmer, mit ihr zu fahren oder so zu tun, als hätte er gar nicht in den Turbolift steigen wollen? Ersteres wäre unangenehm, aber Letzteres nur albern. Den Blick starr auf den Boden gerichtet, schlurfte Chittenden in den Turbolift und nannte sein Deck.

Die Stille war schrecklich. David zermarterte sich sein Hirn auf der Suche nach etwas, das er sagen konnte. Ihm fiel gar nichts ein. Aus dem Augenwinkel sah er, wie Campbell ihn gelegentlich ansah. Auch sie wirkte, als wollte sie etwas sagen.

Irgendwann atmete David tief ein. »Lieutenant Campbell, ich wollte ...«

»Ensign Chittenden, vor ein paar Tagen …«

Sie starrten einander an und begannen zu kichern.

»Sie zuerst«, sagte er.

»Nein, Sie.«

»Sie haben den höheren Rang.«

Sie grinste. Sie war absolut umwerfend, wenn sie grinste. David hatte angenommen, die Phrase, dass eine Miene sich aufhellte, sei nur ein Klischee, aber auf Campbell traf sie zu.

»Nun haben Sie mich erwischt, Ensign. Ich wollte …«

Der Turbolift hielt an, und die Türen öffneten sich. Er erinnerte sich an die beiden, die jetzt einstiegen: die niedliche Rothaarige und der langgliedrige Kerl. Beide waren während seines Moments der Schmach im Speisesaal gewesen. Sie stellten sich zwischen Chittenden und Campbell, und einen Augenblick später erreichte der Turbolift Campbells Deck. Sie ging ohne ein Wort, David sah ihr nach. Einen Moment lang überlegte er, ihr zu folgen, aber die Tür schloss sich und die Gelegenheit verging.

»Vielen von uns hat gefallen, was Sie im Speisesaal gesagt haben«, sagte der Typ. Er streckte ihm eine Hand entgegen, und Chittenden schüttelte sie. »Ich bin Rafe Sanderson.«

»Und ich bin Janine McKay.« Die junge Frau gab ihm ebenfalls die Hand und hielt seine ein wenig länger fest, als es nötig gewesen wäre. »Manche von uns haben genug davon, dass die ehemalige Besatzung des Schiffs sich für etwas Besseres hält.«

»Ich glaube nicht, dass sie das tun. Ihre Sichtweise ist nur … eine andere. Abgesehen davon sind sie jetzt unsere Kameraden.«

»Ja«, antwortete Rafe, »und ich befolge ihre Befehle und arbeite mit ihnen zusammen. Aber das bedeutet nicht, dass ich sie mögen muss.«

»Unsere Schichten sind vorbei. Wir wollten aufs Holodeck

und dann zum Abendessen in die Messe. Möchten Sie uns begleiten?«, fragte Janine.

David dachte an Lyssa Campbell, an das Buch, das in seinem Quartier auf ihn wartete, und entschied sich gegen beide. Dies war eine neue Phase seines Lebens. Es wurde Zeit, ein paar neue Dinge zu tun.

»Klar. Ich habe gehört, dass es da ein Programm gibt, das auf der *Voyager* sehr beliebt gewesen war. Wir sollten es ausprobieren«, sagte er.

Sie erreichten das Holodeck, David fand das richtige Programm, und die Türen öffneten sich, um den Blick in ein abgedunkeltes französisches Bistro freizugeben. Eine hübsche junge Frau sang mit Pianobegleitung Lieder auf Französisch, und eine ältere, aber dennoch attraktive Blondine ging zwischen den Tischen umher und begrüßte ihre Stammgäste. Ein großer, hagerer Mann bereitete am Pooltisch einen Stoß vor.

Während David bei dem Anblick lächelte, schnaubte Janine. »Das nennen die Spaß? Kein Wunder, dass sie alle herumlaufen, als hätten sie etwas im ...«

»Wie wäre es mit dem, das ich dir das letzte Mal gezeigt habe?«, schlug Rafe vor.

Janine strahlte. »Ja, das war großartig. Machen wir das.«

»Computer, laufendes Programm beenden und stattdessen Programm Sanderson 4 starten.«

Die Szene veränderte sich. Anstatt in einem Bistro standen sie nun in einer Bar voller Außerirdischer. Die Musik war laut und aggressiv, die Luft dick von Rauch. Wenn dies ein realer Ort wäre, erkannte David, hätte er die Lungen voller illegaler Substanzen, aber es handelte sich nur um ein Abbild. Der Raum war dunkel, und seine Augen brauchten etwas Zeit, um sich daran zu gewöhnen.

Er konnte ein paar Spieltische erkennen. *Dabo*? Er wusste es nicht sicher. In einer anderen Ecke des Raumes sagte jemand etwas, das wütend klang, doch David verstand die Sprache nicht. Die Person warf etwas auf den Tisch und sprang auf. Sein Gegenüber erhob sich ebenso schwungvoll. Ihre Stühle kippten nach hinten. Jemand trat dazwischen und sagte etwas, das die beiden offenbar beruhigte. David sah dennoch weg. Hier brauchte es nicht viel, damit ein Kampf ausbrach.

»Durstig, Süßer?«

David sah nach unten und entdeckte eine Frau, die er als orionisches Sklavenmädchen erkannte. Die Farbe ihres dicken wilden Haares war schwarz und die der Haut ihres perfekten Körpers ein hinreißender Grünton. Ihre Worte klangen kokett, aber selbst in dem schwachen, rauchverhangenen Licht konnte David in ihren Augen erkennen, dass sie gefährlich war. Rafe hatte den Arm um die schlanke Hüfte einer Frau gelegt, deren Spezies David nicht kannte, aber dank ihrer knappen Kleidung war schwer zu übersehen, dass sie drei Brüste hatte.

Auch Janine hatte Gesellschaft. Einen menschlichen Mann, groß, blond und muskulös gebaut. Sein Oberkörper war nackt, und Schweiß glänzte auf seiner eingeölten Haut. Er reichte ihr ein Getränk und küsste ihren Hals, alles in einer fließenden Bewegung.

Als Janine Davids fragenden Blick bemerkte, lachte sie. »Ist er nicht großartig? Ich habe ihn Herbert getauft.«

»Herbert?« Chittenden hätte sich beinahe verschluckt.

»Er ist eben alles andere als ein Herbert, darum fand ich es witzig. Versuchen Sie das romulanische Ale, es ist fantastisch.« Sie beäugte ihn und grinste etwas über sein Unbehagen.

»Durstig?«, wiederholte das Sklavenmädchen. Das Wort war mehr eine Forderung als eine Frage. Die grüne orionische Frau sah ihn an, kräuselte die Lippen, fletschte die Zähne und schaffte es dabei, sowohl Furcht einflößend als auch erotisch zu wirken.

»Ähm, ja, ich nehme ein Bier«, brachte Chittenden hervor. Ihm war etwas schlecht. Das war nicht seine Art von Unterhaltung. Da es sich bei Hologrammen nicht um echte Lebewesen handelte, gab es nur wenige Einschränkungen, was man mit ihnen tun durfte. Man sollte keine Hologramme erschaffen, die wie Leute aussahen, die man kannte, aber abgesehen davon waren sie nur eine Ansammlung von Photonen. Doch der Gedanke, dass Rafe Spaß daran hatte, eine Sklavin und einen Gigolo zu erschaffen, die aussahen, als wären sie zu mehr als nur einem Flirt bereit, ekelte ihn an.

Diese verrauchte, schäbige und unheimliche Kaschemme war nicht seine Kragenweite. Ihm gefiel das Sandrine's. Er wollte sich mit der hübschen Janine an einem zurückgezogenen, dunklen Ort unterhalten und sich mit harmlosen Dingen die Zeit vertreiben, wie Pool und einem guten Wein oder Drinks mit ausgefallenen Namen. Aber sie schien die Aufmerksamkeit des holografischen Mannes mehr zu genießen, als ihm angebracht erschien, und mit einem Mal wirkte sie nicht mehr so niedlich.

David wünschte sich, er wäre Lyssa gefolgt und hätte sich bei ihr entschuldigt.

Von dem Spieltisch in der Ecke erklang ein Schrei. Der Streit war doch noch ausgebrochen. Es würde ein langer Abend werden.

10

»Klingonische Bürokratie ist schlimmer als die der Sternenflotte, und die ist schon ziemlich mies«, flüsterte Torres ihrem Ehemann zu, während sie Commander Logt über eine sich scheinbar endlos windende steinerne Treppe folgten.

Sie hatten vor einigen Tagen mit Logt gesprochen, um die Erlaubnis zu erhalten, die alten Aufzeichnungen durchsehen zu dürfen. Zuerst war ihre Bitte abgelehnt worden. Zu Toms Überraschung war es B'Elanna gewesen, die sich Logt widersetzt und darauf bestanden hatte, dass es ihr Recht war, die Aufzeichnungen zu sehen, die sich auf ihre Tochter beziehen könnten. Logt hatte ihnen an diesem Morgen die gute Nachricht überbracht, dass sie die gerade erst wiederhergestellte Bibliothek betreten durften. Selbstverständlich mit Einschränkungen.

»Nun, zumindest bleiben wir in Form«, flüsterte Paris zurück. Seine Beine brannten vom Treppensteigen.

Logt blieb stehen und drehte sich bedrohlich um. »Wollten Sie etwas sagen, Paris?«

Tom versuchte, nicht zu schlucken, versagte jedoch. »Nichts, Ma'am.«

Logt sah in finster an, drehte sich dann um und ging weiter.

B'Elanna blickte ihren Ehemann verschmitzt an, und sie beide mussten gegen ein albernes Kichern ankämpfen.

Tom fühlte Wärme in sich aufsteigen. Wie sehr er diese Frau liebte. Er war bereit, es ihr zuliebe auf Boreth auszuhalten, solange sie dadurch aufblühte. Und alles, was gut für B'Elanna war, war gut für ihre Tochter. Dieser unglaublich hinreißende Wonneproppen befand sich gerade wieder einmal in Kulargs guten klingonischen Händen.

Dennoch war Tom erleichtert, als sie das Ende der Treppe erreichten. Logt holte aus irgendeiner Falte ihrer Uniform einen antiken Bartschlüssel hervor, schob ihn in ein Schloss, das größer als Toms Hand war, und drehte ihn.

Tom zuckte zusammen, als das Schloss ächzte, aber die Tür öffnete sich ohne Schwierigkeiten. Logt trat hindurch, Torres und Paris folgten ihr.

»Wow«, keuchte er beim Anblick von Reihe um Reihe alter Bücher. Die riesigen Regale erstreckten sich vom Boden bis zur enorm hohen Decke und reichten so weit in den Raum hinein, dass er nicht sehen konnte, wo sie endeten. Ein eigentümlicher Geruch stieg ihm in die Nase.

Bücher, dachte er etwas verwundert, *das ist der Geruch von Büchern.*

Er hatte selbstverständlich schon Bücher gesehen und schätzte sie als die Antiquitäten, die sie waren. Aber das meiste, was er gelesen hatte, und das war zugegebenermaßen nicht viel, waren Padds gewesen. Paris war kein eifriger Lerner, obwohl er es geschafft hatte, auf der Akademie ganz passable Noten zu bekommen. Er zog interaktive Romane auf dem Holodeck solchen vor, mit denen man sich in sein Quartier zurückzog.

Aber selbst er war in der Lage, die Jahre - oder besser Jahrhunderte - an Wissen zu schätzen, die hier zu finden waren. Die Sonne schien durch kleine Öffnungen im Stein, hoch über seinem Kopf, erzeugte Inseln aus Licht auf dem Boden. Staub tanzte träge in den Lichtstrahlen. Da waren riesige, schwere Tische, Stühle und hölzerne Schränke, fast so massig wie die Regale.

»Das ist unglaublich.« Wie Tom zuvor, sprach auch B'Elanna in einem ehrfürchtigen Flüstern.

»Es freut mich, dass Sie die Arbeit der alten Gelehrten zu würdigen wissen«, sagte Logt anerkennend. »Wir hatten wirklich Glück, dass die Bücher von dem Angriff verschont geblieben sind. Sie wurden erst kürzlich hierher, an ihre neue Ruhestätte, gebracht. Sie werden sie noch mehr schätzen, sobald Sie die Worte der Gelehrten gelesen haben, die über die Jahrhunderte zu uns sprechen.«

Tom interessierte sich normalerweise nicht für so etwas, aber bei ihren Worten kribbelte seine Haut. Während er sich weiter umsah, erschienen scheinbar aus dem Nichts zwei Priester. Ungeachtet ihrer weniger martialischen Aufmachung wirkten sie ebenso eindrucksvoll wie Logt - und Paris wusste, dass dieser Eindruck nicht täuschte.

»Gura und Lakuur werden Ihnen dabei helfen, die Bücher und Schriftrollen zu finden, die Sie benötigen«, sagte Logt. »Ich werde mich wieder an meine Pflichten begeben. Sie dürfen jeden Tag um diese Zeit für eine Stunde herkommen. Versuchen Sie nicht, zu anderen Zeiten Zutritt zu erlangen.«

Ohne weitere Worte ging Logt, wobei der Klang der Absätze ihrer Stiefel durch die riesige Halle tönte. Paris hörte, wie sich die Tür mit einem nachhallenden *Bumm* hinter ihr schloss.

Die Priester starrten sie mit kaum verborgenem Widerwillen an. Tom hatte die herablassende Art, die man ihm und auch B'Elanna entgegenbrachte, allmählich satt.

»Sie sind die Eltern der sogenannten *Kuvah'Magh?*«, wollte einer der beiden - Tom war sich nicht sicher, ob Gura oder Lakuur - mit finsterem Blick wissen.

»Wir sind die Eltern von Miral Paris, die von einer Gruppe Klingonen, der wir im Delta-Quadranten begegnet sind, für die Erlöserin gehalten wurde, ja«, antwortete B'Elanna.

Einer der Priester schnaubte. »Hmpf. Ich frage mich, ob Sie als halber Mensch die Arroganz dieser Behauptung überhaupt begreifen können.«

»Ich behaupte überhaupt nichts.« B'Elanna reckte das Kinn etwas vor. »Ich weiß, dass Kohlar und seine Leute davon überzeugt waren. Ich möchte die Dokumente, auf denen ihre Überzeugung basiert, sehen, und alle anderen Schriftrollen und Bücher, die mit dem Thema zu tun haben.«

»Ein Halbblut und ein Mensch in diesen geheiligten Hallen«, murmelte der andere Geistliche. »Das sind traurige Zeiten.«

Tom verkniff sich eine entsprechende Antwort und überließ B'Elanna das Feld. Sie war zumindest vom selben Blut wie die beiden Priester. Statt den Köder zu schlucken, erwiderte sie standfest das Starren. Nach einem Moment schüttelten die Priester die Köpfe und führten »das Halbblut und den Menschen« an einen Tisch.

»Logt hat uns über Ihr Anliegen informiert. Wir haben die relevanten Bücher und Schriftrollen herausgesucht«, sagte einer der beiden. »Lakuur wird Ihnen zeigen, wie Sie damit umzugehen haben.«

Zumindest wissen wir nun, welcher von den beiden welcher ist, dachte Tom. Lakuur reichte ihnen je ein Paar Handschuhe. Jetzt erst begriff Tom, was ihm schon vorher hätte klar werden müssen. Sie würden nicht mit Übersetzungen der Texte arbeiten; sie würden mit den Originalen zu tun bekommen. Sein Magen überschlug sich bei dem Gedanken.

»Ziehen Sie die an«, befahl Lakuur. »Sie haben Erlaubnis, immer nur ein Schriftstück zu begutachten.« Dabei wedelte er, um die Zahl zu unterstreichen, mit dem Zeigefinger. »Wenn Sie fertig sind, läuten Sie die Glocke. Ich werde es dann an seinen Platz zurückbringen. Sie dürfen Notizen machen, aber Sie müssen vorsichtig sein. Falls Spritzer der Tinte eines der wertvollen Schriftstücke beschädigt, müssen Sie Boreth verlassen und dürfen nie wieder zurückkehren.«

Nun fiel Tom das kleine spitze Knochenstück auf, das auf dem Tisch neben einem altertümlichen Tintenfässchen lag. Großartig. Das wurde ja immer besser.

Behutsam streiften B'Elanna und er die Handschuhe über und setzten sich an die erste Schriftrolle. Tom hielt den Atem an, als seine Frau sie langsam und vorsichtig entrollte. Glücklicherweise zerfiel sie nicht zwischen ihren Fingern, auch wenn sie danach aussah. Tom nahm das angespitzte Knochenstück, das als Füller dienen sollte, und die Tinte und setzte sich neben sie. Einen Moment später stand er auf und setzte sich ein paar Stühle von B'Elanna und der Schriftrolle entfernt wieder hin. Je größer der Abstand zwischen der Tinte und der uralten, unersetzlichen Schriftrolle war, desto besser. Lakuur beobachtete sie für einen Moment, brummte und ging.

Sobald er weg war, sah B'Elanna Tom an.

»›Oh Liebling, lass uns herausfinden, was es so über die *Kuvah'Magh* gibt.‹ Großartige Idee«, sagte sie sarkastisch.

»Das konnte ich doch nicht wissen«, protestierte er. »Verdammt noch mal, ich hatte angenommen, wir würden übersetzte Padds lesen. Ich habe nie geahnt, dass wir uns mit so etwas herumschlagen müssen.« Er wies auf die Ansammlung von Büchern und Schriftrollen.

»Da du kein Klingonisch lesen kannst, darfst du Notizen machen.« Sie sah sich die erste Schriftrolle an und ihre Gesichtszüge entgleisten. »Tom ... Ich bin mir nicht einmal sicher, ob *ich* das lesen kann. Es ist Klingonisch, aber eine sehr alte Version.«

»Wahrscheinlich so, als würde ich versuchen, Mittelenglisch zu lesen.« Tom erinnerte sich daran, wie er als Teenager Chaucers *Canterbury Tales* hatte vortragen sollen. *Whan that Aprill, with his shoures soote ...*

Er war fasziniert von dem Wissensfetzen, der ihm in den Sinn kam. Erinnerung war etwas Seltsames.

»Noch schwieriger«, sagte Torres nachdenklich und betrachtete weiterhin die Schriftrolle. Dann lächelte sie leicht.

»Das ist sie, Tom.«

»Das ist was?«

Sie wies auf das Pergament. »Das ist die Schriftrolle, die Kohlar und seine Leute kopiert hatten. Sie wurde kurz nach Kahless' Versprechen verfasst. Der Mönch, der die Vision und die Prophezeiung aufgeschrieben hat, hätte als einer der Ersten nach Boreth geschickt werden sollen. Aber scheinbar hatte er sich mit den falschen Leuten angelegt. Die Schriftrolle der *Kuvah'Magh* wurde während seines Exils geschrieben. Ich bin überrascht, dass sie noch existiert.«

Tom nahm das knöcherne Schreibinstrument auf und versuchte, nicht darüber nachzudenken, woher es eigentlich stammte. Er tauchte die scharfe Spitze in das Fässchen dicker schwarzer Tinte und versuchte, auf dem zur Verfügung gestellten Pergament zu schreiben. Es gelang ihm, einen sehr großen Klecks zu fabrizieren.

»Das könnte eine Weile dauern«, sagte er zu seiner Frau.

»Es ist wunderschön«, sagte Sekaya und meinte es auch so.

Sie, Astall, Fortier und ein paar andere Kolonisten standen auf einem sanft ansteigenden Hügelkamm und betrachteten die ehemalige Heimat der Kolonisten. Es dämmerte bereits, und die wunderbaren Schattierungen von Lila und Orange beleuchteten die einfachen und doch zweckmäßigen Häuser, aus denen die kleine Stadt bestand. Um diese Stadt herum erstreckten sich Felder, so weit sie sehen konnten.

Es mangelte nicht an Technik, aber sie war harmonisch in die Landschaft integriert worden, und das Ganze wirkte auf Sekaya wie die ideale Verbindung zweier Welten.

»Kein Wunder, dass Sie zurückkehren wollten«, hauchte Astall mit über dem Herzen verschränkten Händen und staunend großen Augen.

Fortier wandte sich ihnen zu und sah ihnen nacheinander ins Gesicht.

»Darum wollte ich, dass Sie uns heute Abend begleiten. Ich wollte, dass Sie unser Zuhause sehen und uns verstehen.«

Manche der Kolonisten wagten sich den Grasabhang hinab zu den Gebäuden, die sie einst Heimat genannt hatten. Vögel zwitscherten am Himmel, ließen sich zum Schlafen auf Bäumen nieder, während entferntes Bellen und Jaulen darauf hinwies, dass andere Tiere lieber die Nacht durchstreiften.

Fortier stand mit dem Counselor und der spirituellen Beraterin auf dem Hügel, während der wohlriechende warme Wind sein Haar zerzauste. Sekaya bemerkte, dass seine Augen feucht waren.

»Danke für die Einladung. Es ähnelt meiner Heimat«, sagte sie.

»Vielleicht können wir, nachdem wir uns wieder eingerichtet haben, Ihre Kolonie besuchen. Mir scheint, wir haben vieles gemeinsam.«

Sekaya war zufrieden. Die Holodeck-Nachbildung war offenbar gelungen, wenn sie Fortier und die Kolonisten so glücklich machte. Astall hatte es vorgeschlagen, damit die Kolonisten vor ihrer Ankunft einen Vorgeschmack auf ihr Zuhause bekommen konnten. Und, so hatte sie Sekaya anvertraut, damit sie beide die Reaktionen der Kolonisten beobachten und eventuellen Traumata zuvorkommen konnten.

Aber offenbar gab es hier nur geringes Potenzial für ein Trauma. Fortier war voller Vorfreude, wenn auch ein wenig melancholisch; das war zu erwarten gewesen. Astall hatte die Ohren aufmerksam aufgerichtet, und sie drehten sich, während sie der Unterhaltung folgte. Später würden sie und Sekaya einzeln mit den Kolonisten sprechen, um mehr über ihre Reaktionen zu erfahren.

»Als meine Leute auf Dorvan V ankamen, führten wir ein Ritual durch, um uns dem Land vorzustellen. Um unsere neue Heimat zu begrüßen und zu ehren.« Sekaya setzte sich ins Gras und legte die Arme auf ihre Knie, genoss die friedliche Szenerie, die sich vor ihr entfaltete. Einen Moment später gesellte sich Fortier zu ihr.

»Wir halten uns für recht spirituelle Leute, aber wir hatten nie sonderlich viele Rituale. Es klingt schön.«

Sie drehte sich zu ihm um. »Wir könnten eines für Ihre Rückkehr entwerfen. Vielleicht hilft es dabei, diejenigen, die gegangen sind, wieder mit denen zu vereinen, die geblieben sind.«

Absichtlich erwähnte sie nicht die Angst, die sie alle hegten: dass die Kolonisten, die sich zu bleiben entschieden hatten, tot sein konnten. Niemand wusste, was diese Leute bei ihrer Rückkehr vorfinden würden. Es könnte genau diese friedvolle Aussicht sein, die sich gerade vor ihnen ausbreitete, mit ihren Angehörigen, die nur darauf warteten, sie willkommen zu heißen. Es könnte sein, dass sie absolute Zerstörung vorfanden. Es könnte sein, dass es während des Krieges auf Loran II zu Kampfhandlungen gekommen war. Man wusste es einfach nicht.

In ihrem Quartier hatte Sekaya viel Zeit allein mit ihrem persönlichen Medizinbündel in tiefer Meditation versunken verbracht und dabei ein Ritual für den schlimmsten Fall geplant. Die Toten müssten betrauert werden, falls es Tote gab. Gegenüber Fortier erwähnte sie diesen Ausweichplan nicht. Dafür, es ihm sanft und schonend beizubringen, würde noch Zeit sein, wenn es sich wirklich als notwendig erweisen würde. Vorerst war es besser, wenn er an ein freudiges Wiedersehen glaubte.

Fortiers Blick war sanft, anerkennend betrachtete er die Nachbildung seines Zuhauses, während der Tag der Nacht wich. Seine vollen Lippen verzogen sich zu einem Lächeln.

»Das wäre wirklich schön.« Sein Blick kehrte mit einem ein wenig argwöhnischen Ausdruck zu ihr zurück. »Aber wir folgen nicht Ihrem Weg, Sekaya.«

»Und ich würde kein Ritual entwerfen, das meinem Weg entspräche. Hierbei geht es nur darum, was Ihnen und Ihren Leuten wichtig ist, Mr. Fortier.«

»Nennen Sie mich Marius.«

Sie lächelte. »In Ordnung, Marius. Sie haben einige Jahre auf Loran II gelebt. Sie hatten viel Zeit, Ihre eigene, einzigartige Kultur zu entwickeln. Erzählen Sie mir, was Sie dort gerne getan haben.«

Bevor Sekaya erkannt hatte, was geschah, war Astall auf den Beinen und stieg schnell den Hügel hinab. Unten sahen sie eine Frau, Kara, die sich Tränen aus dem Gesicht wischte, während ein Freund versuchte, sie zu trösten. Sie standen vor einem kleinen Haus, das wahrscheinlich Karas Zuhause war. Fortier spannte sich an und wollte aufstehen. Sekaya legte ihm sanft eine Hand auf den Arm, um ihn zurückzuhalten.

»Astall weiß, was sie tut«, versicherte sie ihm. »Lassen Sie sie allein mit Kara sprechen. Wenn Sie möchten, können Sie später mit ihr reden.«

Fortiers Kiefermuskeln arbeiteten, doch er nickte. »Wir hatten auf Loran II keinen Counselor. Wir sind nicht daran gewöhnt.«

»Sie ist eine Huanni, und die sind die Besten. Wir hoffen alle, dass alles in Ordnung ist, Marius. Aber es besteht die Möglichkeit, dass das nicht der Fall ist.«

Er sah sie an. »Sie hatten Glück. Ihre Kolonie wurde von den Cardassianern ignoriert. Sie kamen unbeschadet durch den Krieg. Ich kann nur hoffen, dass es unserer Kolonie genauso erging.«

Sekayas Brust zog sich zusammen, als hätte sie jemand geschlagen.

»Ja. Wir hatten viel Glück«, sagte sie mit zugeschnürter Kehle.

Und ihr Verstand schrie: *Lügnerin!*

11

»Hi«, sagte Kim.

Auf Libbys Gesicht erschien das bezaubernde Lächeln, das er so sehr liebte.

»Selber Hi. Wie geht es denn so, Sicherheitschef?«

»Bisher war es sehr ruhig«, gab Kim zu. »Noch habe ich nichts getan, außer an meiner Station zu stehen und bedrohlich auszusehen.«

Darüber lachte sie. Er konnte nicht anders, als zurückzulächeln. Natürlich gelang es ihm nicht, dieselbe ungerührte Bedrohlichkeit auszustrahlen wie Tuvok, aber er wusste, was er tat.

»Vielleicht bekommst du das mit dem bedrohlich Wirken irgendwann noch hin. Aber mal im Ernst, Harry, erzähl mir von dir. Ich vermisse dich. Was passiert bei euch?«

»Nun, wir sind auf dem Weg nach Loran II. Die Kolonisten scheinen nette Leute zu sein, obwohl alle ein wenig nervös sind.«

Anteilnahme zeichnete sich auf ihrem Gesicht ab. *»Wenn ihr nur wüsstet, was passiert ist. Es muss schrecklich für sie sein, abzuwarten und zu bangen.«*

»Ja.« Harry wusste, dass Libby das Gefühl nur zu gut kannte. Abzuwarten und zu bangen.

»Wie schlägt sich Lyssa auf deinem ehemaligen Posten?«

»Wie nicht anders zu erwarten, ist sie hervorragend.« Lyssa und Libby waren in den sechs Monaten seit der Rückkehr der *Voyager* gute Freundinnen geworden. »Da ist ein Typ, in den sie sich verguckt hat, aber so wie es klingt, ist er ein ziemlicher Idiot.«

»Wirklich? Warum?«

»Nun, während die *Voyager* im Delta-Quadranten gestrandet war, gab es zwischen den ehemaligen Maquis und uns von der Sternenflotte kleine Reibereien.«

»Ich habe B'Elanna und Chakotay kennengelernt, und auf mich wirkte es so, als hättet ihr es geschafft, alle Differenzen hinter euch zu lassen.«

»In sieben Jahren auf engstem Raum geht es gar nicht anders. Aber diesmal scheint es zwischen uns, die wir auf der *Voyager* waren, und denen, die im Dominion-Krieg gekämpft haben, Spannungen zu geben. Es scheint, als wären einige der Hiergebliebenen der Ansicht, wir hätten Glück gehabt, den Krieg verpasst zu haben.«

Er versuchte seine Stimme neutral zu halten, dennoch schlich sich ein Ton von Verbitterung hinein. Selbstverständlich entging Libby das nicht, da sie ihn so gut kannte.

»Oh, Liebling, hat das jemand zu dir gesagt?«

»Zu Lyssa. Ich habe ihr geraten, sich über ihn zu beschweren, aber das möchte sie nicht. Sie sagt, das würde nur zu noch mehr unnötigen Spannungen führen, und vielleicht hat sie recht.«

»Das tut mir wirklich leid. Aber vielleicht legt es sich ja im Laufe eurer Mission.«

»Ja, das hoffe ich auch. Es ist nicht der beste Anfang. Was ist mit dir? Bist du ausgelastet?«

Sie rollte mit den Augen. *»Meine Güte,* und wie. *Mein Agent hat mir für nächste Woche einen Auftritt in Australien* *verschafft, und dann mache ich etwas anderes auf irgendeiner Sternenbasis.«* Sie wedelte abwesend mit der Hand.

Kim unterdrückte ein Grinsen. Libby war intelligent, talentiert und hinreißend schön, aber sie hätte es in der Sternenflotte nicht weit gebracht. Irgendeine Sternenbasis ...

»Ich bin sicher, dass du klasse sein wirst«, sagte er ehrlich.

»Da wir gerade davon reden ... Tut mir leid, aber ich muss wirklich noch üben.«

»Ich habe auch einiges zu erledigen.« Das war zwar nicht unbedingt gelogen, aber er hätte lieber noch etwas länger mit ihr gesprochen.

»Völlig selbstsüchtig hoffe ich, dass der Rest eurer Mission absolut langweilig sein wird«, sagte sie lächelnd.

»Tu das. Ich liebe dich, Schatz.«

»Ich liebe dich auch.«

Als ihr Bild verschwand und durch das Symbol der Sternenflotte ersetzt wurde, dachte Harry Kim: *Und warum willst du mich dann nicht heiraten?*

Libby spürte, wie das Lächeln aus ihrem Gesicht wich, nachdem sie sich von Harry verabschiedet hatte. Sie wünschte sich von ganzem Herzen, sie hätte seinen Heiratsantrag annehmen können, aber jetzt war nicht der richtige Zeitpunkt dafür. Sie hatte Verpflichtungen, die ihre Aufmerksamkeit erforderten. Die wahre Ironie an der Situation war, dass das Einzige, was sie voneinander trennte, die Tatsache war, dass sie beide mit voller Hingabe derselben Organisation dienten.

Sie legte eine Pause von ihrer Arbeit ein und ließ die Gedanken schweifen, während sie aufstand und ein paar Streckübungen machte. Sie dachte an die Nacht zurück, in der er ihr den Antrag gemacht hatte.

Sie hatte ihn dazu überredet, mit ihr ein paar Tage in ihrem geliebten Maine zu verbringen, und sie hatten eine wundervolle Zeit zusammen verbracht. An ihrem letzten Abend hatte sie ihn in einen kleinen Ort namens Castine mitgenommen, der eine lange Seefahrtsgeschichte hatte.

Das Wetter war schön gewesen. Hand in Hand waren sie an den hohen Ulmen vorbeispaziert, die zu den ältesten des Kontinents gehörten. Eine sanfte Brise wehte vom Hafen heran und brachte den Geruch nach Salz und das Geschrei der Seemöwen mit sich. Sie schlenderten durch die kleine Stadt, um sie sich anzusehen, und es wirkte auf Harry, als gäbe es alle drei Meter ein Denkmal, ein Gebäude, eine Ruine oder eine Plakette.

Auf der Battle Avenue blieb Libby vor einem Haus stehen. »Das ist das Abbot House, es wurde 1802 erbaut. Abbots Braut wollte nicht herkommen. Als sie es dann doch tat, fand sie ein Haus ohne Eingangstreppe vor!«

Harry lachte. »Das hat es Mr. Abbot sicher schwer gemacht, sie über die Schwelle zu tragen. Diese alten Städte und Häuser haben ihre Geschichten.«

Libby war froh, dass es ihm gefiel. Auch wenn Castine nur ein paar Quadratkilometer groß war, war die Stadt doch sehr stolz auf ihre Geschichte, und wie Libby erwartet hatte, genoss Harry es.

Die Segelschule von Maine war schon lange geschlossen, fungierte aber noch als Museum. Ein Teil davon war zu einem großen holografischen Areal umgebaut worden.

»Wir haben Zeit für einen Besuch. Du kannst an dem teilnehmen, was als die größte maritime Niederlage in der Geschichte der Vereinigten Staaten betrachtet wird, und erleben, wie es ist, dein eigenes Schiff zu versenken.«

Harry rümpfte die Nase. »Ich glaube, auf die Erfahrung kann ich verzichten. So sehr ich Holodeck-Simulationen auch liebe, genieße ich lieber das echte Schiff hier draußen. Das erlebt man seltener.«

Während sie über das Deck der alten *Pride of Maine* gingen, sagte Harry nachdenklich: »Weißt du, Admiral Janeway hat Captain Janeway erzählt, dass die *Voyager* eines Tages ein Museum sein würde.«

Libby war verwirrt. »Das verstehe ich nicht.«

Er lachte kurz. »Bevor wir nach Hause kamen. Ich habe dir doch von dem zeitreisenden Admiral Janeway erzählt, erinnerst du dich? Janeway erzählte ihrem jüngeren Selbst, dass die *Voyager* in ihrer Zeit ein Museum wäre. Sie wie dieses Schiff eines ist.«

»Der Gedanke ist traurig. Sie ist so ein dynamisches Schiff, ich kann mir kaum vorstellen, dass sie außer Dienst gestellt wird. Aber ich nehme an, es ist unausweichlich. Besser, als im Kampf zerstört zu werden, finde ich.«

»Das käme auf den Grund für den Kampf an«, erwiderte Kim mit einem Hauch von Melodramatik.

Libby wurde kalt. Allein der Gedanke, ihn zu verlieren, jetzt, da sie ihn nach so langer Zeit zurückbekommen hatte, schmerzte. Sie schob ihre Hand in seine, während sie weiter über das Deck gingen.

Um das Thema zu wechseln, sagte sie: »Hier brauchen wir zumindest kein Hologramm für eine Zeitreise.«

»Nein, brauchen wir nicht. Es ist ein unglaublicher Ort, Libby. Danke, dass du ihn mir zeigst.«

Er beugte sich zu ihr und küsste sie. Sie spürte, dass etwas in der Luft lag; sie konnte es an seinem Kuss erkennen.

An diesem Abend aßen sie in einem Lokal namens The Castine Inn. Das 1898 gebaute Gebäude verströmte eine ruhige Eleganz. »Die derzeitigen Besitzer sind Nachkommen von Mr. Vogel, der das Gebäude erbaut hat«, erzählte Libby.

Kim sah sie bewundernd an. »Du hast dich wirklich ausführlich informiert.«

»Gehört alles zu einem guten Touristenführer dazu.«

Der Raum war reizend, aber sie waren wegen des Essens hier. Libby begann mit einer Kürbissuppe als Vorspeise, während Harry sich für ein Risotto entschied. Als Hauptgericht wählte Harry Lende vom Lamm mit eingelegten jungen Farnspitzen - wie beinahe alles auf der Speisekarte eine örtliche Delikatesse -, während Libby Hummer nahm. Mit einem reumütigen Blick auf das rote Krustentier auf ihrem Teller erklärte sie Harry: »Diese Tiere haben mich dazu verleitet, Fisch zu meiner bis dahin rein vegetarischen Ernährung hinzuzufügen. Ich konnte nicht in Maine leben und keinen Hummer essen.«

Zum Nachtisch teilten sie sich einen verführerisch aussehenden Blaubeerauflauf. Als der Kellner ihn an den Tisch brachte, sah Libby etwas in der Schlagsahne-Garnierung glitzern. Sie schnappte nach Luft, und sowohl Freude als auch Bedauern überkamen sie.

Nachdem er den Diamantring aus dem cremigen Weiß gefischt und mit einer Serviette abgerieben hatte, sagte Harry: »Na ja, vielleicht war das mit der Schlagsahne nicht die beste Idee, aber es klang so unglaublich romantisch. Libby, willst du mich heiraten? Ich würde dich auch dann über die Schwelle tragen, wenn es keine Treppen gäbe.«

Entsetzt sah sie ihn an und musste den herzzerreißenden Anblick ertragen, wie sich die Enttäuschung auf dem geliebten Gesicht ausbreitete. Libby war sich der Belegschaft und der Besucher des Lokals sehr bewusst, die sich erwartungsvoll an den Türen versammelt hatten, um zweifelsohne den Anlass mit einer Flasche Champagner zu feiern. Warum um alles in der Welt hatte Harry das nicht an einem privateren Ort getan?

Weil er aufgrund deines Verhaltens jeden Grund hatte anzunehmen, dass du Ja sagen würdest.

Sie wollte Ja sagen.

»Harry, ich …«

Er schluckte hart. »Schon in Ordnung. Tut mir leid, ich dachte …«

Sie lehnte sich vor und küsste ihn leidenschaftlich. Dann flüsterte sie ihm ins Ohr: »Ich liebe dich so sehr, aber ich brauche noch ein wenig Zeit. Das ist kein Nein, sondern ein Noch-nicht.«

Daraufhin sah er schon wieder etwas weniger niedergeschlagen aus. Dennoch entschuldigte er sich und sprach mit der Belegschaft, die ebenfalls enttäuscht schien. Libby spürte, wie sie rot wurde, und starrte die Serviette an, die sie in ihrem Schoß drehte und knotete.

Sie fühlte sich dermaßen elend, dass sie in dem Auflauf mehr herumstocherte, als dass sie ihn aß. Schließlich hatten sie sich gegen einen Kaffee entschieden und waren zu ihrer Blockhütte zurückgekehrt. Er hatte irgendeine Entschuldigung vorgebracht, weshalb er nach San Francisco zurück müsse, und sie hatte so getan, als würde sie es glauben. Als er weg war, hatte sie sich verzweifelt aufs Bett geworfen. Ihre Katzen Rowena und Indigo hatten sich an sie geschmiegt und ihr so viel Trost gegeben, wie sie konnten.

Wenn sie ihm doch nur den Grund verraten dürfte!

Libby schüttelte ihre Träumereien ab und kehrte an die Arbeit zurück. Fletcher hatte versucht, die Enttäuschung mit Komplimenten zu mildern, indem er sie daran erinnert hatte, dass sie vor sechs Monaten nur dank ihrer entschlossenen Anstrengungen rechtzeitig erkannt hatten, was im Geheimdienst los gewesen war, um etwas dagegen zu unternehmen. Die Lobhudelei hatte nicht gewirkt; Libby hasste die sich mühsam hinziehenden Aufgaben, die einen großen Teil ihrer Arbeit ausmachten, noch immer.

Eines allerdings faszinierte sie nach wie vor: Der Maulwurf hatte zwar in den letzten paar Jahren nachweislich auf viele unterschiedliche geheime Dokumente zugegriffen, aber es gab keine Anzeichen dafür, dass davon auch nur das Geringste an die Cardassianer, Vorta oder das Orion-Syndikat übermittelt worden wäre.

Irgendwie musste sie immer an *»Der Wind in den Weiden«* denken, wenn sie die Bezeichnung Maulwurf benutzte. Der Maulwurf sammelte Informationen, so viel war sicher. Er - oder sie - war in der Lage gewesen, auf Informationen zuzugreifen, auf die nicht einmal Aidan Zugriff hatte. Und doch gab es keinen Hinweis darauf, dass die Informationen an irgendjemanden weitergegeben wurden.

Sie besann sich auf ihre bewährte Methode, etwas herauszufinden. Was waren die Fakten? Erstens: Jemand von hohem Rang innerhalb der Sternenflotte griff auf hochgradig geheime Dokumente zu - darunter sämtliche Logbücher der *Voyager*. Libby war sich sicher, dass das einer der Gründe dafür war, warum Fletscher sie darauf angesetzt hatte - ihm war klar, dass sie ein persönliches Interesse daran haben würde, den Maulwurf aufzuspüren.

Zweitens: Sie oder er hatte eine Spur hinterlassen, aber Libby konnte kaum annehmen, dass sich diese Spur vollständig zurückverfolgen ließ.

Drittens: Die Informationen, von denen Fletcher wusste, dass der Maulwurf sie erlangt hatte, entsprachen nicht den üblicherweise ausspionierten Dokumenten. Zusätzlich zu Aufzeichnungen, die mit dem Dominion-Krieg zu tun hatten, was nicht verwunderte, hatte der Maulwurf auf medizinische Daten und Forschungsberichte, Aufzeichnungen von kaum bekannten Verhandlungen und persönliche Daten zugegriffen. Ohne Zweifel wichtige Informationen, die sich damit in den falschen Händen befanden, aber kaum die Art von Informationen, die man normalerweise auf dem Schwarzmarkt verkaufte. Es wirkte seltsam intim. Libby fragte sich, ob der Maulwurf jemandem etwas anhängen wollte.

Sie schüttelte den Kopf. »Vermutungen, Agent Webber«, sagte sie zu sich selbst und kehrte zu ihrer Liste der bekannten Fakten zurück.

Viertens: Der Maulwurf war geschickt. Jede Spur, der sie gefolgt war, war im Sand verlaufen. Es schien fast, als gäbe es mehrere Maulwürfe mit demselben Ziel. Jeder sammelte hier und da nur ein paar Informationen und machte sich dann damit aus dem Staub, damit man ihn nicht zu fassen bekam ...

Das war ein beängstigender Gedanke, bei dem sich ihre Nackenhaare aufstellten.

Was, wenn es nicht nur einen Maulwurf gab? Was, wenn es eine ganze Gruppe war?

Was, wenn es sich um eine echte, greifbare Verschwörung handelte?

Nach einem enttäuschenden Abend kehrte der Doktor mürrisch in seine Wohnung zurück, die extra für ihn vollständig mit holografischen Emittern ausgerüstet worden war. Am Monitor blinkte ein Licht, das ihn wissen ließ, dass jemand eine Nachricht hinterlassen hatte. Er starrte es an, als wäre es der Quell all seiner Sorgen, und ignorierte es dann. Es war ihm egal, von wem die Nachricht stammte. Er wollte mit niemandem sprechen. Schwer seufzend ließ er sich auf die Couch fallen, verbarg das Gesicht in den Armen und schwelgte in seinem Elend.

»Als er von allen Seiten grässliches Gezischel von unzähl'gen Zungen hörte, den scharfen Ton des allgemeinen Hohns«, murmelte er ein Zitat von John Milton.

In all den Jahren, die er nun schon aktiviert war, hatte man ihn noch nie derart verächtlich zurückgewiesen. Nicht einmal seine Zeit im Gefängnis war mit der Qual und der Erniedrigung vergleichbar, die er die letzten drei Stunden über sich hatte ergehen lassen müssen. Noch schlimmer war, dass er wusste, dass nichts davon böse gemeint war. Sie versuchten nicht, sich so zu verhalten, dass er sich grässlich fühlte - sie taten es einfach.

Sein Computer piepste noch einmal. Er wandte sich ab und bedeckte die Ohren mit einem Kissen. »Geh weg und lass mich allein in meinem Elend«, murmelte er.

Das Piepsen setzte sich fort. Es gab in der ganzen Galaxis nur eine Person, die über solch eine hartnäckige Geduld verfügte, und auch wenn ihn der Gedanke, mit ihr zu sprechen, schaudern ließ, wusste er, dass er sehr gerne ihr Gesicht sehen wollte.

Zu guter Letzt wappnete er sich und ging an den Computer.

»Doktor.« Es war, wie er geahnt hatte, Seven of Nine.

»Seven«, sagte er in Imitation ihrer steifen Art.

»Ich habe gehört, dass Ihre Ansprache nicht gut aufgenommen wurde.«

Er sah zur Seite. »Ich möchte nicht darüber reden, wenn es Ihnen nichts ausmacht.«

»Es macht mir etwas aus. Ich beame zu Ihnen.« Und so schnell, wie die Übertragung beendet wurde, ertönte ein Summen in seinem Wohnzimmer.

Der Doktor verschränkte die Arme vor der Brust und versuchte, verärgert auszusehen, war aber zu froh, sie zu sehen, als dass er überzeugend gewirkt hätte. Er war immer froh, sie zu sehen, auch wenn er sie täglich sah.

Sie war lässiger gekleidet als an ihrem gemeinsamen Arbeitsplatz, und sie trug das Haar offen. Aber ihr Verhalten war wie immer steif.

Sie kam gleich zum Punkt. »Ich habe die Erfahrung gemacht, dass Menschen auf schwierige Lebensabschnitte reagieren, indem sie etwas betreiben, das ›ihre Sorgen ertränken‹ genannt wird. Dies beinhaltet für gewöhnlich den

Konsum von alkoholischen Getränken und die Interaktion mit solchen Mitgliedern ihres Kollektivs, die keine Einwände gegen das weinerliche Verhalten vorbringen. Sollten Sie den Wunsch hegen, Ihrem enttäuschenden Empfang durch Ihre Vorgesetzten heute Abend auf diese Weise Tribut zu zollen, würde ich mich bereit erklären, Sie zu begleiten.«

»Ich habe irgendwie den Eindruck, dass Sie versuchen, mich aufzumuntern.«

Seven zog eine blonde Augenbraue hinauf.

»Ich trinke nicht, Seven«, sagte er zugleich gerührt und verärgert. »Das kann ich gar nicht. Zumindest nicht auf die Art, die Sie vorschlagen.«

»Dennoch sind Sie dafür bekannt, weinerliches Verhalten an den Tag zu legen. Ich werde es tolerieren, sofern es Ihnen hilft, Ihre Ausgeglichenheit wiederherzustellen. Es ist für unsere Gruppe notwendig, dass Sie mit voller Leistung arbeiten, um unseren hohen Standard intellektuellen Urteilsvermögens halten und der Föderation mit unserem ganzen Potenzial dienen zu können.«

Vier Jahre, seit sie von den Borg befreit wurde, und sie spricht noch immer wie ein Computer, dachte der Doktor irgendwie liebevoll. Seven war Seven, und deswegen mochte er sie so sehr.

»Also gut. Gehen wir und ertränken unsere Sorgen.«

12

Er betätigte das Türsignal. »Herein«, rief Astall.

Auf ihrem leicht zu lesenden Gesicht zeichnete sich Überraschung ab, als sich die Tür zischend öffnete und Kaz eintrat. Sie stand sofort auf.

»Doktor Kaz! Wie schön, Sie zu sehen. Was kann ich für Sie tun?«

Obwohl sie ihm einen Platz anbot, setzte er sich nicht sofort, sondern stand stattdessen ein wenig unruhig herum. »Ich habe mich gefragt, wie Ihr Terminplan für heute aussieht.«

Sie verengte die Augen und trat an den Replikator. »Ich wollte mir gerade eine schöne Tasse *Tranya* genehmigen. Möchten Sie auch eine?«

»Nein danke.«

Die Tasse mit dem orangefarbenen Getränk materialisierte im Replikator, und Astall trank einen Schluck. Ihre Ohren flatterten sacht, als sie die Augen genießerisch schloss.

»Ich *liebe* es.« Sie wandte sich ihrem Gast zu. »Mein Terminplan ist noch fast leer. Fragen Sie um Ihretwillen oder für einen Patienten?«

Seufzend ließ Kaz die Fassade der Lässigkeit und dann sich selbst in einen Sessel fallen. Er rieb sich müde die Augen.

»Es geht um mich selbst.«

»Das dachte ich mir. Sie sehen aus, als hätten Sie in letzter Zeit nicht viel geschlafen.«

»Ich habe seit einigen Nächten ziemlich beunruhigende Träume.« Er lächelte freudlos. »Ich bin so ein Heuchler. Ich habe einigen Leuten den Rat gegeben, Sie aufzusuchen, und selbst habe ich mich davor gedrückt.«

Astall runzelte spöttisch die Nase. »Sie wären überrascht, wie oft das passiert. Ärzte wie Psychologen sind häufig gute Doktoren, aber miserable Patienten.«

»Für wann kann ich einen Termin bekommen?«

Sie zuckte mit den Schultern. »Ich habe gerade Zeit, und Sie?«

Kaz sah sie mit großen Augen an. Er merkte, dass er gehofft hatte, mit einer unverbindlichen Terminvereinbarung davonzukommen und diese dann einfach zu »vergessen«. An ihrem Blick erkannte er, dass sie, obwohl sie kein Telepath war, genau wusste, was er dachte.

Er lachte selbstironisch. »Ja, habe ich.«

»Computer, Vertraulichkeitsprogramm Astall eins starten.«

»Bereit«, antwortete die angenehme Computerstimme. Kaz wusste, dass man sie außer in einem Notfall nicht stören würde.

Astall stand auf und holt ein Padd. Sie tippte etwas, nickte dann und winkte mit dem Gerät. »Das ist Ihre Akte. Einen Moment bitte ...«

Sie setzte sich in ihren Sessel, und ihre großen Augen zuckten beim Lesen. Kaz wusste, dass sie die Informationen nur einmal durchgehen musste. Alle Huanni waren mit einem eidetischen Gedächtnis gesegnet.

Sie legte das Padd beiseite. »Also, erzählen Sie mir von diesen Träumen.«

Er ballte und öffnete die Hände, unsicher, wo er beginnen sollte. Dann entschied er, einfach anzufangen.

»Sie drehen sich um das Leben eines früheren Wirtes von Kaz, Gradak. Er war ein Maquis. Er gehörte zu denen, die beim Angriff auf Tevliks Mond getötet wurden.«

»Oh, Jarem.« Ihre Stimme war voller Mitgefühl. »Das war ein schreckliches Ereignis. Auf Huanni haben wir die Gefallenen tief betrauert.« Die Aufrichtigkeit in ihrer Stimme schien ihn von innen zu wärmen.

»Nun«, fuhr Kaz fort, »genau genommen wurde Gradak nicht bei dem Angriff getötet. Aber an den erlittenen Verletzungen starb er wenig später auf meinem Schiff.«

»Ihr Schiff? Sie konnten ihn nicht retten?«

Kaz schüttelte den Kopf. »Darum geht es nicht. Wir konnten den Symbionten sicher auf mich übertragen. So wurde ich vereinigt. Aber er ... ich ... habe immer wieder diese Erinnerungen an die Nacht, als er angegriffen wurde.«

Sie hob eine blasslila Hand.

»Darf ich Sie einen Moment unterbrechen?«

»Selbstverständlich.«

»Ich habe es mir zur Gewohnheit gemacht, so viel wie möglich über die verschiedenen Spezies, mit denen ich diene, in Erfahrung zu bringen. Darum habe ich viel über Ihr Volk gelesen, aber ich bin mir nicht sicher, alles verstanden zu haben. Korrigieren Sie mich ruhig, falls ich mich irre, aber werden Trill nicht lange darauf vorbereitet und ausgebildet, bevor sie mit einem Symbionten vereinigt werden?«

»Oh ja, es ist ziemlich hart, ein Anwärter zu sein.«

»Trotzdem haben Sie mir gerade gesagt, dass Sie Ihren Symbionten erst vor ein paar Jahren erhalten haben. Im fortgeschrittenen Alter, ohne psychologisch auf die Vereinigung vorbereitet worden zu sein und unter sehr schwierigen Umständen.«

»Das stimmt.« Kaz nickte und fragte sich, worauf sie hinauswollte.

»Und jetzt befinden Sie sich auf einer Mission, die Sie in ehemaliges cardassianisches Gebiet führt.«

»Ich habe auch schon gedacht, dass es etwas damit zu tun haben könnte, doch anfänglich habe ich es beiseitegeschoben. Aber dann habe ich ... Nun, ich habe angefangen, mir Sorgen zu machen, als die Träume immer wiederkehrten. Sie sind so plastisch.«

Sie lächelte und schüttelte den Kopf.

»Darüber brauchen Sie sich keine Sorgen zu machen, Jarem. Aber es ist gut, dass Sie das Problem angesprochen haben, bevor es schlimmer wird. Ich habe das Gefühl, dass alle diese Faktoren, die ich gerade aufgezählt habe, gerade jetzt eine Menge Stress für Sie bedeuten. Wie ich mir vorstellen kann, ist es unter idealen Umständen schon schwierig, mit den Emotionen eines Symbionten fertigzuwerden. Ohne jede Vorbereitung waren Sie dazu gezwungen, die Emotionen von jemandem zu verarbeiten, der in einem der abscheulichsten Gemetzel in der Geschichte der Föderation ums Leben kam. Und Ihre Akte enthält keinen Hinweis darauf, dass Sie danach Urlaub genommen hätten, um für weitere psychologische Betreuung nach Trill zurückzukehren.«

Sie sah ihn ein wenig streng an. Kaz fühlte sich an einen Lehrer aus seiner Kindheit erinnert und lächelte verlegen.

»Nein. Das hätte ich getan, wenn es Probleme gegeben hätte. Aber nach ein paar Wochen schien alles in Ordnung. Weder mein Captain, der jeden Urlaub genehmigen musste, noch ich selbst hielten es für nötig. Und es ist ja nicht so, als hätte ich seit meiner Vereinigung keinen Stress gehabt.«

»Natürlich nicht. Aber ich möchte wetten, dass keiner der Stressfaktoren etwas damit zu tun hatte, ein Maquis zu sein, oder in cardassianischen Raum zu fliegen. Oder von Leuten umgeben zu sein, die sich entschlossen haben, auf andere Weise zurückzuschlagen.«

Diese Erkenntnis überraschte Kaz. »Sie glauben, dass die Kolonisten etwas dazu beitragen, diese Erinnerungen auszulösen?«

»Es handelt sich um Familien, die anders denken und zusammen an einem abgelegenen Ort leben, weit weg von den normalen Aktivitäten der Föderation. Kommt Ihnen das bekannt vor?«

Er nickte langsam. Darauf hätte er selbst kommen können. »Ja. Klingt sehr nach den Maquis und ihren Familien, die sich auf Tevliks Mond versteckt hatten.«

Sie lächelte voller Mitgefühl. »Kein Wunder, dass Gradak nach Aufmerksamkeit verlangt. Sie haben nie das *Zhian'tara* durchgeführt, oder?«

Er schüttelte den Kopf.

»Warum nicht?«

»Ich ... bin einfach nie dazu gekommen.«

Er sah sie nicht an, als er antwortete. Die Wahrheit war, dass das Ritual, bei dem die Persönlichkeiten des Kaz-Symbionten vorübergehend in die Körper der Freunde des aktuellen Wirtes übertragen wurden, sehr intim war. Der Wirt musste den Leuten, denen er die Persönlichkeiten übertrug, völlig vertrauen. Mit Jarem hatte der Kaz-Symbiont zwölf Wirte gehabt. Es war schwer, auf elf Leute zu kommen, denen er so nahestand.

»Ich kann mir vorstellen, dass es schwierig ist, so viele Leute für das Ritual zu versammeln.« Astall schien erneut seine Gedanken zu lesen. »Keine Sorge, ich wollte damit nicht sagen, dass wir das schnellstens nachholen sollten.«

»*Das* beruhigt mich.«

»Der Gedanke hinter dem *Zhian'tara* ist allerdings sehr klug. Eine Zeremonie des Abschlusses wird es, glaube ich, auch genannt. Und was Sie jetzt brauchen, ist ein Abschluss mit Gradak, da seine Präsenz Sie in der Ausübung Ihrer Pflichten behindern könnte.«

Beklommen sah Kaz auf. »Er behindert mich nicht. Ich habe doch gesagt, dass es nur schlechte Träume sind«, sagte er schneidend.

Astall lächelte sanft. »Ich sagte ›behindern könnte‹, nicht ›behindert‹. Wenn Sie weiterhin schlechte Träume haben, bin ich davon überzeugt, dass es einen Einfluss haben *wird.* Und keiner von uns will, dass das passiert. Wir alle tragen alte Wunden mit uns herum, Jarem. Und das ist in Ordnung. Sie schmerzen, klingen nach und werden ein Teil von uns. Wir lernen, mit ihnen zu leben. Aber zuerst müssen wir sicherstellen, dass sie verheilt sind.«

»Was schlagen Sie vor?«

»Ich glaube, wir sollten uns eine Weile mit Gradak zusammensetzen und ihn erzählen lassen, wie er lebte ... und starb.«

Kaz fühlte sich mit einem Mal seltsam unbehaglich. Er bemerkte, dass er sich verletzlich vorkam.

»Ich habe die Erinnerungen.«

»Natürlich. Und wie ich wissen Sie, dass man unangenehme Erinnerungen oft genug nicht wahrhaben möchte. In der traditionellen Therapie bringen Patient und Counselor diese Erinnerungen an einem sicheren Ort gemeinsam an die Oberfläche und begutachten sie.«

»Sie klingen, als würden Sie eine Mikrobe am Computer untersuchen«, scherzte er.

»In gewisser Weise tue ich das. Das Gehirn ist der beeindruckendste Computer, der uns bekannt ist. Nichts, nicht einmal das positronische Gehirn von Mr. Data, konnte es bislang übertreffen. Gradak Kaz erlitt schwere emotionale und körperliche Traumata - so schwer, dass es ihn das Leben kostete. Wir müssen einen Blick auf diese Erinnerungen werfen ...« Sie hielt inne. »Nein, mehr als einen Blick. Sie müssen geehrt und von Jarem Kaz wahrgenommen werden, damit er sie sich zu eigen machen und Gradak Frieden geben kann.«

Sie sprach ruhig und ernst. Das Gewicht und die Ernsthaftigkeit, die sie ihren Worten verlieh, rüttelten ihn auf. Er sah auf seine Hände hinunter, die er fest in seinem Schoß gefaltet hatte.

»Ich bin mir nicht sicher, ob ich dazu bereit bin.«

Astall legte ihm sanft eine Hand aufs Knie. »Nach allem, was Sie mir erzählt haben, glaube ich, dass Sie nicht in der Lage sein werden, es zu verarbeiten, bis Sie bereit dazu sind. Je näher wir dem cardassianischen Raum kommen, umso intensiver werden die Träume werden. Gradak verlangt danach, gehört zu werden.«

Kaz sah auf seine Hände, fest verschränkt in seinem Schoß. Er wollte das nicht tun. Aber im Herzen wusste er, dass sie recht hatte - dass es nur schlimmer anstatt besser werden würde, wenn er sich nicht damit befasste.

»Dann ... werde ich zuhören.«

Tom hatte von ganzem Herzen genug von der Bibliothek auf Boreth. Verdammt, er hatte von Boreth von ganzem Herzen genug.

Er fühlte sich völlig nutzlos. Er konnte B'Elanna nicht dabei helfen, sich durch die scheinbar endlosen Anhäufungen von Schriftrollen und Büchern zu arbeiten. Immerhin hatte er herausgefunden, wie er mit dem knöchernen Füller schreiben konnte, so einigermaßen. Dabei hatte er einige Pergamente verbraucht, bis er endlich so etwas wie leserlichen Text zustande brachte, und die Bibliothekare waren unzufrieden mit ihm.

Gura hatte es zu seiner persönlichen Aufgabe gemacht, Tom darüber aufzuklären, wie schwierig die Herstellung jedes einzelnen Pergaments war.

»Zuerst muss ein angemessenes *paagrat* von der Herde getrennt werden. Es wird mit gesegnetem Getreide gefüttert, bis es für unsere Bedürfnisse fett genug ist. Dann, wenn die Sterne die korrekte Position haben, wird es rituell geopfert. Die Haut wird abgeschabt, getrocknet und präpariert, um ein einzelnes Stück Pergament zu erhalten«, hatte er gebrüllt.

»Entschuldigung«, hatte Tom gemurmelt und dabei gedacht, dass ein Padd viel wirtschaftlicher und umweltbewusster war. Aus einem seltsamen Gefühl heraus hatte er darum gebeten, eines der Tiere zu sehen. Murrend hatte Gura ein Buch hervorgezogen und ihm ein Bild gezeigt.

Tom starrte es eine Weile an. Dann schob er das Buch B'Elanna hin. »Schau mal, was man auf Boreth als Papier benutzt.«

Sie öffnete weit die Augen und hob eine Hand an den Mund, um ihr Lächeln zu verbergen. Leise, damit die Bibliothekare sie nicht hören konnten, hauchte sie: »Meine Güte, ist das niedlich!«

Klingonische Tiere waren, zumindest in Toms Augen, genauso kämpferisch und bösartig wie die Klingonen selbst, aber *paagrats* waren eine Ausnahme. Sie sahen aus wie kleine Gazellen mit großen Augen und flauschig weichem Fell.

»Ich fühle mich schrecklich dabei, auf dem kleinen Kerl zu *schreiben.*«

»Du hast ihn auch gegessen. Wir bekamen ihn schon ein paar Mal serviert. Man betrachtet sie als Delikatesse.«

Ohne zu zögern, kehrte sie an ihre Nachforschungen zurück, während Tom weiter das Bild des niedlichen Tieres ansah.

Es schien den Blick traurig zu erwidern.

»Das reicht aus, um einen zum Vegetarier zu machen.«

»*Tom*«, sagte sie in einem warnenden Tonfall.

»Tut mir leid, es ist nur ... wir finden hier nichts.«

Sie sah zu ihm auf. »Was so ziemlich genau das ist, was ich dir gesagt habe, was wir finden würden. Wenn das mal nicht eine Prophezeiung ist.«

Tom schüttelte den Kopf. »Ich glaube trotzdem, dass es da etwas geben muss. Aber diese Bibliothek ist einfach zu umständlich und veraltet, als dass irgendwer hier anständige Nachforschungen anstellen könnte.«

Er schloss das Buch, da er den großäugigen anklagenden Blick des *paagrats* nicht mehr sehen wollte. »Ich kann dir nicht helfen, ich kann mit diesem blöden Ding nicht schreiben, und ich finde es falsch, auf der Haut dieser niedlichen kleinen Tiere herumzukritzeln.«

Für einen Moment sah sie verärgert aus, beruhigte sich aber ebenso schnell wieder.

»Ich weiß. Ziemlich frustrierend, oder?«

»Frustrierend ist noch milde ausgedrückt. Aber ich möchte vor dem *paagrat* nicht sagen, was ich wirklich denke«, sagte er und deutete auf das Pergament.

»Sei ehrlich, es geht nicht nur um die Nachforschungen, oder?«

Er begegnete ihrem Blick. Es hatte keinen Sinn, sie anzulügen. Leise sagte er: »Für eine Klingonin bist du ziemlich einfühlsam.«

»Für eine Klingonin bin ich eine ziemlich gute Ehefrau.« Sie sah ihn unverwandt an. »Es tut mir leid, dass ich dich gebeten habe, mit mir herzukommen. Das hier ist meine Aufgabe, nicht deine.«

Er legte seine Hand auf ihre. »He, ich habe dir den Antrag gemacht, erinnerst du dich? In guten wie in schlechten Zeiten und so weiter. Ich bin glücklich, hier zu sein, mit meiner Frau und meinem Kind«, sagte er sanft.

»Ich weiß, dass du das ehrlich meinst, und dafür liebe ich dich.« Sie drückte seine Hand. »Aber du fühlst dich nicht wohl, auch wenn du es nicht zugibst. Du gehörst nicht hierher. Ich ... ich weiß nur nicht, was ich dagegen tun kann.«

Hätte ich nur die Position als Chakotays Erster Offizier

bekommen, dachte Tom. Es war ein harter Schlag für ihn und B'Elanna gewesen, als sie die »Erlaubnis verweigert«-Nachricht der Sternenflotte erhalten hatten. Er kochte vor Wut über diese Ungerechtigkeit, obwohl er die Begründung nachvollziehen konnte. Natürlich wollten sie nicht, dass zwei ehemalige Maquis sowohl die Position des Captains wie auch die des Ersten Offiziers besetzten.

Aber wie oft sollte er sich noch beweisen?

Tom streckte sich und atmete tief ein. Er drückte B'Elannas Hand noch einmal und nahm die Schreibfeder wieder auf.

»Nun, jetzt bin ich hier, und das Mindeste, was ich tun kann, ist, nicht so zimperlich zu sein und dafür zu sorgen, dass dieses arme *paagrat* sein Leben nicht umsonst lassen musste. Lies mir den nächsten Teil vor, der irgendwie relevant ist.«

Sie sah ihn fragend an und lächelte dann. Er grinste zurück.

Manchmal muss ein Mann eben tun, was ein Mann tun muss, dachte er und begann aufzuschreiben, was sie ihm diktierte.

Ein weiterer großer Fleck entstand auf dem Pergament.

»Paris«, erklang eine raue Stimme. »Sie haben eine Nachricht.«

Tom sah von dem sich schnell ausbreitenden Tintenfleck auf und sah Commander Logt über sich. »Eine Nachricht?«

»Sind Sie nicht nur töricht, sondern auch taub?«, knurrte Logt. »Eine *Nachricht*. Von Admiral Janeway.«

13

»Admiral Janeway«, sagte Paris, als er in dem einzigen Raum des Klosters stand, in dem moderne Technologie erlaubt war, »Sie haben keine Vorstellung davon, wie toll es ist, Sie zu sehen.«

Bei der Bemerkung zog Janeway eine Augenbraue hoch. Sie unterdrückte ein Grinsen. *»Meine Güte. Wenn das so ist, muss ich dafür sorgen, dass Sie möglichst oft nach Boreth zurückkehren können.«*

Sein Herz machte einen Sprung. Deutete sie etwa an, dass ...

»Admiral, ich möchte offen sprechen ... ich muss einfach wissen, was vorgeht.«

»Ich habe gute Neuigkeiten, Tom. Auch wenn ich noch keine feste Zusage für eine Position habe, kann ich Sie zumindest für eine Weile von Boreth wegholen und ein paar Leuten vorstellen.«

Paris lächelte. »Nichts gegen Klingonen, aber um ehrlich zu sein, alles, was nicht Boreth ist, soll mir recht sein.«

»So schlimm?«

»Schlimm ist das falsche Wort ... Es gibt hier eine Menge Lavahöhlen, und man wird gezwungen, auf wirklich niedlichen kleinen Tieren zu schreiben. Aber der Babysitter ist großartig.« Ihm fiel auf, dass er unzusammenhängend plapperte, darum wechselte er zu einem formelleren Ton. »Wofür brauchen Sie mich, Admiral?«

»Tuvok und ich bereiten uns auf eine Konferenz auf einem neutralen Planeten namens Vaan vor. Er ist nur ein paar Lichtjahre von Boreth entfernt. Dort werden wir mit Repräsentanten verschiedener Planeten sprechen, die darüber nachdenken, die Föderation zu verlassen.«

»Warum würde das irgendwer wollen?« Tom war ernsthaft verblüfft.

»Die Gründe sind unterschiedlich. Aber viele davon haben mit den Nachwirkungen des Dominion-Krieges zu tun. Manche Regierungen sind der Ansicht, dass die Prinzipien der Föderation sie zum Handeln drängen. Dass wir uns nur allzu gerne einmischen. Viele vertreten die Meinung, wir sollten uns häufiger einfach raushalten.«

Tom öffnete den Mund, aber er erkannte, dass er gemäß einem alten Sprichwort offene Türen einrennen würde. Selbstverständlich hielt Janeway es für keine gute Idee, dass diese Planeten austreten wollten. Er kannte sie gut genug, um zu wissen, dass sie, wie er, die Bereitschaft der Föderation, sich die Hände für ihre Mitglieder schmutzig zu machen, befürwortete - auch für Planeten, die keine Mitglieder waren, aber Hilfe brauchten.

»Ich bin nicht unbedingt der beste Diplomat im Quadranten, Ma'am.«

Sie lächelte. *»Sie sind nicht so schlecht, wie Sie vielleicht glauben. Aber wenn Sie der Ansicht sind, dass Sie auf diesem Gebiet noch Schwächen haben, ist das die Gelegenheit, Ihre Fähigkeiten etwas aufzupolieren. Sie werden es brauchen, sobald Sie als Erster Offizier dienen.«*

Sie wurde ernst. *»Wir haben gemeinsam Jahre damit verbracht, einfach nur zu überleben, nach Hause zu kommen.*

Meiner Meinung nach hat der Druck Sie zu einem Diamanten geformt, aber es wird Zeit, dass wir Sie ein wenig polieren. Sie sind für die Position eines Ersten Offiziers geeignet, Thomas Eugene Paris und ich werde alles dafür tun, Sie in diesem Stuhl sitzen zu sehen.«

Der Kloß in seinem Hals überraschte ihn. Janeway war mit ihm seit dem ersten Tag ein Risiko eingegangen. Er erinnerte sich noch daran, wie sie sich zum ersten Mal in der Strafkolonie auf Neuseeland getroffen hatten. Erinnerte sich, wie er aufgeblickt hatte, als sie ihn nachdenklich angesehen hatte, als würde sie ihn mit ihrem Blick einer Diagnose unterziehen. Er war ein Strafgefangener gewesen, ein Verräter, das schwarze Schaf einer noblen raumfahrenden Familie, doch irgendwie hatte sie etwas in ihm erkannt, das sonst niemand bemerkt hatte.

Und sie sah weiterhin Dinge in ihm, die sonst keinem auffielen.

Er schluckte, hoffte, dass seine Augen nicht zu verräterisch glitzerten. »Danke sehr, Admiral.«

»Danken Sie mir noch nicht.« Das Funkeln war in ihre Augen zurückgekehrt, als sie fortfuhr: *»Es könnte sein, dass Sie sich spätestens beim dritten formellen Bankett und der fünfzehnten Rede zu den Lavahöhlen von Boreth zurücksehnen.«*

B'Elannas Herz setzte für einen Moment aus, und als es wieder zu schlagen anfing, war ihr Puls erhöht. Mit zitternder Hand legte sie einen behandschuhten Finger auf den Satz. Sie musste ihn noch einmal lesen, absolut sichergehen, dass dort das stand, was sie glaubte.

Sie wusste, manche Worte im Klingonischen waren frei interpretierbar. Andere waren so festgeschrieben, als hätte man sie aus Stein gehauen. Sie hoffte, dass es sich hier um Ersteres handelte.

Übersetze es, wie du willst, B'Elanna, sagte sie sich. *Lass es bedeuten, was du willst, und dann mach weiter.*

Aber sie konnte nicht. Sie musste es wissen, selbst wenn es bedeutete ... selbst dann. Sie versuchte ihr Zittern unter Kontrolle zu halten, als sie aufstand und das Pergament vorsichtig zu Lakuur hinübertrug. Er blickte finster, als er sie nähe kommen sah.

»Lakuur, ich brauche Hilfe bei der Übersetzung dieser Passage.«

Er hob eine buschige Augenbraue. »Es überrascht mich, dass Sie ohne Hilfe überhaupt so weit gekommen sind.«

Sie ignorierte die Beleidigung und hielt ihm die Schriftrolle entgegen. »Die dritte Prophezeiung. Ist mit dem vierten Wort ›Reisender‹ oder ›Wanderer‹ gemeint?«

Also irgendetwas anderes als wörtlich das, was da steht, bat sie still.

»Törichtes Halbblut«, sagte er seufzend. Es lag keine Gehässigkeit in seinen Worten, nur Resignation. »Das kann man selbstverständlich nicht. Es bedeutet genau das, was da steht.« Kopfschüttelnd kehrte er an seine Arbeit zurück.

Langsam ging B'Elanna zu ihrem Stuhl zurück. Mit leerem Geist ließ sie sich sinken und starrte das uralte Pergament an, stellte sich Fragen, machte sich Sorgen.

Der Kuss in ihrem Nacken ließ sie aufspringen. Sie drehte sich um und sah ihren Ehemann, der vorsichtshalber zwei Schritte zurückgewichen war. Vorsichtshalber, weil sie die Faust geballt hatte und bereit war, zuzuschlagen.

»He, dabei hast du meine Neuigkeiten noch nicht einmal gehört«, protestierte Tom scherzhaft.

Es kostete B'Elanna Kraft, die Faust wieder zu lockern. »Was gibt es denn? Was wollte Janeway?« Sie hoffte, dass ihre Stimme nicht zitterte.

»Sie möchte, dass ich sie auf einer diplomatischen Mission

begleite.« B'Elanna hatte ihn noch nie so glücklich gesehen, wenn es darum ging, auf eine diplomatische Mission zu gehen, und es machte ihr deutlich, wie elend er sich hier auf Boreth fühlen musste.

»Es geht darum, ein paar Planeten davon abzubringen, aus der Föderation auszutreten«, fuhr Tom fort. »Sie sagte, dass dort einige Leute seien, die ich treffen sollte.«

»Liebling, das ist wundervoll!« Sie meinte die Worte ernst, aber beim Gedanken, gerade jetzt den Planeten zu verlassen, zog sich ihr Magen zusammen. Gerade, als es schien, als ... »Wann musst du los?«

»Janeway sagte, in ein paar Stunden wird ein Schiff hier sein. Ich fange besser an zu packen, und außerdem möchte ich die Zeit nutzen, um mich *richtig* von dir zu verabschieden.« Er sah sie bedeutungsvoll an.

Zu jedem anderen Zeitpunkt wäre sie diejenige gewesen, die ihn ins Bett gezerrt hätte, aber nun ... Sie blickte kurz auf das Pergament vor sich, biss die Zähne zusammen und stand auf.

Während sie die gewundene Treppe zu ihrem Zimmer hinuntergingen, entschied B'Elanna, dass sie Tom bis zu seiner Rückkehr nichts sagen würde. Ihre Neuigkeiten konnten warten. Und so konnte sie sich Gewissheit verschaffen.

Konnte sicherstellen, dass die Schriftrolle, die sie untersucht hatte, echt war.

Konnte sichergehen, dass es keine von denen war, auf die Kohlar Zugriff gehabt hatte.

Denn während der Untersuchung einer Auflistung der Prophezeiungen über die *Kuvah'Magh* hatte sie einen Satz entdeckt, der ihr einen kalten Schauer über den Rücken laufen ließ. Ein Satz, von dem ihr Lakuur bestätigt hatte, dass er nur auf eine einzige Art übersetzt werden konnte:

Ich bin einer der Voyager.

Tennis, dachte Chakotay. Irgendwie passte es.

Er konnte sich Ellis nicht verschwitzt und blutig in einem Boxring vorstellen (zu schmutzig); genauso wenig sah er seinen besensteifen Ersten Offizier beim Wildwasser-Rafting (zu unbequem), schwimmend (zu viel nackte Haut) oder gar beim Reiten auf einem Pferd (riecht zu sehr). Fast sofort korrigierte Chakotay den letzten Gedanken; Polo würde auch zu Ellis passen.

Aber Tennis schien perfekt für den jungen Mann zu sein. Janeway hatte das Tennisspiel auch genossen, daher kannte Chakotay es. Aber Janeway betrieb ihr Lieblingsspiel wie alles andere: mit Leidenschaft, Können und Einsatz. Sie spurtete nach jedem Schlag, retournierte mit allem, was sie geben konnte. Der Schweiß flog ihr von der Stirn, ihre Lungen arbeiteten mit voller Leistung und ihre Muskeln waren angespannt. Tennis mit ihr war das reinste Ausdauertraining.

Ellis und Chakotay hatten sich auf dem Holodeck getroffen, und seine traditionelle Kleidung war so sauber, wie Chakotay es erwartet hatte. Sein Erster Offizier trug ein weißes kurzärmeliges Hemd mit Kragen, weiße Shorts und weiße Socken mit, nicht überraschend, passenden Tennisschuhen. Die Shorts und das Hemd zeigten, dass Ellis muskulöser war, als Chakotay angenommen hatte. Als ihm der Gedanke kam, fiel ihm auf, das er tatsächlich nichts anderes hätte erwarten sollen. Selbstverständlich war Ellis in hervorragender Verfassung. Das erwartete man von allen Offizieren der Sternenflotte, also konnte man davon ausgehen, dass Ellis das so ernst nahm wie alle anderen Vorschriften.

»Spielen wir nur ein Übungsmatch, oder möchten Sie die Menge dabeihaben?«, fragte Ellis.

»Die Menge?«

Ellis nickte. »Kommt Ihnen der Platz nicht bekannt vor?«

Chakotay sah sich um, und ihm fiel auf, dass sie von Lila und

Grün umgeben waren.
»Ist das Wimbledon?«
Ellis lächelte unter seinem den Vorschriften entsprechenden Schnauzbart.
»Genau. Wenn Sie wollen, können wir während der Pause sogar Erdbeeren mit Sahne essen. Obwohl«, fügte er hinzu, »ich habe immer Angst, Flecken auf dieser weißen Kleidung zu hinterlassen.«
Natürlich haben Sie das, dachte Chakotay. »Ich kann gut ohne den Druck des Publikums leben.«
»Wie Sie wünschen, Captain. Spielen wir um den Aufschlag?«
Chakotay nickte. Ellis führte einen perfekten Aufschlag aus, und Chakotay fing ihn mit Leichtigkeit ab und schlug ihn über das Netz zurück. Ellis bewegte sich grazil, retournierte den Ball und schlug ihn in solch einem Winkel, dass Chakotay rennen musste, um ihn zu erreichen. Er schaffte es, und der Ball kam gerade so über das Netz. Ellis hechtete danach, verfehlte ihn jedoch.
»Hervorragend. Admiral Janeway hat Ihnen offenbar ein paar Tipps gegeben.« Ein kleiner holografischer Junge mit engelhaften Zügen, roten Wangen und schwarzem Haar eilte auf den Platz und holte sich den Ball. Ellis zog aus seiner Tasche einen weiteren und warf ihn Chakotay zu.
»Sie wissen, dass Janeway Tennis mochte?« Geschickt fing er den Ball.
»Natürlich. Der Besen erledigt seine Recherche, Captain.«
Chakotay sah ihn genau an, aber offenbar meinte Ellis es als Witz. Vielleicht wusste er doch von dem Spitznamen und machte einfach mit. Entweder das, oder er hatte beschlossen, es hinzunehmen, seit Chakotay es neulich aus Versehen erwähnt hatte.
Ellis sprach weiter: »Sie boxen gerne, Tom Paris hat ein Faible für Automobile des zwanzigsten Jahrhunderts, der

überaus talentierte Harry Kim spielt Klarinette *und* Saxofon, der Doktor liebt die Oper, und Seven of Nine ist eine Gourmet-Köchin ... Soll ich weitermachen?«

Chakotay lachte. »Wie sieht es mit Andrew Ellis aus?«

»Andrew Ellis hat Spaß an Tennis, Polo, Golf, und ob Sie es glauben oder nicht, der uralten Kunst des Origami.«

»Um ehrlich zu sein, überrascht mich das überhaupt nicht. Bei Origami geht es nur um Präzision. Wenn Commander Ellis nun im Geheimen mit Fingerfarben malen oder Schlammcatchen mögen würde, das hätte mich überrascht. Null beide«, verkündete er den Punktestand und schlug auf.

Chakotay besaß nicht Ellis' formvollendeten Stil, aber er legte eine Menge Kraft in den Aufschlag, und für einen Moment war der Erste Offizier überrascht. Er sammelte sich schnell, hechtete enthusiastisch nach dem Ball und schlug ihn zurück. Sie wechselten eine Weile Bälle, bis Chakotay einen Schlag nur knapp verfehlte.

Als er den Ball aufhob und ihn ein paar Mal aufhüpfen lies, sagte Ellis aus dem Nichts heraus: »Ich esse rohen Keksteig.«

Chakotays Kopf ruckte hoch. Ellis wurde ein wenig rosa, aber nicht aufgrund der Anstrengung.

»Was?«

»Ich esse rohen Keksteig.« Ellis klang verlegen. »Das sollte man nicht, wissen Sie. Rohe Eier und so. Aber ich kann nicht anders, als mir gelegentlich ein wenig zu stibitzen. Eine Freundin hat mich darauf gebracht. Es schmeckt völlig anders als die gebackenen Kekse.«

Chakotay starrte ihn an und lachte dann laut. Für Ellis war das geradezu draufgängerisch.

»Sie sind in der Tat ein tollkühner Rebell, Mr. Ellis, und ich werde Sie sehr genau im Auge behalten.« Grinsend hob Chakotay seinen Schläger und verkündete: »Null, fünfzehn, Aufschlag für Sie.«

Nachdenklich ging Sekaya in ihrem Quartier auf und ab und überlegte, was sie tun sollte. Als ihr Kommunikator zirpte, erschrak sie so sehr, dass sie hörbar nach Luft schnappte.

»Counselor Astall an Sekaya.«

Sie hatte sich schnell wieder gefasst und antwortete mit ruhiger Stimme: »Ja, Astall. Was gibt es?«

»Ich habe hier einen Patienten, der über schlechte Träume klagt. Ich möchte eine Sitzung abhalten, in der ich isolieren kann ... Es ist schwer, es zu beschreiben, ohne seinen Namen zu nennen, obwohl er sagte, es sei in Ordnung.«

Sekaya grinste über die etwas wirre Ausdrucksweise der Huanni. »Ich helfe gerne, wenn er die Erlaubnis erteilt hat, über die Sitzung zu sprechen. Um wen geht es? Einen der Kolonisten?«

»Nein, es ist Doktor Kaz.«

»Wirklich?«

»Sein letzter Wirt war ein Maquis, der auf Tevliks Mond gestorben ist, und nun, da wir uns cardassianischem Raum nähern, regt er sich.«

Plötzlich erschauderte Sekaya. Für ein besiegtes Volk suchten die Cardassianer ihre Opfer mit erschreckender Beharrlichkeit heim. Sie rieb sich die Oberarme und griff nach einer Decke.

»Fahren Sie fort.«

»Ich wollte Ihren Rat bezüglich der Sitzung, die ich mit ihm abhalten möchte. Tatsächlich hat sie viel von einem Ritual, und ich dachte mir, dass Sie sich auf diesem Gebiet auskennen.«

Sekaya hörte aufmerksam zu, kommentierte von Zeit zu Zeit oder machte Vorschläge, während Astall sie darüber informierte, was sie vorhatte. Die Huanni hatte recht: Die Sitzung hatte vieles mit einem Ritual gemein. »Klingt fast wie eine Geistreise«, sagte Sekaya.

»Eine was?«

»Eine Geistreise. Dabei nimmt man einen veränderten Bewusstseinszustand an und spricht mit Menschen oder Wesen auf einer spirituellen Ebene.«

»Die Technik der aktiven Imagination, der sich Carl Jung verschrieben hat!« Astalls Aufregung war deutlich zu hören. Sekaya fragte sich, ob der Counselor gerade auf der Stelle hüpfte.

»Ja, genau.«

»Ich mag Ihren Begriff.«

»Wir auch.« Sekaya bemerkte, dass sie lächelte. »Wenn Sie möchten, können Sie ihn benutzen. Wollen Sie, dass ich Ihnen assistiere?«

»Ich glaube nicht, dass das nötig sein wird. Kaz scheint sich bei wissenschaftlichen Behandlungsmethoden wohler zu fühlen als bei spirituellen.«

Sekaya überlegte, was sie über den gut aussehenden Doktor wusste, und musste zustimmen. »Ich glaube, Sie haben recht. Sollten Sie es sich anders überlegen, wäre es mir eine Ehre, Sie zu unterstützen.«

»Wie lieb von Ihnen, dass Sie das anbieten! Astall Ende.«

Obwohl es bei der Unterhaltung um etwas völlig anderes gegangen war als das, worüber sich Sekaya den Kopf zerbrochen hatte, hatte sie ihr geholfen, ihren Verstand zu klären.

»Computer, wo befindet sich Captain Chakotay?«

»Captain Chakotay befindet sich auf Holodeck eins.«

»Ist er alleine?«

»Commander Andrew Ellis befindet sich ebenfalls auf Holodeck eins.«

»Verdammt«, murmelte Sekaya, während ihre gerade erst gewonnene Entschlossenheit bröckelte. Sie wollte die Unterhaltung, die sie und ihr Bruder letzten Abend beim Essen begonnen hatten, fortführen, aber sie wollte ihn nicht stören. Sekaya liebte Chakotay und hasste es, ihn zu belügen. Gestern Abend war sie nicht bereit gewesen, sich dieser schwierigen Aufgabe zu stellen. Jetzt hingegen sagten ihr ihre Instinkte, dass es richtig war, ihm alles zu erzählen, und wer wusste, wann sich eine bessere Gelegenheit ergeben würde.

War es überhaupt wirklich das Richtige? Sie zupfte an ihrem langen Haar, das sie gerade zum Zopf geflochten trug. Es war eine Angewohnheit aus ihrer Kindheit, die nur dann wieder hervortrat, wenn sie unter großem Stress stand. Sollte sie es ihm jetzt sagen, oder lieber später? Ihm alles erzählen oder nur einen groben Abriss?

Sie zweifelte an sich selbst. Sekaya konnte anderen dabei helfen, klare und einfühlsame Entscheidungen zu treffen, aber jetzt fühlte sie sich in so viele Richtungen gezerrt, dass sie den richtigen Weg nicht erkennen konnte.

Doch sie musste diese Entscheidung nicht allein treffen. Sie konnte um Hilfe bitten.

Durch den Gedanken beruhigt holte Sekaya ihr Medizinbündel aus einer der Schubladen. Mit untergeschlagenen Beinen setzte sie sich auf den Boden und entfaltete ehrfürchtig den Beutel.

Jedes Medizinbündel war einzigartig. Es reflektierte, was der Besitzer während seiner Visionen ›gesehen‹, gefunden oder als Geschenk erhalten hatte. Deshalb waren Medizinbündel auch etwas sehr Persönliches. Es war nicht verboten, anderen während eines Rituals den Inhalt zu zeigen, aber es war ein Zeichen tiefen Vertrauens und tiefer Zuneigung. Sekaya erinnerte sich, wie überrascht sie gewesen war, als Chakotay ihr erzählte, dass er sein Medizinbündel Janeway gezeigt hatte, und sie hatte sich gefragt, was der Grund gewesen sein mochte. Obwohl er bis vor Kurzem eine Beziehung mit der weiblichen Borg, Seven of Nine, gehabt hatte, nahm Sekaya an, dass ihr Bruder ein wenig für seinen ehemaligen Captain schwärmte.

Ihr eigenes Bündel enthielt ein *Akoonah*, die abgestreifte Haut einer Schlange, eine Geweihsprosse, einen Stein aus einem See, ähnlich dem, den ihr Bruder besaß, und den kleinen Zweig eines Baumes, in den sie traditionelle Symbole geschnitzt hatte.

Sie atmete ein paarmal langsam und tief ein und öffnete ihre Seele dem vertrauten, beruhigenden Gefühl.

»A-koo-che-moy-a. Wir sind weit entfernt von den heiligen Stätten unserer Väter. Wir sind weit entfernt von den Gebeinen unseres Volkes. Ich bin hier, um Rat zu erhalten.«

Sie öffnete die Augen und fand sich in einem üppigen Wald wieder. Über ihr schien strahlendes Sonnenlicht durch die Zweige immergrüner Bäume und erzeugte umhertanzende Flecken aus Licht auf dem mit Nadeln bedeckten Waldboden. Sie kannte diesen Ort; wusste, wer hier lebte. Sekaya stand barfuß auf dem Lehm, grub ihre Zehen in die duftende Erde, auf dem die Piniennadeln durch den Regen weich und biegsam geworden waren. Sie atmete den Pinienduft tief ein und vernahm hinter sich ein leises Geräusch.

Er war gekommen, wie sie gehofft hatte. Sie wusste nie, wer ihren Ruf beantworten würde, da die Geister untereinander entschieden, wer von Ihnen dem Bittsteller am besten helfen konnte. Dennoch gab es einige Tiergeister, die ihren auserwählten Menschen besonders gern hatten und häufiger kamen als andere.

Für Sekaya war Hirsch solch ein Geist. Er war ein kräftiger Hirschbock mit weißem Wedel, großen, sanften braunen Augen und einem stattlichen Geweih. Bei einem Besuch auf der Erde hatte sie sich von einer abgeworfenen Geweihsprosse angezogen gefühlt und sie ihrem Medizinbündel hinzugefügt. Seit jenem Tag kam Hirsch zu ihr.

Sekaya ging auf Ihn zu und verspürte eine tiefe Zuneigung zu

Hirsch. Sie ließ alle Emotionen, die sie zurückgehalten hatte, an die Oberfläche kommen. Angst, Besorgnis, Trauer, Freude. Er würde sie alle nehmen und heilen. Sanft streichelte sie Seinen weichen Hals, spürte die Wärme Seines Fells und die Kraft Seiner Muskeln. Er strich mit Seiner feuchten Nase über ihre Wange.

»Tochter Des Waldes«, sagte Er sanft und benutzte dabei ihren Geistnamen. »Dein Herz befindet sich in Aufruhr. Was kann ich tun, um deinen Schmerz zu lindern?«

Sekaya hatte gehört, dass die Geisterführer oft halfen, indem sie streng und geradeheraus waren. Hirsch hingegen war stets freundlich und sanft zu ihr gewesen. Als Reaktion auf diese Sanftheit spürte Sekaya, wie ihr die Tränen in die Augen stiegen.

»Ich bin hin und her gerissen in der Entscheidung, ein Geheimnis meines Volkes zu wahren oder es meinem Bruder mitzuteilen«, flüsterte sie. Nun liefen ihr die Tränen die Wangen hinab. Behutsam leckte Hirsch sie mit Seiner warmen Zunge auf.

»Ist dein Bruder nicht Teil deines Volkes?«

»Ja, aber er hat sich vor langer Zeit von unseren Lehren abgewandt. Nur aus Schmerz und Pflichtgefühl kehrte er dazu zurück.«

Hirsch sah sie liebevoll an. »Würde es dich trösten zu wissen, dass Wir uns Chakotay bewusst sind? Dass Wir häufig bei ihm waren?«

»Ja. Es würde mich zwar überraschen, aber es würde mich trösten.«

»Dann, Tochter Des Waldes, sei sowohl getröstet als auch überrascht«, sagte Hirsch amüsiert. »Chakotay ist dir ähnlicher, als du vielleicht annimmst.«

»Dann denkst du ... ich sollte es ihm sagen?«

»Ich werde dir sagen, was du zuvor schon wusstest«, sagte

Hirsch auf Seine wahnsinnig machende Art. »Du musst den Wunsch, das Geheimnis zu wahren, abwägen gegen Chakotays Bedürfnis, die Wahrheit zu erfahren. Bis er völlig versteht, was dein Volk durch die Cardassianer erlitten hat, wird er nie völlig zu euch gehören.«

Sie sank auf den Waldboden. Er ließ sich neben ihr nieder, und wie ein Einhorn aus alten Geschichten legte Er Seinen großen Kopf in ihren Schoß. Dabei achtete Er darauf, sie mit Seinem spitzen Geweih nicht zu verletzen.

»Ich möchte, dass er zu uns gehört.« Sie streichelte Seinen Hals, berührte Seine langen, samtweichen Ohren und ließ sie durch ihre Finger gleiten. »Aber ich möchte den Schmerz nicht erneut durchleben.«

»Die Entscheidung liegt bei dir. Doch dies kann ich dir sagen: Ein großes Schicksal liegt vor ihm, auf das er vorbereitet wird, und wer ein großes Schicksal hat, braucht ein großes Herz voller Mitgefühl.«

»Wie deines«, flüsterte Sekaya liebevoll.

»Wie deines«, ertönte eine weitere Stimme. Und bevor sie bemerkte, was geschah, erkannte Sekaya, dass nicht mehr Hirschs großer Kopf in ihrem Schoß lag, sondern der eines ungefähr sieben Jahre alten Jungen. Eines Jungen, den sie kannte.

Eine Mischung aus Schmerz und Freude erfasste ihr Herz. Als sie sich vor sechs Monaten getroffen hatten, hatte ihr Chakotay erzählt, dass er unter dem Einfluss des Akoonah *eine Geistreise mit ihrem Vater unternommen hatte. Sekaya selbst hatte ihren Vater nie gesehen, wenn sie sich in tiefer Meditation in der Geisterwelt befand. Sie nahm an, dass es daran lag, dass es nie einen Bruch zwischen ihr und ihrem Vater gegeben hatte. Sie betrauerte Kolopaks Tod, wie es jede Tochter tun würde, insbesondere wenn sie daran dachte, wie es dazu gekommen war. Aber sie hatte nie das Bedürfnis verspürt, mit ihm eine Geistreise zu unternehmen.*

Aber dieser Junge ...

Sein Gesicht war friedlich, während er zu ihr hinauf lächelte, so ruhig und unbekümmert wie die Oberfläche eines Sees an einem ruhigen Tag. Daher hatte er seinen Namen erhalten: Junge Des Blauen Wassers. Er hatte ihr einmal gesagt, dass ein See ruhig sein musste, damit er den blauen Himmel spiegeln konnte; damit er wirklich ein blauer See genannt werden konnte.

Sie wollte ihn nicht sehen. Sekaya fühlte Angst, Panik und Schuldgefühle in sich aufsteigen. Sie rutschte zurück und sprang auf die Füße; plötzlich wurde ihr bewusst, dass auch sie nur sechs Jahre alt war. Sie sah von der Stelle auf, wo Junge Des Blauen Wassers saß und sich Piniennadeln aus dem langen dicken Haar strich, und blickte in die dunklen Augen ihres Bruders.

Die beiden Jungen, befreundet seit kurz nach dem Tag ihrer Geburt, hatten nie gewirkt, als würden sie zusammenpassen. Während Junge Des Blauen Wassers stets unnatürlich gelassen war, hatte Chakotay auf Sekaya immer wie ein eingesperrtes Tier gewirkt. Er wollte stets an einem anderen Ort sein als dort, wo er sich gerade befand; er wollte immer etwas anderes tun. Aber sie liebte diese beiden Jungen so sehr, und die beiden liebten einander. Sekaya war sich sicher, wäre Junge Des Blauen Wassers von ihrem Stamm gewesen, ihre Eltern hätten ihn zum Bruder ihres Sohnes ehrenhalber ernannt. Aber Junge Des Blauen Wassers war ein Oglala Lakota, und die engste Verbindung, die sie teilen durften, war Freundschaft.

Beide, Chakotay und der Lakota-Junge, sahen sie nun direkt an. Chakotay mit der kaum bezähmbaren Stärke, die so typisch für ihn war, und Junge Des Blauen Wassers mit seiner stillen, nervendaufreibenden Art, jemanden zu betrachten.

Junge Des Blauen Wassers stand auf und öffnete die Hände. In jeder Handfläche lag ein kleiner, runder Stein, der über Jahrhunderte vom Wasser so glatt und glänzend wie Glas geschliffen worden war.

»Die sind für euch. Ich bin tief getaucht, um sie zu finden. Chakotay, dieser ist aus dem Fluss. Ich dachte mir, er würde zu dir passen. Der Fluss fließt schnell und wild, immer in Eile, um an einen anderen Ort zu gelangen.«

Der junge Chakotay grinste verlegen und nahm den Stein. »Danke«, sagte er. »Wenn ich älter bin, kommt er in mein Medizinbündel.«

Nun wandte sich Junge Des Blauen Wassers an Sekaya. »Dieser ist ebenso ein Geschenk des Wassers, aber aus einem See.« Sein Blick bohrte sich in ihren mit einer Ernsthaftigkeit, die seine Jahre überstieg, und in ihrem Inneren schauderte ihr erwachsenes Selbst.

Sie verspürte Schmerz für ihn, in ihrem Herzen, aber sie glaubte zu wissen, warum er ihr heute erschienen war. Er hatte ihr und Chakotay ein Geschenk gemacht. Nun war es an der Zeit, dass sie Chakotay etwas gab. Sie traf ihre Entscheidung. Sekaya holte tief Luft und öffnete die Augen.

Sie sah wieder die ansprechende, aber neutrale Inneneinrichtung ihres Quartiers und blickte noch einmal auf die Bestandteile ihres Medinzinbündels. Ihre rechte Hand kribbelte noch immer von der Berührung des *Akoonahs*, aber nicht unangenehm.

Ihre Linke hielt den See-Stein umklammert, den ihr Junge Des Blauen Wassers vor über dreißig Jahren gegeben hatte.

Ihre Augen waren feucht, und sie wischte sich über das Gesicht. Dann faltete sie ihr Bündel wieder zusammen und legte vorsichtig den Stein und das *Akoonah* dazu, sprach ein kurzes Gebet des Dankes für die Vision, die ihr gewährt worden war, und legte das Bündel in die Schublade zurück.

»Computer.« Als sie das Wort aussprach, fiel ihr auf, wie belegt ihre Stimme klang. »Befinden sich Captain Chakotay und Commander Ellis noch immer auf Holodeck eins?«

»Bestätigt.«

Sie seufzte. *Nun,* dachte sie, *es ist wohl besser, ihn in der Freizeit als bei der Arbeit zu stören.* Sie würden bald bei der Kolonie ankommen, und dann würde es andere Dinge geben, um die er sich kümmern musste.

Sekaya holte tief Luft und machte sich auf den Weg zum Turbolift.

14

Auf Astalls Rat hin kehrte Kaz in sein Quartier zurück, um zu duschen. *Sich bewusst auf etwas vorzubereiten hilft oft dabei, einen entsprechenden Geisteszustand zu erreichen,* hatte sie ihm erklärt. Er beendete die Dusche und zog eine frische Uniform an, während seine Gedanken rasten. Ihm wäre es lieber gewesen, gleich mit dem anzufangen, was der Counselor vorhatte. Zeit, darüber nachzudenken, schürte lediglich seine Unruhe.

Dennoch, die Huanni war in diesem Fall die Expertin, und ihm hätte es nicht gefallen, hätte sie ihm gesagt, wie er ein gebrochenes Bein behandeln sollte, darum gehorchte er. Ungefähr eine halbe Stunde später kehrte er in ihr Quartier zurück.

Als er eintrat, lächelte sie ihn an. »Perfektes Timing. Ich bin gerade mit den Vorbereitungen fertig geworden.«

Kaz fiel auf, dass das Licht gedämpfter war als bei seinem letzten Besuch, und es lag ein angenehmer Geruch in der Luft. Er schnüffelte, versuchte, ihn zu identifizieren.

»Es ist Lavendel«, erklärte Astall. »Auf der Erde wird er wegen seiner beruhigenden Wirkung benutzt. Ich kann ihn entfernen, wenn er Ihnen unangenehm ist.«

»Nein nein, es ist in Ordnung. Ich mag ihn.« Der Duft war rein und ein wenig süßlich. Kaz konnte allerdings nicht beurteilen, ob er ihn beruhigte. Er setzte sich und sah erwartungsvoll zu ihr auf.

Astall reichte ihm eine Tasse mit einem dampfenden Getränk. »Kamillentee, ebenso bekannt für seine beruhigende Wirkung. Zudem schmeckt er ziemlich gut. Trinken Sie ein paar Schlucke, während ich Ihnen erkläre, was wir vorhaben.«

Sie sah auf das Chronometer. »Ich habe mit Lieutenant Kim gesprochen. Bei unserer aktuellen Geschwindigkeit werden wir erst in einigen Tagen auf Loran II ankommen. Das sollte uns genug Zeit geben, die Behandlung abzuschließen, und es Ihnen ermöglichen, darüber zu reflektieren und es zu verarbeiten.«

Kaz versuchte, nicht so nervös auszusehen, wie er sich fühlte, aber er befürchtete, dass das Klappern des feinen Porzellans in seinen Händen ihn verriet.

»Ich habe so ziemlich jede Technik studiert, die von Humanoiden innerhalb der Föderation angewandt wird. Was wir tun werden, ist eine Verbindung aus zielgerichteter Meditation, Hypnose-Therapie und einer sehr vereinfachten Version des *Zhian'tara.* Medikamente werden keine zum Einsatz kommen. Wir wollen schließlich, dass Ihr Verstand klar bleibt.«

»In Ordnung.« Kaz nickte und nippte an dem Tee. Astall hatte recht, er war gut.

»Wir werden uns um Gradaks Erinnerungen kümmern, die der Kaz-Symbiont in sich trägt. Wir werden ihn bitten, Ihren Körper zu übernehmen - selbstverständlich nur im übertragenen Sinn - und lassen uns von ihm berichten, was ihn so sehr belastet. Sobald er uns das mitgeteilt hat, bitten wir ihn, in den Symbionten zurückzukehren und seinen Platz unter den Erinnerungen der anderen vorherigen Wirte einzunehmen.«

Kaz starrte auf den Grund seiner Tasse. »Was, wenn er nicht gehen will?«

Astall lächelte sanft. »Wie ich sagte, es ist bildlich, nicht wörtlich gemeint. Er wird nie tatsächlich anwesend sein, also stellt das kein Problem dar. Hier geht es nur darum, Zugriff auf die Erinnerungen zu erhalten, Jarem, nicht darum, den Geist eines Toten zu beschwören. So etwas fällt mehr in Sekayas Aufgabengebiet.«

Kaz' Augenbrauen hoben sich. »Sekaya kann so etwas tun?«

»Ich bin mir nicht sicher, aber bestimmt hätte sie bessere Chancen, so etwas zustande zu bringen, als ich. Lassen Sie mich es anders ausdrücken. Sie verstehen die Funktionsweise eines humanoiden Gehirns. Selbstverständlich unterscheidet es sich von Spezies zu Spezies - es unterscheidet sich von Person zu Person und sogar Hemisphäre zu Hemisphäre -, aber es bestehen mehr Gemeinsamkeiten als Unterschiede. Erinnerungen, sowohl Lang- als auch Kurzzeitgedächtnis werden im medialen Temporallappen gespeichert, namentlich im Hippocampus. Korrigieren Sie mich, falls ich mich irre. Aber der Trill-Neurotransmitter Isoboramin ist es, der die Erinnerungen, die der Symbiont in sich trägt, mit dem Gehirn des aktuellen Wirts verbindet.«

»Das stimmt mehr oder weniger«, sagte Jarem lächelnd.

»Hauptsache, ich habe das Wesentliche begriffen. Wir drehen die Situation nur um. Sie haben jetzt Zugriff auf alle Erinnerungen der vorherigen Wirte des Symbionten, neben Jarems. Im Moment dominieren Jarems Erinnerungen. So sollte es auch sein, da Sie der aktuelle, lebende Wirt sind.«

Sie streckte die linke Hand entspannt geöffnet aus, um das, was sie sagte, bildlich darzustellen.

»Gradaks Erinnerungen liegen tiefer, nicht sofort zugänglich.« Astall schloss die rechte Hand locker und legte sie sich ans Herz. »Wir lassen Gradaks Erinnerungen sozusagen ins

Rampenlicht treten, während sich die von Jarem im Hintergrund halten. Nicht mehr.«

Bei diesen Worten zog sie die linke Hand ans Herz und streckte die rechte aus und öffnete sie. Es war eine anmutige, flüssige Geste und Jarem begriff, was ihr vorschwebte. Er nickte verstehend. Jetzt, nachdem sie es wissenschaftlich leidenschaftslos erklärt hatte, fühlte er sich viel besser.

»Alles klar.«

»Wenn wir fertig sind, bringen wir alles wieder in den Ursprungszustand zurück. Sie werden keine Ihrer Erinnerungen verlieren; Sie werden sich Gradak für eine Weile nur näher fühlen.«

»Irgendwelche Nebenwirkungen?«, fragte er halb im Scherz.

»Es ist damit zu rechnen, dass Sie sich danach ein wenig unruhig fühlen werden. Es wird ein wenig dauern, bis Sie sich wieder daran gewöhnt haben, Jarem Kaz und nicht Gradak Kaz zu sein. Glücklicherweise kommen wir erst in ein paar Tagen auf Loran II an, das gibt uns Zeit. Und wir beide erwarten, dass manche seiner Erinnerungen, die an die Oberfläche kommen werden, traumatisch sein können, und damit werden Sie fertigwerden müssen. Das wäre dann aber auch schon alles.«

Kaz kam ein Gedanke. »Haben Sie so etwas schon einmal gemacht?«

»Nicht mit einem Trill. Aber diese Form der zielgerichteten Meditation habe ich bereits einige Male durchgeführt.«

Sie lehnte sich vor und sah ihn aufmerksam an. »Jarem, wir müssen das nicht tun. Wir können warten, bis diese Mission beendet ist, und dann können Sie sich etwas Urlaub nehmen und nach Trill reisen. Ich bin mir sicher, dass man dort besser auf solche Dinge vorbereitet wäre, als ich es bin. Wenn Sie irgendwelche Vorbehalte gegen die Behandlung haben, die ich gerade beschrieben habe, habe ich selbstverständlich Verständnis. Das muss Ihre Entscheidung sein - Jarems Entscheidung.«

Kaz dachte darüber nach. Er war dankbar für Astalls Offenheit, aber was sie vorschlug, klang nicht gefährlich. Die Techniken, die sie erwähnt hatte, waren ihm vertraut. Auch wenn sich ihre Wirksamkeit nicht stichhaltig in einem Labor beweisen ließ, wusste er, dass sie sehr hilfreich sein konnten, und Nebenwirkungen waren ihm nicht bekannt. Er dachte über die immer wiederkehrenden Albträume nach, über die Schreie und das Feuer, über Gradaks Schmerz und Wut, und konnte ein Schaudern nicht unterdrücken. Wenn es half, die Träume zu beenden, war es das minimale Risiko wert.

»Tun wir es.«

Auf ihre Geste hin ging er zu dem Sofa hinüber und streckte sich darauf aus. Sie breitete eine Decke über ihm aus, und er lächelte schief. »Haben Sie auch Teddybären?«

Ihre Augen funkelten. »Habe ich tatsächlich. Möchten Sie einen?«

Er kicherte. »Ich mache kein Nickerchen.«

»Nein, aber häufig fällt bei tiefer Entspannung die Körpertemperatur. Ich möchte nur sichergehen, dass Sie es so bequem wie möglich haben. Schließen Sie die Augen.«

Ein wenig befangen tat Kaz, was sie sagte.

»Bequem?«

»Ja.«

»Gut. Atmen Sie langsam und tief durch die Nase ein und durch den Mund wieder aus.«

Er inhalierte den frischen Lavendelduft mit jedem Atemzug und konnte spüren, wie er sich entspannte.

»Noch einmal.« Kaz wiederholte das Atmen noch einige Male. Nach einer Weile bemerkte er, dass er sich völlig ruhig fühlte, aber nicht schläfrig.

Astalls Stimme schwebte zu ihm. »Jarem, ich möchte, dass Sie sich einen Ort vorstellen, an dem Sie sich sehr wohl fühlen.

Lassen Sie sich Zeit und stellen Sie sich die Details so bildlich wie möglich vor. Sagen Sie mir, wenn Sie den Ort vor sich sehen.«

Es fiel ihm leichter als erwartet, sich vorzustellen, auf seiner Heimatwelt zu sein, am Meer spazieren zu gehen und den Blick in seine lila Tiefen schweifen zu lassen. Die Brandung der Wellen war beruhigend.

»Ich bin dort.« Es fiel ihm schwer, die Lippen zu bewegen.

»Gut. Nun möchte ich, dass Sie sich vorstellen, wie Gradak neben Ihnen steht. Und ich möchte, dass Sie ihn sich ebenfalls ruhig und gelassen vorstellen.«

Jarem spürte, wie er sich ein wenig anspannte. In den Tiefen seiner Vorstellung drehte er den Kopf und sah Gradak.

Er war nicht ruhig und gelassen.

Er trug zerfetzte, verbrannte und blutbesudelte Kleidung. Die Verletzungen, die zu seinem Tod führen würden, schrien Jarem ebenso still an wie Gradaks lautlose Worte.

Kim saß auf dem Kommandosessel, wie er es in so vielen Nachtschichten zuvor getan hatte, und blickte abwesend auf den Schirm. Die Sterne rasten vorbei, während die *Voyager* ihre ereignislose Reise fortsetzte.

Er sah auf das Chronometer, das ihm sagte, dass Chakotay seine Zeit mit Commander Ellis auf dem Holodeck um zwei Minuten überschritten hatte. Kim überlegte, ob er seinen kommandierenden Offizier darüber informieren sollte, dass es an der Zeit war, für den Rest ihrer Reise auf Warp zwei zu gehen. Sekaya hatte vorgeschlagen, den Flug zu verlängern, da sie mehr Zeit haben wollte, um mit den Kolonisten zu sprechen. Bei Warp zwei würden sie ungefähr drei weitere Tage benötigen, um Loran II zu erreichen. Wenn sie ihre derzeitige Geschwindigkeit beibehielten, würden sie in ein paar Stunden ankommen.

Er entschied, den Befehl selbst zu geben. Es handelte sich

schließlich nicht um einen besonders anspruchsvollen Befehl, und wenn Chakotay tatsächlich Spaß mit seinem steifen Ersten Offizier hatte, wollte Kim nicht stören.

»Lieutenant Tare, reduzieren Sie die Geschwindigkeit auf Warp zwei.«

»Aye, Sir.«

»Lieutenant Campbell, führen Sie einen Langstreckenscan durch. Berichten Sie alles Ungewöhnliche.«

Campbell runzelte an seinem ehemaligen Posten die Stirn. »Sir, ich empfange Anzeichen von Trümmern auf den Langstreckensensoren.«

»Lieutenant Tare, gehen Sie unter Warp«, befahl Kim alarmiert.

»Aye, Sir.« Die neue Pilotin führte den Befehl ebenso geschickt aus, wie Tom Paris es getan hätte. Kim starrte nun den offenen Raum auf dem Hauptschirm an.

»Die Trümmer befinden sich ungefähr achtzehn Millionen Kilometer voraus.«

»Vergrößern.«

Bei dem Anblick, der sich ihm bot, riss er die Augen ein Stückchen weiter auf.

Ka-thok. Chakotay ächzte, als er den Ball retournierte, versuchte ihm einen Drall zu geben. Ellis hechtete mit Leichtigkeit danach und schickte ihn wieder über das Netz zurück. Verdammt soll er sein, der Mann schwitzte nicht mal!

Chakotay rannte dem Ball nach, legte den Schläger vor seinen Körper, um eine ordentliche Rückhand zu schlagen.

»Captain Chakotay, bitte auf die Brücke.«

Chakotay stolperte mitten im Schritt und verfehlte den Ball. Nach Luft schnappend wischte er sich über die Stirn und war dankbar für die Schweißbänder an den Handgelenken. Er berührte seinen Kommunikator.

»Was ist los, Harry?«

»Captain, hier ist etwas, das Sie sehen sollten.«

»Wir sind auf dem Weg.« Chakotay und sein Erster Offizier warfen einander einen Blick zu und verließen das Holodeck.

Noch immer in ihrer Tenniskleidung betraten sie die Brücke. In dem Moment, als er den Sichtschirm ansah, wusste Chakotay genau, warum Harry wollte, dass er dies sah.

Die Langstreckensensoren zeigten die Wracks Dutzender Schiffe.

Gradak war älter als Jarem, aber noch immer in den besten Jahren. Schlank, grauhaarig, hohlwangig, er sprach schnell. Sein Mund bewegte sich, aber Jarem hörte nichts. Der Blick des anderen Trill war unstet, die Augen blutunterlaufen, und er unterstrich seine lautlose Ansprache mit aufgeregten Gesten.

»Beschreiben Sie ihn«, bat Astall.

»Er ist sehr aufgebracht«, sagte Kaz laut. »Sehr wütend. Er ist verletzt und blutbeschmiert, und er schreit mir etwas zu, aber ich kann ihn nicht hören.«

»Jarem, es ist Ihr Körper.« Astalls Stimme war ruhig, besänftigend. »Sie haben jederzeit die Kontrolle darüber. Ich möchte, dass Sie Ihren Erinnerungen eine physische Form geben, etwas, das Sie in der Hand halten können.«

Im Geiste sah Jarem auf seine linke Hand hinab. In der Handfläche lag ein Stein. Er schien zu strahlen und zu pulsieren, als wäre etwas darin enthalten, und während Jarem ihn betrachtete, wechselte der Stein die Farbe. Auf intellektueller Ebene wunderte er sich über das Bildnis. Er hatte sich seine Erinnerungen nie auf diese Art vorgestellt.

»Ich sehe sie. Ihn. Den ... den Erinnerungsstein.«

»Nun sehen Sie Gradak an. Hält er seine Erinnerungen auch in der Hand?«

Kaz wollte Gradak nicht ansehen, aber er zwang sich dazu. Der blutverschmierte Trill wirkte nun etwas weniger außer sich. Auch er hielt einen wunderschönen strahlenden ›Stein‹ in der linken Hand. Er hielt ihn Jarem mit flehendem Ausdruck auf dem vom Wetter gegerbten Gesicht entgegen.

»Ja. Er hat seine Erinnerungen. Er möchte, dass ich sie nehme.«

»Das ist genau das, was Sie tun sollten. Geben Sie ihm Ihre Erinnerungen und nehmen Sie seine.«

Aber Kaz konnte nicht. Er hatte Angst davor, hauptsächlich die Erinnerungen dieses Mannes im Kopf zu haben. Jarem musste Gradaks Leben nicht durchleben - oder seinen Tod -, um seine Empörung, seine Trauer und sein brennendes Verlangen nach Rache zu spüren. Sie standen dem Toten deutlich ins Gesicht geschrieben. Gradak hielt ihm weiter die Hände entgegen, in einer Hand seine Erinnerungen, die andere leer, bereit, Jarems Erinnerungen entgegenzunehmen.

»Ich will sie nicht«, flüsterte Kaz.

»Er wird sie Ihnen geben, ob Sie wollen oder nicht. Er hat getan, was er konnte, um sie Ihnen in Form von Träumen zu übermitteln. Wenn Sie diese Erinnerungen bewusst annehmen, haben Sie die Kontrolle. Andernfalls hat Gradak das Sagen, und er leidet zu sehr, um die Kontrolle zu bewahren.«

Gradak sprach wieder, oder versuchte es zumindest. Jarem konnte ihn noch immer nicht hören. Der Maquis gestikulierte mit der Hand, in der er die Erinnerungen hielt.

Langsam und zögernd streckte Jarem die Hände aus. Er sah, dass sie zitterten, als sich seine Rechte um Gradaks Erinnerungsstein schloss. Seine Linke fühlte sich seltsam leer an, als Gradak die blutige Hand auf den Stein legte und Jarems Erinnerungen an sich nahm.

Kaz riss die Augen auf.

Die Erinnerungen brachen wie eine Flutwelle über ihn herein. Sie kamen so schnell, mit solcher Gewalt, dass es ihm schwerfiel zu atmen.

Vallia. Wieder in seinen Armen, ihre schweißfeuchte Haut an seiner, ihr Mund geöffnet, ihm zugewandt, süß ...

Verschleppt. Von den cardassianischen Monstern wie Tiere zusammengetrieben. Wer weiß, wohin verschleppt. »Sie können gehen, wir wollen nur die Bajoraner.« Und so, gebrochen und weinend, ging er, anstatt sein Leben in einem vergeblichen Versuch fortzuwerfen, sie zu finden; ging, nur um später zurückzukehren und so viele Cardassianer wie möglich zu töten ...

»Jarem ...?«

In Sicherheit, hier, auf Tevliks Mond. Hierher gebracht von dem einzigen Mann, dem er wirklich vertraute ... Arak Katal. Das Sternenlicht fing sich in Katals Ohrring, ließ ihn aufblitzen. Aufblitzen wie seine Augen, brennend vor Leidenschaft, sein Volk zu befreien. Seite an Seite hatten sie gekämpft. Freunde. Waffenbrüder.

»Verräter!«, schrie Kaz, als er aufsprang. »*Mörder!*«

Eine warme Hand lag auf seiner. Gradak/Jarem wusste, dass er sich sicher an Bord der *Voyager* befand, in Astalls Quartier. Die Huanni wusste, was sie tat, und er vertraute ihr. Die Hand war eine Rettungsleine, greifbar und beruhigend. Er packte sie fest, spürte, wie die langen, zarten Knochen ihrer Finger zusammengepresst wurden. In einem weit entfernten Teil seines Geistes wusste er, dass er ihr Schmerzen zufügte. Aber sie ließ nicht los.

»Gradak Kaz, Ihre Erinnerungen sind nun dominant. Jarem hat Ihnen Raum zum Sprechen gegeben.«

Jarem fühlte Gradaks Schmerz und Hoffnung. Das Bedürfnis zu sprechen, sein Leid mitzuteilen, dieser netten Frau zu sagen, was ihm, Vallia, den Tausenden auf Tevliks

Mond widerfahren war. Er sah sie mit Augen an, die sehen und doch nicht erkennen konnten, und öffnete den Mund.

Einen Augenblick lang war das Geräusch vertraut und fremd zugleich. Dann erkannte Kaz, worum es sich handelte: das Geräusch seines Kommunikators.

»Chakotay an Doktor Kaz und Commander Astall. Kommen Sie sofort auf die Brücke.«

15

Kaz umklammerte Astalls Hand so fest, dass er befürchtete, ihre Knochen zu brechen.

»Nein«, keuchte er. »Hören Sie mir zu. *Hören* Sie, ich muss Ihnen sagen …«

Astall drückte seine Hand und löste dann den Griff.

»Atmen sie langsam und tief«, sagte sie sanft. »Ich komme gleich wieder.«

Er hörte, wie sie leise sprach, hörte Chakotay antworten. Aber es war ihm egal, worüber sie redeten. In ihm forderten Gradaks Erinnerungen, glühend heiß und brodelnd wie eine Lavagrube, danach, beachtet zu werden.

Wieder spürte Kaz die Hand der Huanni, die ihn leicht berührte. Dieses Mal strich sie sanft über seine Stirn.

»Es ist wichtig. Captain Chakotay möchte, dass wir beide auf die Brücke kommen. Es tut mir so leid, aber wir müssen das hier später beenden.«

»Später?« Es lag nichts von Jarem in dem beißenden Klang der Stimme. Es war Gradak, gepeinigt und außer sich darüber, erneut ignoriert und beiseitegeschoben zu werden.

»Gradak.« Astall zeigte sich von dem Ausbruch völlig unbeeindruckt. »Man wird Sie anhören. Das schwöre ich Ihnen.

Aber der Körper, in dem sich Ihre Erinnerungen zurzeit befinden, hat Verpflichtungen gegenüber seinen Leuten, so wie Sie sie gegenüber Ihren hatten. Er wird gerade gebraucht. Sie werden ihn dabei nicht behindern.«

»Er versteht.« Jarems Stimme war heiser vom Schreien. »Aber er will nicht dahin zurückkehren, wo er war. Nicht, bevor er erledigt hat, weswegen er hier ist.«

»Das überrascht mich nicht.« Es lag eine Spur Bewunderung in Astalls Stimme. »Gradak war eindeutig eine sehr starke Persönlichkeit. Jarem Kaz, atmen Sie nochmals tief ein. Stellen Sie sich vor, wie Sie sich wieder fest mit Ihrem Körper verbinden, und öffnen Sie dann die Augen.«

Er tat, was sie ihm sagte, und war beruhigt, als er an sich hinabsah und sein Körper unversehrt und nicht länger blutverschmiert war. Er bemerkte, dass er zitterte.

Sie half ihm dabei, sich aufzusetzen. »Wie fühlen Sie sich?« Ihre großen lilafarbenen Augen waren voller Besorgnis, während sie ihm sanft übers Haar strich.

»Okay«, sagte er, obwohl das nicht ganz der Wahrheit entsprach. Sein Herz raste.

Sie betrachtete sein Gesicht. »Jarem, wenn Sie möchten, kann ich Sie für ein paar Stunden vom Dienst freistellen. Wir können weitermachen und das hier beenden.«

Er zog eine Grimasse. »Ganz bestimmt nicht. Das ist das erste Mal, dass der Captain nach mir verlangt. Ich werde ihn garantiert nicht versetzen.«

Ihre Ohren flatterten sacht, offenbarten ihre wahre Besorgnis noch deutlicher als ihre Miene.

»Mir gefällt der Gedanke nicht, dass Sie herumlaufen, während Gradak derart präsent ist in Ihrem Geist.«

»Er war schon immer da, so wie die anderen.«

»Nicht auf diese Weise.«

»Nein«, Kaz musste ihr zustimmen, »das nicht. Aber ich

komme damit klar.«

»Falls Sie der Ansicht sind, dass es doch nicht geht, möchte ich, dass Sie sofort wieder zu mir kommen. Haben Sie verstanden?«

Kaz musste grinsen. »Aye, Ma'am. Kommen Sie. Wir müssen auf die Brücke, um zu erfahren, was los ist.«

Sekaya erreichte das Holodeck und starrte die geschlossene Tür an. Sie atmete zur Beruhigung tief ein.

»Computer, öffne die Tür zu Holodeck eins.«

Die Tür öffnete sich. Sekaya sah verwundert, dass der Raum leer war und wie ein Frachtraum wirkte.

»Computer, wo befindet sich Captain Chakotay?«

»Captain Chakotay befindet sich auf der Brücke.«

Sie gab einen Laut der Frustration von sich. Sie wollte das Thema nicht vor allen anderen zur Sprache bringen, aber vielleicht konnte sie einen Zeitpunkt vereinbaren, um mit ihm zu sprechen. Sie ging zum Turbolift.

Als sie die Brücke betrat und beiläufig auf den Sichtschirm sah, keuchte sie auf. Das Geräusch war leise, aber Chakotay verfügte über ein hervorragendes Gehör. Er drehte sich zu ihr um und sah sie an.

»Gutes Timing, Sekaya. Ich wollte dich gerade darum bitten, auf die Brücke zu kommen. Kaz, Astall und Fortier sind bereits auf dem Weg.«

Wie hypnotisiert ging Sekaya langsam zu dem Sichtschirm hinunter. Sie hatte bisher nicht viel Zeit im Weltraum verbracht, und der Blick auf die Sterne verzauberte sie noch immer. Aber was sie nun betrachtete, war nichts, das aus dem Weltraum oder von den Sternen kam. Hierbei handelte es sich um künstlich geschaffene Objekte.

»Was ist das? Wie nah sind wir an Loran II?«

»Es sind Trümmer aus unterschiedlichen Quellen«, beantwortete Kim die erste, aber nicht die zweite Frage. Zischend öffneten sich die Türen des Turbolifts. Fortier, Astall und Kaz traten heraus.

Genau wie Sekaya keuchte Fortier bei dem Anblick. *»Mon dieu«*, sagte er leise.

»Die Trümmer sind schon älter«, sagte Ellis und kam der Frage damit zuvor. »Es scheint, als hätte hier vor einiger Zeit ein Kampf stattgefunden.«

»Und zwar zwischen Schiffen der Föderation und der Cardassianer«, ergänzte Kim.

»Es war mir nicht bewusst, dass in diesem Teil des Weltraums irgendwelche Kämpfe stattgefunden haben.« Fortiers Stimme klang bewundernswert ruhig, doch Sekaya sah, dass seine Hände leicht zitterten. »Wie nah sind wir Loran II?«, wiederholte er Sekayas Frage.

»Wir sind nicht allzu weit entfernt. Ich hatte vor, ab hier die Geschwindigkeit zu reduzieren, damit wir nicht zu schnell ankommen. Aber unter diesen Umständen ...«, dabei wies Chakotay auf das Trümmerfeld, »... möchte ich mit der bisherigen Geschwindigkeit weiterfliegen. Sie haben recht, Mr. Fortier. Wir besitzen keine Aufzeichnung, die darauf hinweisen, dass es hier zu Kämpfen gekommen ist, aber wie wir sehen können, bedeutet das offensichtlich nicht, dass es nicht doch geschehen ist.«

»Es handelte sich hierbei um keine besonders großen Schiffe.« Kim betrachtete seine Kontrollen und Anzeigen. »Ich empfange Signale von cardassianischen Shuttles und Frachtern sowie Trümmern einiger Shuttles der Föderation, drei Maquis-Raider und ein Kurierschiff der *Peregrine*-Klasse.«

»Auch bekannt als Maquis-Abfangjäger«, fügte Chakotay hinzu.

»Also eher ein Scharmützel«, mutmaßte Kaz, der wie

gebannt die treibenden Wracks auf dem Sichtschirm betrachtete. »Keine Schlacht. Und wahrscheinlich zwischen Maquis und Cardassianern. Ich gehe jede Wette ein, dass diese Föderationsschiffe gestohlen waren.«

Sekaya sah ihn an. Seine Stimme klang tiefer, etwas rauer, und seine Haltung hatte sich ein wenig verändert. Sie dachte daran, wie Astall ihr erzählt hatte, dass einer seiner Wirte ein Maquis gewesen war. Vielleicht erinnerte er sich an seine Zeit während dieses Konfliktes. Oder vielleicht bildete sie es sich nur ein; immerhin war sie Kaz nur kurz begegnet.

»Der Doktor hat recht«, meldete sich Kim erneut zu Wort. »Ich kann die Identität einiger der Schiffe bestätigen, und sie wurden vor ein paar Jahren als vom Maquis gestohlen gemeldet.«

Chakotay hatte sich, genau wie Kaz, angespannt. »Das sind gute Nachrichten. Wenn es nur eine kleine Auseinandersetzung war, besteht die Möglichkeit, dass Fortiers Kolonie nicht betroffen war. Und wir sollten nicht außer Acht lassen, dass diese Trümmer bereits einige Zeit treiben könnten. Der Kampf könnte überall stattgefunden haben und nicht notwendigerweise in der Nähe von Loran II.«

»Trotzdem sollte man bedenken, ausgehend vom Kurs und der Menge der Trümmer, dass ein Klasse-M-Planet aufgefallen wäre. Insbesondere jemandem, der für Reparaturen eine Notlandung durchführen muss«, warf Ellis ein.

Innerlich verzog Sekaya das Gesicht. Chakotay hatte versucht, den Schrecken der Situation ein wenig abzuschwächen. Aber sein Erster Offizier schien nicht zu begreifen, wie sehr dies die Passagiere der *Voyager* betraf. Loran II war nicht einfach irgendein Klasse-M-Planet, es war die Heimat dieser Leute. Hier lebten ihre Angehörigen - zumindest hofften das alle.

Chakotay ignorierte Ellis. »Lieutenant Tare, wie groß ist die

Ausbreitung des Trümmerfeldes, und können Sie hindurchnavigieren?«

Tares dunkle Hände bewegten sich geschickt über die Kontrollen. »Es ist ziemlich weitläufig, Sir. Die Trümmerstücke sind fast auf der ganzen Strecke bis nach Loran II verteilt. Es war vielleicht keine ausgewachsene Schlacht, aber es ging auf jeden Fall ziemlich heiß her. Ich kann dennoch einen Kurs errechnen, der uns hindurchführt.«

»Wie schwierig wird es sein, zu navigieren? Können wir auf Warp gehen?«

Tare überprüfte ihre Daten. »Wir können auf Warp gehen«, entschied sie.

Fortier schluckte schwer. Astall trat neben den Anführer der Kolonisten und legte ihm beruhigend eine Hand auf die Schulter. Auch Sekaya wusste, was dem Mann durch den Kopf ging: *Hat es meine Heimat betroffen? Kostete dieser Krieg das Leben meiner Leute?*

»Dann nehmen Sie den Kurs zum Planeten wieder auf, Lieutenant. Warp neun.« Chakotay sah seinen Gast an. »Mr. Fortier, Sie dürfen selbstverständlich auf der Brücke bleiben. Oder vielleicht möchten Sie die Zeit nutzen, um Ihre Leute zu informieren und vorzubereiten?«

Fortier sah Chakotay abschätzend an. Es gab keinen Grund zur Eile, und das wusste er. Die Trümmer waren alt. Die Kolonisten, die auf Loran II geblieben waren, hatten nichts über einen Angriff berichtet, und der Kontakt war erst vor Kurzem abgebrochen.

Aber Sekaya kannte ihren Bruder und wusste, dass er um die Kolonisten besorgt war. Da es nun einen Grund gab, sich Sorgen zu machen, auch wenn er alt war, wollte Chakotay, dass die Kolonisten so bald wie möglich erfuhren, was aus ihren zurückgebliebenen Freunden geworden war. Und Fortier wusste zu schätzen, was Chakotay für ihn getan hatte.

»Danke sehr, Captain. Ich glaube, ich werde es meinen Kameraden mitteilen. Sie ... sollten es wissen. Ich danke Ihnen dafür, dass Sie uns so schnell wie möglich ans Ziel bringen.«

»Selbstverständlich.«

Astall hielt Fortier im Gehen auf und legte ihm sanft eine Hand auf den Arm.

»Bitte lassen Sie mich wissen, falls Sekaya und ich helfen können«, sagte sie ernst.

Fortiers Züge wurden weicher, und Sekaya fragte sich, ob er Tränen in den Augen hatte. Sie hatte schon des Öfteren beobachtet, wie Huanni andere dazu brachten, ihre Gefühle zu offenbaren. Sie ermunterten Leute, sich zu öffnen, wenn es leichter fiel, hart und verschlossen zu sein.

»Danke«, antwortete Fortier freundlich und verließ die Brücke.

Sekaya schaute ihren Bruder an. Ruhig sagte er: »Sekaya, du bist auf die Brücke gekommen, noch bevor ich dich rufen konnte. Wolltest du ... mich wegen etwas Bestimmtem sprechen?«

Ja, schrie sie innerlich. *Ich muss dir sagen, was uns widerfahren ist. Du musst wissen, was sie uns angetan haben.*

Sie räusperte sich. »Ja, aber es kann warten. Die Situation auf Loran II benötigt jetzt deine volle Aufmerksamkeit.« Sie zögerte, dann fügte sie hinzu: »Auf dem Rückflug reden wir aber, oder?«

Er lächelte dieses Lächeln, an das sie sich aus ihrer Kindheit erinnerte. Das Lächeln, das immer ihr Herz erwärmt hatte.

»Natürlich. Ich freue mich schon darauf.«

Kaz bemerkte, dass sein Herz schneller schlug. An seinem Haaransatz sammelte sich Schweiß, und er ballte die Fäuste. Die Wracks der Maquis-Schiffe zu sehen, die Art von Schiff, die er selbst geflogen hatte, zu wissen, dass seine Freunde hier gestorben waren ...

Nein, verdammt, dachte er. *Ich bin nie mit einem Maquis-Jäger geflogen. Ich kannte bis nach dem Krieg keinen Maquis persönlich. Das sind Gradaks Gefühle, nicht meine.*

Astall stand neben ihm im Turbolift. Sie waren allein. Eine Weile lang sagte keiner von ihnen ein Wort, aber ihm war vollauf bewusst, dass die Huanni jede seiner Reaktionen aufmerksam beobachtete. Jeder Ausdruck, der über sein Gesicht huschte, während er darum bemüht war, eine neutrale Miene beizubehalten.

»Wir haben noch ein paar Stunden, bis wir Loran II erreichen«, sagte sie dann. »Wir hätten Zeit, zu beenden, was wir begonnen haben.«

Er sah sie an. »Können Sie garantieren, dass es keine Nachwirkungen haben wird, die mich in meiner Tätigkeit als Mediziner beeinflussen?«

Astall seufzte. »Nein. Es wird ohne Zweifel emotional sehr anstrengend werden. Idealerweise hätte ich gerne ein wenig mehr Zeit zur Verfügung, damit Sie sich erholen können.«

Kaz zuckte mit den Schultern und seufzte ebenfalls. »Wir haben hier draußen gerade eine Sache gefunden, mit der wir nicht gerechnet haben ... Wracks von einem Kampf, von dem wir nicht einmal gewusst haben, dass er stattgefunden hatte. Es kann gut sein, dass wir noch mehr Unerwartetes entdecken. Ich muss voll einsatzfähig sein, falls wir Verletzte finden, die eine sofortige Behandlung benötigen.«

Sie sah ihn weiterhin an. »Gradak ist noch immer sehr präsent in Ihnen. Sind Sie jetzt gerade voll einsatzfähig?«

Im Stillen stellte sich Kaz diese Frage selbst. Die Antwort war ein eindeutiges Ja. So unzufrieden Gradak auch war, während seine Erinnerungen in Kaz' Gehirn wie ein eingesperrtes Tier umherschlichen, wusste Jarem, dass der Maquis ihn in seiner Tätigkeit als Arzt nicht behindern würde. Gradak wusste nur zu gut, wie schrecklich es war, jemanden zu verlieren, der einem nahestand. Er würde sich zurückhalten und Kaz bei seinen Pflichten nicht stören.

Zumindest vorläufig.

Aber wenn man Gradak Kaz zu Wort kommen ließ, wie würde Jarem Kaz darauf reagieren? Wie sehr würde ihn diese Erfahrung erschöpfen?

Welche Fehler konnte ein abgelenkter Arzt begehen?

»Ja, ich bin voll diensttauglich.«

Astall seufzte. Ihre Ohren sanken ein wenig herab. »Es tut mir leid. Ich glaube, ich hätte warten sollen.«

»Wir konnten nicht ahnen, dass wir über ein Schlachtfeld stolpern. Und ich war völlig einverstanden. Ich wollte es auch hinter mich bringen.«

»Hoffen wir, dass wir auf Loran II nichts allzu Ungewöhnliches finden. Dann können wir die Kolonisten dort abliefern und uns wieder auf den Weg machen. Wir könnten das Publikum für Gradak sein, auf das er so geduldig gewartet hat.«

Kaz konnte sich nichts vorstellen, das ihm lieber wäre.

Chakotay wechselte schnell die Tennisbekleidung gegen seine Uniform. Als er auf die Brücke zurückkehrte, sah er, dass Ellis dasselbe getan hatte.

»Wir beenden das Spiel später«, sagte er zu seinem Ersten Offizier, als er sich in den Kommandosessel setzte und die Anzeigen aktivierte.

Die Langstreckensensoren sammelten riesige Datenmengen, aber bislang war nichts Wichtiges dabei. Er war wegen der Trümmer, die sie gefunden hatten, nicht sonderlich beunruhigt. Der Krieg war lang und bitter gewesen. Es war anzunehmen, dass Föderationsraumschiffe in den nächsten Jahren noch mehr solcher unbekannten Schlachtfelder fanden.

Ebenso wenig machte ihm Ellis' unpassender und schonungsloser Kommentar über Klasse-M-Planeten Sorgen. Aber er wusste, dass Fortier besorgt war, darum hatte er die Geschwindigkeit der *Voyager* erhöht. Je früher sie nach Loran II kamen und Gewissheit darüber erlangten, was sie dort vorfinden würden, desto lieber war es Chakotay. Egal, ob das, was sie fanden, gut oder schlecht war.

Leise ertönte das Signal an Sekayas Tür. »Herein«, rief sie.

Die Tür öffnete sich zischend, und Fortier trat ein. Sie begrüßte ihn mit einem Lächeln und bedeutete ihm, näher zu kommen. Sie saß auf dem Boden. Vor sich hatte sie eine Ansammlung von Gegenständen ausgebreitet.

»Ich freue mich, dass Sie sich entschlossen haben, zu kommen. Wie haben Ihre Leute die Neuigkeiten aufgenommen?«

Er zuckte mit den Schultern, als er sich neben sie setzte. »Ganz gut. Ich habe versucht zu betonen, was Captain Chakotay sagte: dass der Kampf schon vor langer Zeit stattfand und wir bis vor Kurzem noch Kontakt zu unseren Familien auf dem Planeten hatten. Aber man macht sich trotzdem Sorgen.«

Sekaya nickte verständnisvoll. »Ich verstehe. Das tut mein Bruder ebenfalls. Wenigstens sind wir in ein paar Stunden am Ziel.«

»Ihr Bruder?« Sein Blick glitt über ihr Gesicht, bevor sich seine Lippen zu einem Lächeln verzogen und er nickte. »Ah, ja. Jetzt erkenne ich die Ähnlichkeit. Sie sehen sich sogar sehr ähnlich. Sie sind aber keine Zwillinge, oder?«

Sie erwiderte das Lächeln. »Nein, Chakotay ist ein wenig älter als ich.«

Er nickte erneut. »Verstehe. Nun, Sekaya ... Sie haben mich gebeten zu kommen. Hier bin ich. Was kann ich für Sie tun?«

»Ich wollte wissen, ob sie über das nachgedacht haben, worüber wir auf dem Holodeck gesprochen haben ... darüber, ein Ritual durchzuführen.«

Seine Miene verfinsterte sich. »Ich weiß nicht, was für ein Ritual ich vorbereiten soll. Schließlich weiß ich nicht, was wir vorfinden werden.«

Sanft erklärte Sekaya: »Daran habe ich gedacht. Ich habe zwei Ideen, über die ich mit Ihnen sprechen möchte. Die eine wäre eine Art Spende für das Land. Es würde dem Planeten danken, dass er für Ihre Leute gesorgt hat und Sie erneut zum Bleiben willkommen heißt. Die andere wäre ... wäre, um die Toten zu ehren.«

Er sah sie ruhig an. »Sie glauben also, dass wir unsere Familien tot vorfinden werden?«

Sie begegnete seinem Blick, ohne zurückzuschrecken. »Ich weiß auch nicht mehr als Sie. Aber es ist möglich. Sie sind zu intelligent, um das nicht zu wissen.«

Fortier lächelte traurig. »Möglicherweise bin ich intelligent. Bestimmt voller Hoffnung. Aber Sie haben recht. Wir sollten für alle Fälle beide Zeremonien vorbereiten.«

Sekaya wies auf die vor ihr ausgebreiteten Dinge. »Das hier sind Gegenstände, die ich normalerweise benutzen würde, um ein ähnliches Ritual für meine Leute zu entwerfen. Diese Symbole haben alle eine Bedeutung; die Objekte verkörpern die Elemente und ein paar der verschiedenen Geister, an die mein Stamm glaubt. Verraten Sie mir, was Ihnen wichtig ist, denen, die zurückgeblieben sind. Wir können alles replizieren, damit sich das Ritual für Sie und Ihre Leute richtig anfühlt.«

Fortier starrte die Gegenstände an, zog mit einem langen

Zeigefinger ein Muster. Sie wartete, bis er bereit war, die Stille zu brechen.

»Ich habe Angst davor, Sekaya.«

»Warum?«

»Ich fürchte, wenn wir ein Ritual für die Toten entwerfen, werden wir auch nur Tote vorfinden. Und wenn wir eine freudige Zeremonie entwerfen, fürchte ich mich davor, dass uns das Schicksal in den Hintern kneift. Es ist dumm, das weiß ich selbst, aber so fühle ich nun einmal.«

Mit gehetztem Blick wandte er sich ihr zu. »Ich habe diesen Traum über Jahre am Leben gehalten. Häufiger, als ich zählen kann, habe ich mir vorgestellt, auf Loran II hinunterzubeamen und meinen Bruder zu umarmen. Dass die Gebäude ... die Heimstätten ... die wir zurücklassen mussten, dort auf uns warten würden. Ich habe meine Leute dazu aufgefordert, an dieser Hoffnung festzuhalten. Was, wenn nichts davon dort ist?«

Sanft legte Sekaya ihm eine Hand auf den Arm. »Dann trauern Sie. Sie ehren Ihre Toten. Sie entscheiden, ob Sie bleiben möchten, und wenn Sie das tun, fangen Sie von vorne an.«

Er legte seine eigene warme und starke Hand auf ihre und drückte sie sacht. »Sie klingen, als wüssten Sie genau, wie das ist.«

Sie sah ihn unverwandt an. »Das tue ich, Marius, das tue ich.«

16

Janeway und Tuvok erhielten nicht die Erlaubnis, auf die Oberfläche von Boreth hinunterzubeamen. Aber Commander Logt gestattete B'Elanna, wenn auch widerwillig, hinaufzubeamen und ihre alten Freunde zu begrüßen.

Paris gab etwas von sich, das gefährlich nach einem Jubelschrei klang, als er und seine Frau auf der Transporterplattform materialisierten.

»Der *Delta Flyer*!«, rief er erfreut. »Oh Liebling, bin ich froh, dich zu sehen!«

»Bekomme ich zumindest ein Hallo?«, ertönte eine vertraute Stimme.

»Klar doch.« Tom trat vor, um Admiral Janeway die Hand zu geben, und fand sich in einer freundschaftlichen Umarmung wieder. Janeway umarmte B'Elanna ebenso herzlich. Tuvok zog lediglich eine Augenbraue ein wenig höher als sonst.

»Jetzt möchte ich aber das entzückende kleine Mädchen sehen, B'Elanna.« Janeway streckte die Hände nach Miral aus. Paris sprach ein stummes Gebet, dass sich seine Tochter gut benehmen würde. Man konnte sich nie sicher sein; manchmal war Miral ein Engel, und manchmal ... nicht. Glücklicherweise schien im Moment alles in Ordnung zu sein, und Miral erwiderte Janeways strahlendes Lächeln mit einem ernsten, konzentrierten Blick. Tom sah sich verstohlen ein weiteres Mal um und war über alle Maßen froh darüber, den *Flyer* wiederzusehen. Seine Finger juckten, die Kontrollen zu bedienen, aber für den Moment musste er sich damit zufriedengeben, mit der Hand über eine Rückenlehne zu streichen.

»Meine Güte, Kleines. Du bist so viel größer geworden, seit ich dich das letzte Mal gesehen habe«, sagte der Admiral.

Janeway zeichnete die feinen Stirnwülste mit einem Finger nach und lächelte, als das Baby vor sich hin blubberte. Sie küsste Miral auf die kleine Hand und gab sie ihrer Mutter zurück.

»Sie ist wunderschön. Wie ist das Leben auf Boreth, wenn man ein so kleines Baby dabei hat?«

»Überraschend gut.« Paris erzählte Janeway vom beeindruckenden Kularg und wie zärtlich er sich um die ihm anvertrauten Kinder kümmerte.

»Besser als ihr Patenonkel?«

Paris' Gesicht wurde sanfter. »Nee.« Auf einmal wurde ihm wieder bewusst, wie sehr er das MHN und seine anderen Freunde vermisste. Sechs Monate auf Boreth waren eine lange Zeit. »Niemand kann besser mit Miral umgehen als der Doc, nicht einmal wir selbst.«

»Wie geht es ihm?«, fragte B'Elanna. »Wir haben hier kaum etwas von Ihnen allen gehört.«

Janeways Lächeln verblasste etwas. »Nicht so gut, wie wir alle gehofft hatten. Seven ist selbstverständlich, wie Sie sich vorstellen können, ganz in ihrem Element. Und genau genommen trifft das auch auf den Doktor zu. Aber er kann seine Verbindung zu Baines und der HoloRevolution nicht abschütteln.«

»Teilweise, weil er weiterhin seinen Standpunkt vertritt«, warf Tuvok ein.

Toms blaue Augen wirkten mit einem Mal kalt. »He, der Doc ist kein Mörder«, sagte er freundlich, aber bestimmt.

»Ich behaupte nicht, dass er das wäre«, erwiderte Tuvok unerschütterlich wie immer. »Aber der Doktor vertritt eine Ansicht, die ihm wichtig ist, und arbeitet weiterhin auf das gewünschte Ergebnis hin.«

»Er hat doch keinen Ärger?«, fragte B'Elanna. Ihre Brauen zogen sich zusammen. »Denn falls doch ...«

»Nein. Nichts dergleichen. Aber Tuvok hat recht. Der Doktor wird nicht zulassen, dass die Diskussion über Rechte von Hologrammen vergessen wird, als hätte sie niemals existiert«, versicherte ihr Janeway.

»Sollte er auch nicht«, kam von Paris.

Janeway sah ihn mit Belustigung in den Augen an. »Ich sehe, ich habe eine Menge Arbeit vor mir, wenn ich aus diesem Edelstein einen Ersten Offizier machen will.«

Paris spürte, wie sein Gesicht heiß wurde. »Tut mir leid, Admiral. Es ist nur so ...«

»Ich stimme Ihnen völlig zu, Tom. Und wenn es nur um uns vier ginge ... um uns fünf«, fügte sie, das Baby anlächelnd, hinzu, »würde ich das Thema bei einem Kaffee bis spät in die Nacht diskutieren. Aber wir müssen uns auf den Weg zu einer diplomatischen Mission machen. Und ich glaube, es wäre das Beste, wir lassen das Thema der holografischen Rechte, wie alle anderen kontroversen Belange, so lange außen vor.«

»Sie haben natürlich recht.« Tom war der Hinweis nicht entgangen, und der schmerzliche Augenblick, in dem er sich von seiner Familie verabschieden musste, war gekommen. B'Elanna und er hatten sich zuvor bereits intimer Lebewohl gesagt, und der etwas beengte *Flyer*, vor Janeway und Tuvok, war kaum der passende Ort für eine herzliche Verabschiedung.

Also nahm er sein Kind, küsste das kleine Mädchen liebevoll

und beugte sich dann zu seiner Frau hinunter, um sie auf die Wange zu küssen.

»Mach mich stolz«, sagte sie.

»Ich werde mein Bestes geben. Ich muss schließlich mit Ehre nach Boreth zurückkehren, oder?«

B'Elanna schien etwas sagen zu wollen, zögerte jedoch und lächelte einfach. Sie streichelte seine Wange noch ein letztes Mal und trat dann einen Schritt zurück. Es überraschte ihn, wie schmerzlich es war, als sie dematerialisierten.

»Nun, Mr. Paris, wird es Zeit, dass Sie und ich an die Arbeit gehen«, sagte Janeway.

Sekaya saß auf dem von der Sonne erwärmten Felsen und weinte.

Chakotay war fort. Gestern war er mit den Leuten von der Sternenflotte gegangen. Nichts war wie zuvor, seit er und Kolopak von ihrer Reise zur Erde zurückgekehrt waren, trotz Kolopaks unglaublicher Nachricht, endlich das Kautschukbaumvolk getroffen zu haben. Als ihre Mutter und Sekaya sahen, wie Vater und Sohn auf die Hütte zukamen, die Blicke gen Boden gerichtet und ihre ganze Haltung angespannt, wussten die Frauen, dass die Reise, die die beiden näher hätte zusammenbringen sollen, sie nur noch weiter entzweit hatte. Und als Chakotay seine Entscheidung verkündete, fortzugehen und die Sternenflottenakademie zu besuchen, war sich Sekaya sicher, dass jeder hören konnte, wie ihr Herz brach.

Sie hatten ihre Differenzen gehabt, wie alle Geschwister, aber sie hatten sich immer nahegestanden. Und nun war er fort. Sie wollte alleine sein, sich ihrem Schmerz hingeben. Darum hatte sie an diesem Ort Zuflucht gesucht. Chakotay hatte ihn gefunden, als sie jünger gewesen waren, als er an einem sonnigen Nachmittag unbekümmert herumgestreunt war. Für sie beide war es ein besonderer Ort. Nirgendwo sonst fühlte sie sich ihrem Bruder näher.

Schließlich hörte sie auf zu schluchzen und wischte sich mit einer Hand über die laufende Nase. Während sie das tat, dachte sie mit einem traurigen Lächeln daran, was ihre Eltern sagen würden. Solch ein Verhalten ziemte sich nicht für eine junge Dame. Sekaya war fast fünfzehn, und sie sollte sich nicht so aufführen.

»Sekaya?«

Diese Stimme würde sie überall erkennen. Obwohl sie die Gesellschaft von Junge Des Blauen Wassers genoss, war er die letzte Person, die sie gerade sehen wollte. Hastig stand Sekaya auf und tauchte in den kleinen See, damit er nicht merkte, dass sie geweint hatte.

Als sie wieder an die Oberfläche kam, sah sie, dass er auf einem Felsen saß und sie ernst anblickte.

»Es tut mir leid, dass du geweint hast«, sagte er. Beinahe hätte sie gelächelt. Wie dumm von ihr, anzunehmen, sie könnte ihm irgendetwas verheimlichen. »Ich werde Chakotay auch vermissen. Wir drei haben immer alles zusammen unternommen. Alles wird von nun an sehr anders sein.«

Er wirkte traurig, aber auch, wie immer, etwas abwesend und verträumt, als wäre er nur zum Teil anwesend. Sekaya stemmte sich aus dem Wasser und setzte sich neben ihn. Es schien ihn nicht zu stören, dass die Pfütze, die sich um sie herum ausbreitete, ihn erreichte. Sie starrten schweigend ins Wasser, während ihre Spiegelungen klarer wurden, als sich die Oberfläche beruhigte.

»Ich weiß nicht, was ich ohne ihn tun soll«, gab Sekaya schließlich zu. »Ich fühle mich, als wäre ein Teil von mir fort. Es kam so plötzlich, so unerwartet. Ich habe nichts geahnt.«

Junge Des Blauen Wassers sah sie an und lächelte. Er war mit den Jahren groß und schlank geworden, hatte aber immer noch den Charme eines kleinen Jungen.

»Du hast es geahnt, Sky.« Er benutzte den Spitznamen, den er als kleiner Junge erfunden hatte, als er das erste Mal versucht hatte, ihren Namen richtig auszusprechen. »Du wolltest es nur nicht wahrhaben. Immer hat er versucht, uns dazu zu überreden, mit Offizieren der Sternenflotte zu sprechen, hat sich vorgestellt, wie es wäre, auf einem Raumschiff zu leben. Chakotay ist ein Querkopf. Er muss immer den schwersten Weg wählen. Das ist seine Vorsehung. Es ist ein schweres Schicksal, aber er wird viel dabei lernen.«

Er sah wieder ins Wasser, ihrem Spiegelbild in die Augen. »Und er wird zurückkommen.«

Sie schnaubte. »Nein, wird er nicht. Selbst wenn er wollte, glaube ich nicht, dass Vater ihn lässt.«

»Dein Vater liebt euch beide über alles, Sky. Eines Tages werden sie die Kluft überwinden. Chakotay wird zurückkommen. Du wirst schon sehen.«

»Woher weißt du das?«

Er zuckte mit den Schultern. »Ich weiß es einfach.«

Und sie glaubte ihm. Junge Des Blauen Wassers wusste Dinge einfach. Manchmal war es unheimlich, und es war einer der Gründe, warum er unter den jungen Männern seines Stammes nicht sonderlich beliebt war. Oder unter den jungen Frauen. Sekaya hatte nie beobachtet, dass er bei einem der stammesübergreifenden Tänze eine Partnerin gehabt hätte. Andererseits hatte sie auch nie einen Partner gehabt. Sie, ihr Bruder und Junge Des Blauen Wassers blieben immer zusammen, anstatt sich mit den anderen Jugendlichen ihrer Stämme abzugeben. Wenn sie zu dritt waren, wussten sie, dass sie sich in bester Gesellschaft befanden.

Er griff in die kleine Tasche, die er dabeihatte, und zog seine Flöte heraus. Ohne das Instrument ging er nirgendwo hin. Für einen Moment hielt er es in den Händen, streichelte andächtig über das dunkle, polierte Holz.

»Als ich erfuhr, dass Chakotay fortgeht«, sagte er ruhig und betrachtete die Flöte gedankenversunken, »habe ich auch geweint. Aber ich weinte mit Musik anstatt mit Tränen. Möchtest du sie hören, Sekaya, während deines Nuanka?«

Ihre Kehle war wie zugeschnürt, so sehr, dass sie kein Wort herausbrachte, darum nickte sie nur. Junge Des Blauen Wassers hatte für alles ein Lied – für den Sonnenaufgang am Morgen, das Schlüpfen von Küken, eine gute Jagd oder eine sternenerhellte Nacht. Die Stücke waren immer herrlich, und Sekaya fürchtete regelrecht die Macht der Musik, die er dem hölzernen Instrument entlockte.

Eine Brise zerzauste sein dunkles Haar, als er die Flöte an die Lippen setzte und zu spielen begann. Sekaya hörte zu, und ihre Tränen kehrten zurück. Junge Des Blauen Wassers hatte es nicht im übertragenen Sinne gemeint, dass er mit seiner Musik geweint hatte. Der klare, durchdringende Klang legte sich wie eine gewebte Decke um Sekaya. Tränen verwandelten sich in Noten, und ohne sich darum zu kümmern, wie unreif sie dabei auf ihren Kindheitsfreund wirken mochte, weinte sie, während er spielte. Sie wusste nicht, wie lange sie dort zusammensaßen und jeder auf seine Weise trauerte, aber zu guter Letzt fühlte sie sich, als wären alle Tränen geweint, die sie weinen konnte.

Junge Des Blauen Wassers legte seine Flöte beiseite und blickte wieder ruhig auf die Oberfläche des Sees. Sekaya war das Herz noch immer schwer, weil ihr Bruder fort war, aber nun schien es ein wenig schneller zu schlagen. Immer noch betrachtete sie das Gesicht von Junge Des Blauen Wassers im See. Es war schon immer hübsch gewesen, aber nun war es das Gesicht eines gut aussehenden jungen Mannes. Auch er blickte sie an, und ihr Atem ging schneller. Auf einmal fühlte sie sich in der Gegenwart dieses jungen Mannes schüchtern. Und Sekaya war niemals schüchtern.

Sie riss den Blick vom Wasser los und sah Junge Des Blauen Wassers direkt in die Augen. Darin fand sie Sanftheit, Verwunderung und dieselbe seltsame Schüchternheit, die sie auch empfand.

»Sky«, sagte er leise mit leicht zitternder Stimme.

Sie schloss die Augen und beugte sich vor, gewährte diesem süßen Jungen, den sie schon ihr ganzes Leben liebte, die Ehre des ersten Kusses. Er drückte seine Lippen anfangs ehrfürchtig zögerlich, dann mit sich steigernder Leidenschaft auf ihre. Nicht länger verträumt und abwesend, nicht mehr …

»Chakotay an Sekaya.«

Mit hämmerndem Herzen schreckte Sekaya aus dem Schlaf. Wo war sie? Sie sah sich im Raum um und erkannte, dass sie eingeschlafen war. Sobald sie sich gesammelt hatte, berührte sie ihren Kommunikator. »Hier Sekaya. Was gibt es, Chakotay?«

»Wir treten bald in die Umlaufbahn von Loran II ein. Ich dachte mir, dass du vielleicht auf der Brücke sein möchtest, wenn wir unter Warp gehen.«

»Möchte ich. Ich bin auf dem Weg.« Sie bürstete sich schnell die Haare, schlüpfte in ihre Schuhe, verdrängte die Gedanken an Junge Des Blauen Wassers und ihren ersten Kuss und ging zum Turbolift.

17

Als Sekaya die Brücke erreichte, waren Fortier und Astall bereits dort. Fortier begrüßte sie mit einem kurzen Lächeln und richtete den Blick dann wieder auf den Schirm, die Arme vor der Brust verschränkt. Astalls Ohren flatterten leicht und verrieten ihre Beunruhigung.

Chakotay nickte seiner Schwester zu und gab dann den Befehl. »Steuer, unter Warp gehen und eine stabile Umlaufbahn um Loran II einnehmen.«

»Aye, Captain.« Geschmeidig befolgte Tare den Befehl.

»Campbell, legen Sie es auf den Schirm.«

Lyssa berührte ihre Kontrollen, und Loran II erschien auf dem großen Sichtschirm. Es war ein wunderschöner Planet. Seine grünen und braunen Landmassen und seine weitläufigen Ozeane erinnerten Chakotay an die Erde, den Ort, den er auch jetzt als Heimat betrachtete.

»Es treiben hier noch immer eine Menge Trümmer herum, und alle sind alt«, sagte Kim.

»Captain«, sagte Campbell, »es gibt ein sehr aktives Sturmzentrum, direkt über einer kleinen Stelle in der nördlichen Hemisphäre.«

Chakotay runzelte die Stirn. »Sehen wir uns das einmal an.«

Einen Moment lang starrten alle auf den riesigen, sich langsam drehenden Sturm. Er sah aus wie ein Hurrikan oder ein Wirbelsturm.

»Aber ... genau dort befindet sich unsere Kolonie«, stieß Fortier hervor.

»Lieutenant, versuchen Sie die Kolonie zu rufen.«

»Keine Antwort, Sir. Die Sensorendaten sind nicht ganz eindeutig, aber ...« Campbell zögerte, fuhr dann fort: »Aber es gibt offenbar keinerlei humanoide Lebenszeichen auf dem Planeten.« Sie berührte die Kontrollen. »Ich empfange irgendeine Art von Entladung ... Es könnte sich um ein natürliches Phänomen handeln, aber ich messe sehr hohe EM-Werte.« Sie verzog das Gesicht. »Und ich sollte hinzufügen, dass wir schon vorher Probleme mit den Ops-Kontrollen hatten ... ein oder zwei Geister im System.«

Chakotay betrachtete den seltsamen Sturm stirnrunzelnd. Etwas kam ihm seltsam bekannt vor, er kam aber nicht darauf, was es war.

»Mr. Fortier, welche Art von Forschung hat Ihre Kolonie betrieben?«

Fortier hatte bei Campbells Meldung schwer geschluckt, sprach aber ruhig: »Die üblichen ... biologisch, geologisch und meteorologisch.«

»Verfügten Sie über irgendwelche Wetterkontrolltechnik?«, fragte Chakotay. So etwas gab es; so blieb Risa das ganze Jahr für Touristen attraktiv.

Fortier schüttelte den Kopf. »Nein. Selbstverständlich haben wir das Wetter beobachtet, so wie alles andere auf dem Planeten. Aber wir haben keinerlei Versuche unternommen, es zu kontrollieren.«

»Traten solche Stürme häufig auf?«

Fortier drehte sich zu ihm um. »Captain«, sagte er leise, »so etwas habe ich noch nie zuvor in meinem Leben gesehen.«

»Lieutenant, handelt es sich hierbei um einen natürlichen oder einen künstlich erschaffenen Sturm?«, fragte Chakotay.

»Ich empfange nichts, das darauf hindeutet, dass er künstlichen Ursprungs ist«, antwortete Campbell. »Aber wenn ich offen sprechen darf, Sir: Die Tatsache, dass er sich ausschließlich über dem Gebiet befindet, an dem es technische Geräte gibt, wäre schon ein zu großer Zufall.«

»Captain«, brachte sich Kim ein, »falls die Cardassianer irgendwann diesen Planeten besetzt haben, könnten sie dafür verantwortlich sein.«

»Das würde Sinn ergeben«, sagte Campbell nickend. »Die Werte könnten ein Nebenprodukt irgendwelcher Wetterkontrolltechnik sein.«

»Ja«, meldete sich erstmals auch Sekaya mit seltsam klingender Stimme zu Wort, während sie das Bild betrachtete. Sie hatte die Arme, wie Fortier, fest vor der Brust verschränkt. »Ja, die Cardassianer haben so etwas schon einmal getan.«

Chakotay sah sie aufmerksam an, aber sie hielt den Blick weiterhin auf den Schirm gerichtet. Er rieb sich das Kinn und überlegte, wie er das, was er sagen wollte, am besten formulierte. »Mr. Fortier, abhängig davon, was wir dort unten vorfinden werden, könnte es eine gute Idee sein, darüber nachzudenken, die Kolonie woanders neu aufzubauen.«

Fortier wirbelte zu Chakotay herum. »Auf gar keinen Fall. Das ist unser Zuhause, Captain. Dort haben wir unsere Kinder zur Welt gebracht.« Er war sichtlich aufgebracht, musste schlucken. »Und nun scheint es sehr wahrscheinlich, dass wir dort unsere Toten begraben werden. Wir müssen herausfinden, was geschehen ist. Und sobald wir das wissen, werden wir diesen Ort wieder in Besitz nehmen und zum Blühen bringen. Niemand von uns hat das Verlangen, noch einmal von vorne anzufangen, egal ... egal was wir dort unten finden.«

Einen Moment lang sah Chakotay ihm in die Augen. Er

hoffte, dass Fortiers Wunsch erfüllbar war. Aber die endgültige Entscheidung lag bei Chakotay. Er hatte den Befehl, vor allem anderen für die Sicherheit der Kolonisten zu sorgen. Wenn das bedeutete, sie dazu zu zwingen, sich irgendwo anders auf Loran II niederzulassen, oder sogar darauf zu bestehen, den Planeten aufzugeben, wusste er, er würde es tun.

»Bevor wir irgendwelche Entscheidungen fällen, muss ich sichergehen, dass es sicher ist. Mr. Ellis, Sie kommandieren das Außenteam.«

Ellis stutzte, und Chakotay unterdrückte ein Lächeln. Er hatte seinen Ersten Offizier noch nie so überrascht gesehen.

»Entschuldigung, Captain, aber ich bin davon ausgegangen, dass Sie ein Außenteam befehligen würden.«

»Ich bin nicht ganz der Rebell, für den Sie und viele in der Sternenflotte mich vielleicht halten, Mr. Ellis«, sagte er noch immer lächelnd, dennoch ernst. »Das ist meine erste Mission, und ich werde sie streng nach Vorschrift durchführen. Ich bin mir sicher, dass besonders Sie das zu schätzen wissen.«

Ellis blickte noch immer verblüfft. Das Lächeln verschwand aus Chakotays Gesicht. »Falls es Ihnen nicht aufgefallen sein sollte, Mr. Ellis, das ist ein Befehl.«

Ellis nickte hastig. »Selbstverständlich, Sir. Ich war nur ... Entschuldigung, Sir. Haben Sie irgendwelche Empfehlungen, wer Ihrer Meinung nach dabei sein sollte?«

»Es wird Ihr Team und Ihre Mission sein, Commander. Nehmen Sie mit, wen Sie für am geeignetsten halten.«

Astall war sich darüber im Klaren, dass sie wie alle Vertreter ihrer Spezies schlecht darin war, ihre Gefühle zu verbergen. Darum konzentrierte sie sich darauf, ihre »Föderationsohren« zu wahren, und starrte geradeaus, als sie zusammen mit Sekaya, Ellis und Fortier den Turbolift betrat. Glücklicherweise waren die drei untereinander ins Gespräch vertieft.

Astall stieg als Erste aus, hastete den Flur entlang zur Krankenstation und traf auf Kaz.

»Gut, Sie sind allein.«

Seine Lippen verzogen sich amüsiert. »Nun, hallo Astall. Was kann ich …«

Sie bedeutete ihm, ruhig zu sein. »Kaz, hören Sie mir zu. Ich komme gerade von der Brücke. Wir haben unseren ersten Blick auf Loran II geworfen. Auch wenn es nicht so aussieht, als hätte es irgendwelche Kämpfe gegeben, konnten wir keine menschlichen Lebenszeichen empfangen.«

Kaz' Lächeln verschwand. »Verdammt. Das ist ein herber Schlag«, seufzte er.

Astall wollte aus Mitgefühl für die Kolonisten weinen, weigerte sich aber, ihren Gefühlen nachzugeben.

»Es gibt da auch ein Sturmsystem, das künstlichen Ursprungs sein könnte. Lieutenant Campbell sagte, es ist möglich, dass etwas unsere Sensoren beeinträchtigt. Möglicherweise will Ellis Sie beim Außenteam dabeihaben, falls er Verletzte findet.«

»Möglicherweise? Wohl eher sicher. Danke für die Warnung. Ich bereite die Ausrüstung vor.«

»Jarem, Sie müssen es Chakotay sagen. Sagen Sie ihm, was wir getan haben.«

Er hatte sich bereits hastig an die Arbeit gemacht, aber nun erstarrte er. Langsam drehte er sich um und sah sie an.

»Was wir getan haben«, sagte er kalt, »wird mich in der Ausübung meiner Pflichten als Arzt nicht behindern. Das habe ich Ihnen doch schon gesagt.«

»Aber Chakotay muss es wissen. Jemand anders kann …«

Sein attraktives, ausdrucksstarkes Gesicht erstarrte. »Nein, ich werde es ihm nicht sagen.«

»Es ist eine Sache, auf der *Voyager* zu arbeiten«, sprach sie weiter, während sie die Hände rang und aufgeregt ein wenig auf und ab hüpfte. »Ich habe keinerlei Zweifel an Ihren Fähigkeiten, hier gute Arbeit zu leisten.«

»Vielen Dank, Ihre Zuversicht ist überwältigend.«

Astall zuckte zusammen. Sie konnte Sarkasmus nicht ausstehen. Für die empfindsame Huanni fühlte es sich oft an wie ein körperlicher Schlag.

»Aber Sie werden mitten in einen Sturm hinunterbeamen«, wagte sie fortzufahren. »In eine Kolonie. An einen Ort, an dem es cardassianische Technologie geben könnte. Sie könnten dort auf vieles treffen, das Gradak Qualen bereiten könnte. Zwar bin ich offen gestanden sicher, dass Sie keine Probleme haben werden, und Sie denken ja anscheinend genauso. Aber wir müssen es Chakotay sagen. Er muss über alle Informationen verfügen, um eine angemessene Entscheidung zu treffen. Sicher verstehen Sie die Notwendigkeit. Es ist die einzige korrekte Handlungsweise.«

Kaz wandte sich abrupt ab, aber sie hatte gesehen, dass er die Zähne zusammenbiss. Sie fragte sich, was andere Humanoide davon halten würden, wenn sie wüssten, wie leicht sie für Huanni zu durchschauen waren. Ihre Körpersprache und Gesichtsausdrücke, sogar die der Beherrschtesten, verrieten mehr, als ihre Worte jemals konnten. Nicht einmal Vulkanier waren davor sicher, von einem Huanni auf diese Weise analysiert zu werden. Da sie selbst hochgradig emotional waren, achteten Huanni auf alle Signale, die andere sendeten.

Jetzt konnte sie genau erkennen, dass sich Jarem Kaz in einem Zwiespalt befand. Er war intelligent genug, um Gradaks Bedürfnis nach Heilung zu verstehen, aber peinlich berührt, weil Gefühle in ihm aufbrandeten, die er nicht kontrollieren konnte. Noch dazu, da es nicht einmal seine eigenen waren. Er mochte Chakotay und Janeway und wollte ihnen unbedingt seinen Wert beweisen. Sein dickköpfiger Stolz hinderte ihn daran, zuzugeben, dass er momentan vielleicht nicht in der Lage war, die ihm zugeteilte Aufgabe zu erfüllen. Und er war willens, auf diese Mission zu gehen.

Schließlich drehte er sich doch noch zu ihr um. »In Ordnung. Aber ich möchte, dass Sie dabei sind. Er soll es von uns beiden hören.«

Astall seufzte vor Erleichterung laut auf und konnte sich nur mit Mühe davon abhalten, ihn zu umarmen.

»Gehen wir.«

Es überraschte Chakotay, dass sowohl sein Counselor als auch sein Schiffsarzt ihn sprechen wollten; er stimmte aber zu, sich mit ihnen in seinem Bereitschaftsraum zu treffen.

»Also, worum geht es?«, fragte er, nachdem sich die Tür zischend hinter ihm geschlossen hatte. Er wies auf das Sofa, und sie setzten sich. Jedoch setzten sie sich förmlich an den Rand. Sie tauschten Blicke aus.

Kaz ergriff zuerst das Wort: »Chakotay ... Verdammt, es ist schwierig in Worte zu fassen.« Chakotay wartete geduldig. Kaz zögerte, suchte nach den richtigen Worten und sagte schließlich: »Sie wissen doch von Gradak.«

»Dem letzten Wirt Ihres Symbionten? Dem Maquis? Selbstverständlich, was ist mit ihm?«

»Erinnern Sie sich, dass wir während Ihrer Untersuchung ein wenig geplaudert haben?«

Allmählich verstand Chakotay. Darum wollten sein Mediziner und sein Counselor ihn vertraulich sprechen ...

»Ah, er tut mehr, als sich nur ein wenig zu rühren, nicht wahr?«

»Es war meine Idee«, platzte Astall heraus. »Ich war der Ansicht, dass es helfen würde, wenn wir Gradaks Erinnerungen hervorholen und er uns erzählt, was ihm widerfahren ist. Es ist fast so, als würde Jarem unter der posttraumatischen Belastungsstörung eines anderen leiden.«

Kaz verkrampfte und lockerte die Hände. Chakotay versuchte, seinen Freund zu beruhigen. »Gibt es nicht ein Ritual, das die Trill durchführen, um die Persönlichkeiten der vorherigen Wirte zu isolieren?«

»Das *Zhian'tara*«, antwortete Jarem. »Dabei handelt es sich um ein recht kompliziertes Ritual, das eine gewisse Vorbereitungszeit benötigt. Das ist nichts, was man aus dem Stand machen könnte. Aber Astall hat Gradak in den Vordergrund meines Geistes gerückt.«

»Das Problem ist, dass Jarem ursprünglich genug Zeit gehabt hätte, die zielgerichtete Meditation abzuschließen, sich anzuhören, was Gradak zu sagen hat, und sich danach zu erholen. Gradak wäre zufrieden gewesen und Jarem wäre nicht länger abgelenkt worden.«

»Aber dafür haben wir Loran II zu schnell erreicht«, sagte Chakotay nickend.

»Ja. Und obwohl ich mich völlig diensttauglich fühle, war Astall der Meinung, dass Sie über meinen Zustand informiert sein sollten. Und wenn ich so darüber nachdenke, bin ich der Ansicht, dass sie recht damit hatte, darauf zu bestehen. Nun liegt es an Ihnen, Sir.«

Chakotay blickte vom einen zum anderen und dachte über das Gehörte nach. Geistreisen waren nichts Unbekanntes für ihn, und sie hatten offenbar viel mit dem gemeinsam, was Kaz und Astall getan hatten. Aber das hier war anders; die Geister begleiteten einen nicht zurück in die ›echte‹ Welt, wie es Gradak offenbar getan hatte.

»Fühlen Sie sich in der Lage, Ihren Dienst zu versehen, Kaz?«

»Das tue ich, Sir.«

»Selbst wenn ein toter Maquis in Ihrem Schädel herumspukt?«

Kaz musste leicht lächeln. »Selbst dann, Sir.«

Chakotay nickte. »Astall, wie lautet Ihre professionelle Meinung?«

»Im Moment halte ich den Doktor für voll diensttauglich, Sir. Doch ich werde ihn im Auge behalten, und sollte ich der Ansicht sein, dass sich daran etwas ändert, werde ich ihn vom Dienst suspendieren.«

»Vorher suspendiere ich mich selbst, Sir«, sagte Kaz augenblicklich und aufrichtig.

»Okay. Meine Meinung dazu ist folgende: Ich vertraue Ihnen beiden. Astall, wenn Sie und Jarem beide der Ansicht sind, dass er seinen Dienst fortführen kann, habe ich kein Problem damit. Aber ich möchte, dass Sie ihn beaufsichtigen.«

Kaz entspannte sich ein wenig. Astall ließ sich mit einem lauten »Puh!« gegen die Lehne des Sofas fallen. Chakotay grinste.

»Ich hatte lediglich die Befürchtung, dass die Teilnahme an der Außenmission den Doktor großem Stress aussetzen könnte. Damit wollte ich nicht andeuten, dass ich glaubte, er könnte damit nicht umgehen«, fügte sie schnell hinzu.

»Nun, das wird nicht der Fall sein. Das Außenteam ist bereits von Bord.«

»Was?« Kaz' Stimme war laut und schrill. »Sie leiten die Mission nicht selbst? Und ich gehe nicht mit?«

»Ich auch nicht?«, fuhr Astall hoch.

»Ich dachte mir, ich lasse Bes... Ellis das erledigen. Und offenbar war er nicht der Ansicht, einen von Ihnen beiden zu benötigen.«

Kaz starrte ihn an. »Chakotay, wenn dieser Sturm unsere Sensoren stört, können Sie nicht sicher sein, dass die Anzeigen stimmen. Woher wollen Sie wissen, ob es da unten nicht Verletzte gibt?«

»Es war Ellis' Entscheidung. Nicht die Entscheidung, die ich getroffen hätte, aber um ehrlich zu sein, wir haben den

Kontakt zu den Kolonisten vor einigen Monaten verloren. Ich glaube nicht, dass es dort unten einen Notfall geben wird.« Er sah sie ernst an. »Oder glauben Sie das?«

Seufzend schüttelte Kaz den Kopf. »Nein, unglücklicherweise nicht.«

Sanft ergänzte Astall: »Fortier ebenso wenig. Natürlich möchte er glauben, dass sie noch am Leben sind, aber ...« Sie blinzelte schnell.

»Ellis hat Kim, Patel und ein Sicherheitsteam mitgenommen. Aufgrund des elektrischen Sturms können wir nicht beamen, darum landen sie in einem Shuttle. Er wird die Situation bewerten und sich dann melden. Falls es doch einen Notfall gibt, können wir immer noch ein weiteres Shuttle runterschicken.«

Kaz stand auf. »Wie Sie meinen, Sir. Ich hoffe, Sie haben recht«, fügte er leise hinzu.

Sie verließen den Bereitschaftsraum und gingen auf die Brücke. Campbell, die während Chakotays Abwesenheit im Kommandosessel gesessen hatte, erhob sich höflich und kehrte an ihre Station zurück.

»Danke, Captain«, sagte Kaz.

»Jederzeit«, erwiderte Chakotay, auch an Astall gerichtet, als die beiden zum Turbolift gingen.

Er wandte sich Campbell zu. »Irgendwelche Neuigkeiten von Ellis?«

»Negativ, Sir.«

Chakotay nickte und starrte nachdenklich den Schirm an, wo der Sturm noch immer tobte.

»Campbell«, fragte er langsam, »was halten Sie davon?«

Sie schüttelte den Kopf. »Ganz ehrlich? Ich weiß es nicht, Sir. Es ist ungewöhnlich, aber bislang gibt es keinerlei Anzeichen dafür, dass der Sturm künstlichen Ursprungs ist. Vielleicht kann uns Commander Ellis mehr Daten liefern.«

»Hat er sich irgendwie verändert?«

»Negativ, Captain.«

»Für einen Sturm ist das doch ungewöhnlich, oder nicht?«

Campbell sah ihn aufmerksam an. »Sehr«, antwortete sie.

»Sehr ungewöhnlich«, wiederholte er an sich selbst gewandt. Er hatte so etwas schon einmal gesehen, im Delta-Quadranten. Ein Sturm, der sich hartnäckig und lästig an einer Stelle hielt. Warum konnte er sich nicht daran erinnern, welche Mission das gewesen war?

Weil du auf ein paar Tausend Missionen warst, dachte er sowohl amüsiert als auch verärgert.

»Campbell, durchsuchen Sie die Datenbank, ob Sie etwas Ähnliches finden können. Ich habe gerade ein seltsames Déjà-vu-Gefühl.«

Zu seiner Überraschung sagte sie: »Genauso geht es mir auch, Sir. Ich glaube, wir haben so etwas schon einmal gesehen. Mal schauen, was ich finde.«

»Commander Ellis an Voyager.*«*

»Sprechen Sie.«

»Wir treten gleich in das Sturmsystem ein, Sir. Lieutenant Patel wollte vor dem Eintritt noch ein paar Sensordaten sammeln. Sie ist der Ansicht, dass die Verbindung bald abbrechen könnte.«

»Lieutenant Patel, was halten Sie von dem Sturm?«, fragte Chakotay.

»Captain, ich bin der Meinung, dass ...«

Es folgte ein schrilles statisches Rauschen, dann Stille.

Patel hatte recht gehabt - sie hatten den Kontakt zum Shuttle verloren.

18

»Captain, ich bin der Meinung, dass ...«

Kim erfuhr Patels Meinung nicht. In dem Moment ertönte schrecklicher Lärm, und das Shuttle bäumte sich auf wie ein wilder Hengst. Die zierliche Patel wurde aus ihrem Sitz geworfen. Kim, Ellis und die Sicherheitsoffiziere Brendan Niemann und Kathryn Kaylar konnten sich gerade so in ihren halten.

Mit verbissenem Gesichtsausdruck kämpfte Ellis mit den Kontrollen in dem Versuch, das Shuttle stabil zu halten. Kim wünschte sich nicht zum ersten Mal auf dieser Mission, dass ihnen der gute alte *Delta Flyer* zur Verfügung stünde. Soweit er wusste, war das schnittige kleine Schiff, das drei seiner Freunde entworfen hatten, noch immer zur Untersuchung auf der McKinley-Station. Er fragte sich, ob es noch immer dasselbe sein würde, wenn sie zurückkehrten.

Eine weitere Welle von Turbulenzen erschütterte das Shuttle. Diesmal konnte er sich nicht mehr rechtzeitig halten. Während er sich vom Boden aufrappelte, fragte er sich, ob *er* noch derselbe sein würde.

»Höhe fünftausend Meter«, sagte er, als er sich wieder in seinem Sitz niederließ.

»Reduziere Geschwindigkeit auf siebenhundert Kilometer pro Stunde.« Ellis klang nicht einmal beunruhigt. »Beginne letzte Anflugphase.«

»Sicht immer noch null.« Kim blickte finster zum Schirm, wo er nichts außer wirbelndem Grau erkennen konnte. »Schalte auf verbesserte Geländeabtastung um.«

Ellis nickte. »Landezone abgetastet«, bestätigte er. »Setze Sinkflug fort.«

Durch den Wolkendunst konnte Kim endlich den näher kommenden Boden erkennen.

Den sehr schnell näher kommenden Boden.

»Festhalten«, rief Ellis.

Sie landeten hart, aber das Shuttle schien noch intakt zu sein. Die Notbeleuchtung sprang an, als sich die Besatzung aufrappelte. Kim bewegte die Hand und verzog das Gesicht; er hatte sich wahrscheinlich das Handgelenk verstaucht. Abgesehen davon schien es ihm gut zu gehen. Er sah sich um, und versuchte festzustellen, ob es andere Verwundete an Bord gab. Kaylar rieb sich das Knie und zuckte dabei zusammen, die Verletzung schien aber nicht schlimmer als eine Beule zu sein. Patel hatte sich die Schulter verletzt und eine kleine Platzwunde an der Stirn.

»Sie bluten«, sagte Kim.

Patel berührte den Schnitt. »Nicht weiter schlimm.«

»Das ist viel Blut, und Sie könnten eine Gehirnerschütterung erlitten haben.« Kim griff nach dem Medikit.

»Nein, es ist wirklich nicht schlimm. Kopfverletzungen bluten immer stark.« Patel protestierte weiter, aber sie ließ Harry die Wunde kurz versorgen.

»Sind sonst alle in Ordnung?« Kim hatte den Eindruck, dass Ellis ein wenig ungeduldig klang.

»Ich glaube schon. Kaylar, Niemann, sind Sie in Ordnung?«, fragte Kim.

Die beiden Sicherheitsoffiziere nickten. Nur um sicherzugehen, scannte Kim sie ebenfalls. Dann kümmerte er sich um sein verstauchtes Handgelenk und untersuchte sich noch selbst, um sicherzustellen, dass er keine anderen Verletzungen davongetragen hatte. Als er damit begann, Ellis zu untersuchen, schlug der Erste Offizier das kleine Gerät genervt beiseite und schaute ihn finster an.

»Verdammt, Lieutenant, mir geht es gut«, brummte er. »Lieutenant Patel, Bericht.«

Die zierliche Wissenschaftsoffizierin war an ihren Platz zurückgekehrt und scannte die Umgebung.

»Seltsam.« Sie kniff die Augen zusammen. »Es scheint, als hätte der Sturm aufgehört. Vorläufig.« Sie berührte ein paar Kontrollen. »Er bedeckt noch immer fast dieselbe Fläche wie zuvor, aber innerhalb dieser Zone gibt es eine Menge Schwankungen.« Sie sah zu Ellis auf. »Vielleicht sollten wir das Heu lieber scannen, solange die Sonne noch scheint.«

Kim, Niemann und Kaylar stöhnten alle gespielt empört auf bei dem Wortspiel, aber der kleine Witz schien Ellis nur noch mehr zu reizen. Kaz hatte Harry erzählt - selbstverständlich vertraulich -, dass Ellis in bestimmten Kreisen den Spitznamen Besen erhalten hatte. Allmählich verstand Kim, warum.

»Phaser auf Betäubung«, befahl Ellis. Kim und die beiden Sicherheitsoffiziere tauschten ein wenig schuldbewusste Blicke aus. Sie hatten die Phaser bereits gezogen, ohne auf den Befehl ihres kommandierenden Offiziers zu warten.

Zischend öffnete sich die Tür des Shuttles. Feuchte Luft schlug ihnen entgegen. Es war noch immer bewölkt, und die Vegetation dampfte und tropfte, aber Patel hatte recht gehabt. Der Sturm war tatsächlich weitergezogen ... vorläufig.

»Ausstieg nach Vorschrift«, befahl Ellis zackig. Kim versuchte, nicht mit den Augen zu rollen. Seit seinen Tagen auf der Akademie hatte er diesen Befehl nicht mehr gehört. Ellis ging voran, gefolgt von Kim, Niemann, Kaylar und Patel. Kims Stiefel sanken in dem aufgeweichten Boden ein. Die Luft roch frisch. Alles in allem war es sehr angenehm.

Patel blickte auf ihren Trikorder. »Irgendwelche menschlichen Lebenszeichen?«, fragte Ellis.

Sie ging die Sensordaten durch, schüttelte den Kopf und seufzte. »Immer noch negativ, Sir. Ich fürchte, wir sollten uns nicht an die Hoffnung klammern, dass der Sturm die Sensoren beeinflusst hat.«

Kim spürte, wie sein Mut sank. Verdammt. Bisher war ihm nicht bewusst gewesen, wie sehr er gehofft hatte, die Kolonisten gesund und munter anzutreffen, auch wenn ihm klar war, wie unwahrscheinlich das war.

Ellis seufzte. »Das ist schlecht.« Er berührte seinen Kommunikator. »Ellis an *Voyager*.«

»Gut, von Ihnen zu hören. Commander. Ich nehme an, Ihnen ist eine sichere Landung gelungen?«

Kim sah sich weiterhin aufmerksam um. Den Kolonisten zufolge gab es auf diesem Planeten große Raubtiere, obwohl sie nicht sehr verbreitet waren und die Kolonisten berichteten, nie von einem angegriffen worden zu sein.

Kaylar und Niemann blieben ebenso wachsam und hielten die Phaser bereit. Patel führte weiterhin Scans durch. Ihr eigener Phaser steckte an ihrer Hüfte; sie war eindeutig eine von den Wissenschaftlerinnen, die völlig in ihrer Arbeit versinken konnten.

»Aye, Captain«, fuhr Ellis fort. »Leider muss ich Ihnen mitteilen, dass wir schlechte Nachrichten für Mr. Fortier und seine Kolonisten haben. Ich bedaure, Sie darüber informieren zu müssen, dass wir noch immer keine Anzeichen auf Überlebende gefunden haben. Der Sturm, oder was Campbell auch immer aufgefangen hat, hat unsere Sensoren doch nicht beeinträchtigt. Im Übrigen scheint der Sturm, zumindest vorläufig, weitergezogen zu sein.«

Zuerst herrschte Stille, dann sagte Chakotay: *»Ich kann nicht behaupten, etwas anderes erwartet zu haben, dennoch sind das traurige Neuigkeiten. Ich werde Fortier informieren.«*

»Captain«, meldete sich Patel zu Wort. »Der Sturm scheint umherzuwandern. Derzeit regnet es nicht an unserer Position, aber das könnte sich jeden Moment ändern. Wir werden jede Gelegenheit nutzen, um weitere Scans durchzuführen.«

»Verstanden. Halten Sie mich auf dem Laufenden. Chakotay Ende.«

Ellis schürzte die Lippen und überlegte. »Wenn ich mich nicht irre, befindet sich die Siedlung ungefähr einen halben Kilometer in östlicher Richtung.« Er warf Patel einen Blick zu.

»Korrekt, Sir.«

»Ich kann keinen Grund erkennen, für eine solch kurze Strecke das Shuttle zu benutzen. Der Marsch wird uns guttun, und falls der Sturm wieder auffrischt, können wir in den Gebäuden Schutz suchen. Ich möchte, dass Sie in Standard-Erkundungsmuster Beta vier drei vier ausschwärmen. Sie alle haben Trikorder; behalten Sie Ihre eigene Richtung und die der anderen im Auge. Wir treffen uns um fünfzehnhundert im Zentrum der Kolonie. Ich glaube, es gibt dort einen Platz, der dafür geeignet ist. Sie werden nach allen der folgenden Gefahren Ausschau halten, die eine Neuansiedlung der Kolonisten bedrohen könnten.«

Kim konnte nicht glauben, dass Ellis sie allen Ernstes an den Fingern abzählte. »Jegliche feindliche Lebensform. Jegliche Anzeichen dafür, dass die Cardassianer, das Dominion oder andere feindliche Spezies selbstauslösende Fallen hinterlassen haben. Unsichere Gebäude. Jegliche Strahlung oder Klimaveränderungen. Und alles andere, das Sie für wichtig genug halten, um es zu berichten. Verstanden?«

»Aye, Sir«, antworteten Kim, Patel, Kaylar und Niemann im Chor. Harry hatte den Eindruck, sie klangen wie brave Schulkinder.

»Sehr gut. Wir treffen uns dann um fünfzehnhundert.« Ellis marschierte davon und war bald zwischen den Bäumen verschwunden.

Kim seufzte und sah die anderen drei an. »Ich mag Erkundungsmuster Beta Vier Drei Vier nicht sonderlich. Mir gefällt der Gedanke nicht, die Gruppe in einer unbekannten Situation aufzuteilen. Aber wir haben unsere Befehle, und bisher scheint es hier nicht allzu gefährlich zu sein. Also, fangen wir an. Wir sehen uns in ein paar Stunden. Bleiben Sie wachsam.«

Die Lichter waren grell, beinahe blendend, und behinderten die Sicht auf die vielen Hundert Leute im Publikum. Dafür war Libby jedes Mal dankbar. Es war immer am besten, wenn sie sich in die Musik vertiefen konnte und nicht über ihren »Auftritt« nachdenken musste. Und diesen Zustand erreichte sie am einfachsten, wenn sie das Publikum nicht sah.

Dennoch schloss sie häufig die Augen und gab sich dem lieblichen Klang der *Lal-shak* hin, während sie dem Instrument mit ihren langen starken Fingern seine Stimme entlockte. Das mit Saiten bespannte Instrument erzeugte Klänge, die irgendwo zwischen einer Harfe, einem Cello und einer Laute lagen und anders klangen als alles, das sie zuvor gehört hatte. Aus diesem Grund hatte sie sich als junge Frau in die ktarianische Musik verliebt; die Musik half ihr auch in diesem Moment und ließ sie ihre anderen, weniger spirituellen Pflichten vergessen.

Schweiß sammelte sich an ihren Brauen, lief an den Seiten ihres Gesichts hinab, benetzte ihre Kehle. Sie liebte es. Ihre Atemzüge waren tief und gleichmäßig, aber wie immer raste ihr Herz.

Ihre Finger tanzten. Die *Lal-shak* sang. Libby verfiel noch mehr ihrem Zauber.

Immer schneller bewegten sich ihre Hände, um die Musik erklingen zu lassen. Dieses Stück war selbst für Ktarianer eine Herausforderung. Aus dem Publikum kam weder Husten noch Rascheln, das die verzauberte Frau aus ihrem Zustand gerissen hätte, und sie verfehlte keine Note und keinen Takt. Das Stück näherte sich seinem Crescendo, explodierte - und dann herrschte Stille.

Beim ersten Anzeichen von Applaus öffnete sie die Augen. Er plätscherte wie Regen in ihren Ohren und wurde von Jubelrufen und begeisterten Pfiffen unterbrochen. Vor Anstrengung zitternd stand Libby auf und verbeugte sich vor dem Publikum. Sie lächelte so breit, dass es schmerzte, aber sie konnte nicht damit aufhören. Das war der zweite Grund, weswegen sie weiterhin auftrat - diese tiefe, herzliche Verbindung zu ihrem Publikum. Sie bewegte sie mit ihrer Musik, und als Gegenleistung brachten sie ihre Freude und Dankbarkeit zum Ausdruck. Es war ein wunderbarer Kreislauf.

Immer wieder verbeugte sie sich. Ein Assistent kam auf die Bühne, um ihr das Instrument abzunehmen, damit sie die Hände freihatte, um zu winken und dem Publikum, das offenbar nicht vorhatte, den Applaus bald enden zu lassen, Küsse zuzuwerfen. Dann kamen die Blumen auf die Bühne: Rosen, Orchideen, Sträuße herrlicher *Sayan*, von denen sie einem Interviewer einmal gesagt hatte, es seien ihre Lieblingsblumen. Man würde sie einsammeln und unter den Mitgliedern ihrer fleißigen Tourneetruppe verteilen, da in ihrer kleinen Kabine nicht genug Platz für so viele Blumen war.

Irgendwann wurden schließlich die Lichter gedimmt und sie verließ die Bühne. Das Glas Wasser, das ihr ihre Assistentin Stephanie reichte, leerte sie in großen Schlucken und ließ sich zurück in ihren Umkleideraum führen.

»Du warst unglaublich heute Abend!«, sagte Stephanie. »Du hast förmlich in Flammen gestanden, fantastisch.« Sie half Libby aus dem langen blauen Abendkleid.

»Danke, Steph. Ich fühle mich wie gerädert.«

»Du gibst wirklich alles bei einem Auftritt. Denkst du denn gar nicht an dich selbst?«

»Normalerweise nicht«, gab Libby zu. Sie trat in die Schalldusche und ließ alle Spuren von Schmutz und Schweiß entfernen. Einige Momente später kam sie wieder heraus, sauber, aber nicht erfrischt. Sie war eine Wasserratte und bevorzugte Duschen und Bäder, bei denen man tatsächlich nass wurde.

Rasch schlüpfte sie in die frische, lässigere Kleidung, die Stephanie für sie bereithielt, und begann damit, ihr Make-up aufzufrischen.

»Was steht für heute Abend auf dem Terminplan?«

»Eine Party im Haus des Intendanten«, antwortete Stephanie, während sie Libby das lange, lockige Haar bürstete.

»Wer wird noch dort sein?« Libby versuchte zwanglos zu klingen, aber sie hatte immer Angst, dass sie sich verraten könnte.

»Mal sehen ...« Stephanie unterbrach das Bürsten und blickte kurz auf das Padd. »Nicht sonderlich viele Lamettaträger heute.«

Innerlich runzelte Libby die Stirn. Um ihre Untersuchung voranzutreiben, musste sie jede Möglichkeit wahrnehmen, sich mit Leuten zu treffen. Aber sie konnte nicht riskieren, zu solchen kleinen Treffen zu viele Leute einzuladen.

»Admiral Montgomery ... Er hat dir zwei Dutzend weiße Rosen geschickt, die hier übrigens schwer zu bekommen sind ... Admiral Jorgenson und die Captains Skhaa und Nunez.«

Bei der Erwähnung des zweiten und dritten Namens blickte Libby auf. Diese beiden standen auf ihrer Liste.

»Nun, das sind ja nicht allzu viele, mit der Menge werde ich fertig, so müde ich auch bin«, sagte sie zu Stephanie.

Während sie ihr Make-up auftrug und Stephanie erlaubte, mit ihren dicken, wilden Locken zu spielen, um zumindest den Anschein von Ordnung zu erwecken, raste Libbys Verstand. Sie versuchte, sich an Namen, Zeitpunkte und Daten zu erinnern. Wenn sie bestimmen konnte, wo sich Jorgenson und Skhaa zu bestimmten Zeitpunkten aufgehalten hatten, konnte sie die beiden entweder entlasten oder den Verdacht bestätigen, dass sie irgendwie beteiligt waren.

Aber jetzt, wie jeden Tag in der letzten Zeit, fragte sie sich ... woran beteiligt?

Es überraschte Sekaya, wie schwer es sie traf, als Chakotay ihr die Neuigkeit mitteilte. Sie alle hatten es erwartet, auch wenn es keiner hatte sagen wollen, aber seine ruhigen Worte sorgten dafür, dass ihr die Tränen in die Augen traten.

»Diese armen Leute«, sagte sie leise, eine zitternde Hand vor dem Mund. Ihr Bruder stand auf, kam zu ihr herüber und legte seine kräftigen Arme um sie. Sie schloss die Augen und schmiegte sich an ihn. Sie hatte ihn so sehr vermisst.

»Es scheint dich wirklich zu erschüttern«, sagte er, als er sich von ihr löste und ihr in die Augen sah. »Sekky, ich weiß, dass wir gerade viel zu tun haben, aber du musst mir sagen, was auf Dorvan V passiert ist.«

»Das werde ich«, versprach sie. In ihrer Erinnerung sah sie Junge Des Blauen Wassers und hätte beinahe wieder losgeweint. »Aber das ist Vergangenheit, und die Kolonisten von Loran II leiden jetzt. Ich muss mit ihnen sprechen.«

»Sie sind alle im Frachtraum, und Astall ist bei ihnen. Sie erwarten dich.« Er gab ihr einen Kuss auf den Scheitel. »Geh zu ihnen. Ich hoffe, du kannst ihnen ein wenig Trost spenden.«

»Das hoffe ich auch.«

Sie hatte gedacht, dass sie an diesem Punkt ihrer Reise Fortier und die anderen Kolonisten endlich an dem Ort sehen würde, den sie Heimat nannten. Dass sie über die Hügel und Felder schlendern und sich in der kleinen Stadt treffen würden, die sie sich aufgebaut hatten. Stattdessen standen sie in einem kalten Frachtraum auf einem Raumschiff zusammengedrängt, als würden sie Schutz vor einem draußen tobenden Sturm suchen.

Als Sekaya eintrat, kniete Fortier neben einer älteren Frau und sprach mit ihr. Sekaya konnte sehen, dass die Frau geweint hatte; inzwischen hatte sie sich jedoch das Gesicht abgewischt und nickte zu etwas, das Fortier sagte. Als er hörte, wie sich die Tür öffnete, sah er auf. Sein Blick ruhte auf Sekaya, und an den roten Rändern um seine dunklen Augen konnte sie erkennen, dass auch er um die Verstorbenen geweint hatte. Er hatte immerhin einen Bruder verloren. Dass er seine Liebe und sein Mitgefühl so offen zeigte, bewegte sie.

Schnell lief sie auf ihn zu, und sie umarmten sich. Sekaya war sich nicht sicher, wie es zu dieser Verbundenheit gekommen war. Sie kannte Marius Fortier kaum, aber auch wenn er es nicht wusste, verband sie ein gemeinsames Leid.

In der Umarmung lag nichts außer Zuneigung, Mitgefühl und Besorgnis. Sekaya hielt das für eine gute Sache. Sie wollte nicht, dass der Anführer der Kolonisten eine romantische Bindung zu ihr aufbaute. Dann traten sie zurück und sahen einander an.

»Ich habe die Neuigkeiten gerade von meinem Bruder erfahren. Marius, ich trauere mit Ihnen.«

»Danke sehr, Sekaya. Es ist nicht so, als hätten wir es nicht erwartet. Aber ... Nun.« Er seufzte und straffte sich. »Ich sehe, Sie haben etwas mitgebracht.« Dabei zeigte er auf die gefüllte Tasche, die sie über ihrer Schulter trug.

»Ja. Ein paar der Dinge für das Ritual, über das wir gesprochen haben.«

»Ah, ja. Das Ritual. Ich glaube, nun wissen wir zumindest, welches wir abhalten werden.«

»Welches wir *zuerst* abhalten«, korrigierte ihn Sekaya.

»Bitte?«

Sie lächelte ein wenig traurig. »Wir wissen, dass es zuerst Zeit zum Trauern ist. Unserer Toten zu gedenken und sie zu verabschieden. Aber dann müssen wir das andere Ritual ausführen, das wir vorbereitet haben. Das, mit dem wir diesen Ort, den Sie lieben, erneut begrüßen. Oder irre ich mich?«

Er schien überrascht, dass sie ihn so gut verstand. »Sind wir so leicht zu durchschauen?«

»Ja und nein. Vielleicht für jemanden, der Sie versteht.«

Er nickte. »Ja, Sekaya. Ja, Sie haben recht. Wie haben Sie es ausgedrückt? Wir werden trauern und dann entscheiden, ob wir bleiben und von vorne beginnen wollen.«

Er reichte ihr eine Hand. Verwirrt, aber bereit, ihm zu folgen, ergriff sie diese. Er führte sie in die Mitte des Frachtraums. Die Kolonisten standen auf, als sie die beiden auf sich zukommen sahen, und blickten Sekaya neugierig an. Fortier hielt noch immer ihre Hand. »Manche von euch hatten noch nicht die Ehre und das Vergnügen, Sekaya kennenzulernen, unsere spirituelle Beraterin. Ich habe mit ihr über Zeremonien gesprochen, Traditionen. Dinge, die uns und unseren Leuten wichtig sind. Sie hat da ein paar Ideen.«

Sekaya ließ sich einen Moment Zeit, bevor sie sprach. Sie blickte in die traurigen, aber entschlossenen Gesichter der Versammelten und verspürte eine Woge der Wärme und Verbundenheit für diese Fremden.

»Wir Menschen brauchen Rituale. Wir benötigen Feste und Möglichkeiten, wichtigen Ereignissen zu gedenken. Wir müssen«, sagte sie leise, »uns verabschieden können.«

Verdammt, wo hatte er nur schon einmal so einen Sturm gesehen?

Chakotay war allein in seinem Bereitschaftsraum, weil er hoffte, dass ihm die Abgeschiedenheit helfen würde, sich zu konzentrieren. Er trommelte mit den Fingern auf den Oberschenkel. Immer noch konnte er sich nicht erinnern. Aber es war der Wegbereiter für etwas sehr Wichtiges gewesen. Und es war ähnlich gewesen, aber nicht genau so ... Damals war es darum gegangen, an einen bestimmten Ort zu beamen, und Stürme entstanden genau über jenem Ort ...

Er war so in Gedanken versunken, dass er zusammenzuckte, als er Ellis' Stimme hörte.

»Ellis an Captain Chakotay.«

Chakotay setzte sich gerade hin. Die Stimme des Commanders klang angespannt.

»Sprechen Sie, Ellis.«

»Ich, ähm ... Sir, hier ist etwas sehr Seltsames, von dem ich denke, dass Sie es sich ansehen sollten. Ich mache davon einen Scan und versuche, ihn an Sie zu übertragen. Hoffentlich gibt es nicht zu viele Interferenzen. Ich bin mit den Bräuchen unserer Passagiere nicht sonderlich gut vertraut, aber das hier sieht nicht nach etwas aus, das die Kolonisten tun würden, und es ist garantiert nicht cardassianisch. Aber es ist frisch.«

»Sie wecken meine Neugier, Commander. Fahren Sie mit der Übertragung fort.« Er berührte eine Taste, und ein Bild erschien auf dem kleinen Bildschirm.

Chakotay schnappte nach Luft und riss erschrocken die Augen auf.

Er kannte dieses Bild, kannte es, seit er fünfzehn Jahre alt gewesen und zusammen mit seinem Vater durch den zentralamerikanischen Regenwald gestreift war. Er hatte es erkannt, als er es vor einigen Jahren und viele Tausend Lichtjahre von dieser ersten Begegnung entfernt auf einem Mond in den Staub gemalt gesehen hatte.

Eine Segnung des Landes.

Ein *CHAH-mooz-ee.*

19

Unter Applaus betrat Libby Webber das Haus ihres Intendanten. Sie lächelte, winkte der versammelten Menge zu und nahm ein weiteres Bouquet entgegen.

Ein großer Mann kam auf sie zu und küsste sie auf die Wange. »Admiral Montgomery, wie schön Sie zu sehen«, sagte sie.

»Ken bitte, Libby. Es heißt nur dann Admiral, wenn die Rangabzeichen es so verlangen.« Tatsächlich trug er anstelle seiner Uniform einen Smoking, in dem er recht schneidig aussah, während ein breites Grinsen auf seinem wettergegerbten Gesicht lag.

Soweit er wusste, hatten sie sich erst vor ein paar Monaten bei einem ihrer Konzerte getroffen. Harry hatte sie einander vorgestellt, und sie hatten sich sofort gut verstanden. Dennoch hatte Libby zunächst angenommen, dass Montgomery im schlimmsten Fall ein Verräter an der Föderation war und im besten ein griesgrämiger alter Knacker, dessen höchstes Lebensziel darin bestand, der Besatzung der *Voyager* im Wege zu stehen. Letztendlich hatte er seine Loyalität unter Beweis gestellt und damit Libbys Zuneigung gewonnen. Nun betrachtete sie ihn liebevoll als eine Art bärbeißigen Onkel, hinter dessen rauer Art sich ein großes Herz verbarg.

»In Ordnung, Ken«, willigte Libby ein. »Man hat mir gesagt, dass Sie mir die weißen Rosen geschickt haben. Dafür möchte ich Ihnen herzlich danken, sie sind wundervoll.«

»Es war mir ein Vergnügen, meine Liebe. Kommen Sie, ich möchte Sie den anderen vorstellen.« Libby warf ihrem Intendanten Philippe Batiste einen schiefen Blick zu, der auf sehr französische Art mit den Schultern zuckte. Er war gerade von Montgomery ausgestochen worden - wie viele andere auch -, aber, wie seine Geste andeutete, was konnte man da tun?

Sie machten die Runde, wobei Montgomery Libby einer beeindruckenden Vielfalt von wichtigen Persönlichkeiten vorstellte. Schon im Vorfeld hatte sie sich über sie informiert und konnte sich mit jedem von ihnen gebührend unterhalten. Diesen Teil ihrer Arbeit liebte sie. Sie mochte den Umgang mit Leuten und genoss es geradezu, andere Leute zu treffen und mit ihnen zu sprechen. Diese spürten immer ihre Aufrichtigkeit, und die meisten von ihnen öffneten sich ihr schnell. Schon öfter war ihr gesagt worden, dass sie eine hervorragende Diplomatin geworden wäre. Sie hatte daraufhin immer gelächelt, sich für das Kompliment bedankt und auf ihre Hingabe an die Musik verwiesen.

»Und das ist Admiral Leah Jorgenson«, sagte Montgomery. Libby schenkte der drahtigen, attraktiven Frau, die ihr beide Hände reichte, ein warmes Lächeln. Jorgenson trug ihr grau meliertes, glattes Haar kurz und benutzte nicht viel Make-up. Ihre Nägel waren kurz gefeilt, und obwohl sie manikürt waren, waren sie nicht poliert. *So,* dachte Libby, *sieht ein Wildfang aus, sobald er erwachsen ist.* Ihre Blicke trafen sich, und Libby mochte Leah sofort. Für gewöhnlich konnte sie ihren Instinkten vertrauen; Libby hoffte, dass sie kein Maulwurf war.

Aber irgendwie kam sie ihr bekannt vor ... »Haben wir uns schon einmal getroffen?«

»Wir wurden uns nie offiziell vorgestellt, aber ich bin ein großer Fan Ihrer Musik. Ich habe so viele Ihrer Konzerte besucht, wie mein Terminplan zuließ. Es kann sein, dass Sie mich im Publikum gesehen haben.« Sie blickte Libby bewundernd an. »Ich bin etwas zu alt, um Autogramme zu sammeln, darum bin ich nie auf Sie zugekommen.«

Libby lachte. Hatte sie es doch gewusst, dass sie diese Frau schon einmal gesehen hatte. Sie dachte kurz nach und sagte dann: »Ich bin sicher, Ihr Terminplan lässt Ihnen nicht viele Gelegenheiten, Konzerte zu besuchen, Admiral. Zum Beispiel wurden Sie doch gewiss zur Friedenskonferenz auf Kavlian geladen?« Sie hatte Jorgensons Namen in einem der vielen Dokumente gelesen, die sie durchgegangen war.

Der Admiral seufzte. »Ja, ich war dort. Sind Sie jemals einem Kavlianer begegnet, Miss Webber?«

»Bitte, nennen Sie mich Libby. Und nein, ich kann nicht behaupten, dieses Vergnügen gehabt zu haben.«

Jorgenson zog ihre kecke Nase kraus. »Ich kann nicht behaupten, dass es ein Vergnügen wäre. Verhandlungen mit diesen Leuten sind schwierig. Man könnte ein Royalprotokoll nur für sie alleine verfassen.«

Montgomery verzog ebenso das Gesicht. »Ich war ebenfalls auf dieser Konferenz. Gegen Ende war ich bereit, meinen Rang als Admiral gegen den eines Ensigns zu tauschen, wenn ich dafür nur einen Tag früher weggekommen wäre.«

Libby genoss die Unterhaltung, aber nun hatte sie Jorgenson von ihrer Liste gestrichen. Die Frau war dort gewesen, wo sie laut Libbys Nachforschungen hätte sein sollen, und Montgomery hatte es gerade bestätigt. Nun war sie bestrebt, den anderen Verdächtigen zu treffen, einen gewissen Captain Skhaa.

Sie hustete ein wenig und sagte: »Ich habe einen Frosch im Hals. Vielleicht hole ich mir lieber etwas zu trinken. Es war mir ein Vergnügen Sie kennenzulernen, Admiral. Bitte entschuldigen Sie mich einen Moment.«

Libby huschte in Richtung eines Kellners davon, der ein Tablett mit Getränken trug, und schnappte sich ein Mineralwasser. Kein Alkohol bei der Arbeit. Sie trank einen Schluck und sah sich kurz um. Skhaa zu finden, würde nicht schwer werden, er war wahrscheinlich der einzige Vogelartige hier ...

Und da war er, im Gespräch mit zwei Vulkaniern. Einer davon war ein Botschafter, den sie kannte, was ihr eine Möglichkeit eröffnete, sich dem Gespräch anzuschließen.

»Botschafter Sular«, sagte sie förmlich. Vulkanier begrüßte man nicht stürmisch. »Ich wusste nicht, dass Sie heute Abend hier sein würden.«

Der große, ältere Vulkanier wandte sich ihr zu, wobei seine elegante Robe bei der Bewegung raschelte. Er legte den Kopf schief. »Miss Webber, der Grund unseres Hierseins. Darf ich Ihnen meinen Assistenten Korvik und meinen Freund Captain Skhaa vorstellen?«

Der vogelartige Humanoide drehte sich zu ihr um. Seine Spezies war von kleinen, weichen Daunen bedeckt, ähnlich wie die Haare von Menschen viel feiner als die von Affen waren, trotz ihrer gemeinsamen Vorfahren. Ansonsten sah er absolut menschlich aus.

»Ich war eingeladen, auf dem Empfang für die Botschafter zu spielen, als Ihr Planet in die Föderation aufgenommen wurde«, erklärte sie. »Unglücklicherweise hatte ich anderweitige Verpflichtungen. Es tut mir leid, dass ich nicht teilnehmen konnte.«

Skhaa lächelte. »Freundlicherweise haben sich die Vulkanier um die musikalische Untermalung gekümmert, Miss Webber. Ich schätze die vulkanische Leier, aber ich bin sicher, Ihre Darbietung wäre um einiges ... lebhafter gewesen.«

Libby lachte über den kleinen Scherz und neigte den Kopf

leicht vor Sular, um ihn wissen zu lassen, dass sie ihn und sein Volk trotz dieser Neckerei respektierte. »Ich liebe die vulkanische Leier. Aber ich bin der Meinung, dass sie am lieblichsten klingt, wenn ein Vulkanier sie spielt. Waren Sie auf dem Konzert, Captain?«

»Das war ich in der Tat.« Er begann, die Stücke aufzuzählen, die gespielt worden waren, aber Libby hörte nur mit einem Ohr zu.

Dieser Abend war einer der Zeitpunkte, an denen jemand auf die Logbücher der *Voyager* zugegriffen hatte.

Derjenige war angeblich Captain Skhaa gewesen.

Aber wie hätte er das von einer Konzerthalle aus bewerkstelligen sollen?

»Komm rein«, sagte Chakotay, als Sekaya an der Schwelle zu seinem Bereitschaftsraum stand.

»Worum geht es?« Sie kam zu ihm herüber. Wortlos zeigte er ihr den Bildschirm. Als sie das vertraute Symbol ihres Volkes sah, unterdrückte sie einen leisen Aufschrei.

»Großer Geist, wie kann das sein?«, flüsterte sie und ergriff die Schulter ihres Bruders.

Ellis hatte das *CHAH-mooz-ee* nur ein paar Meter von dem verlassenen Gebäude entfernt in einen großen flachen Stein geritzt gefunden. Das Gebäude gehörte zum zentralen Teil der Kolonie. Die örtlich begrenzten Regengüsse waren nicht über dieses Gebiet hinweggezogen, wodurch die mit Kreide gezeichnete Segnung nicht weggewaschen worden war.

Allmählich ergab alles einen Sinn. Nun erinnerte sich Chakotay daran, wo die *Voyager* bereits auf einen ähnlichen Sturm getroffen war: Es war auf dem Planeten gewesen, wo Chakotay die Geister des Himmels getroffen hatte, jene Wesen, die seinem Volk vor fünfundvierzigtausend Jahren ihr genetisches ›Erbe‹ vermacht hatten. Damals hatte sich über jedem Gebiet, in das die *Voyager* beamen oder ein Shuttle schicken wollte, ein Sturm zusammengebraut. Diesmal hatte sich der Sturm direkt über der Kolonie gebildet. Der Unterschied war klein, hatte aber ausgereicht, um Chakotay in die Irre zu führen.

»Das verstehe ich nicht, Sir«, erklang Ellis' Stimme. *»Das Symbol wurde mit Kreide gezeichnet. Es kann höchstens seit ein paar Tagen hier sein. Dennoch gibt es auf dem ganzen Planeten kein Anzeichen für humanoides Leben. Genauso wenig haben wir Anhaltspunkte, die darauf hindeuten, dass sich hier nichthumanoide Lebensformen aufhalten, die weit genug entwickelt sind, um das zu bewerkstelligen.«*

»Sie werden nichts finden, falls die Geister des Himmels dort unten sind. Sie würden es nicht zulassen.«

Eine Pause trat ein. *»Bitte, was meinen Sie, Captain?«*

Chakotay und Sekaya lächelten einander an. »Es ist eine lange Geschichte, Ellis. Sekaya und ich werden ein Shuttle nehmen und es uns selbst ansehen.«

Sekaya strahlte glücklich.

»Ihre Schwester? Bei allem gebotenen Respekt, Captain, ich glaube nicht, dass das eine gute Idee ist. Wir haben die Sicherheitsüberprüfung für das Gebiet noch nicht beendet. Und ich möchte nicht, dass sich eine Zivilistin ...«

»In diesem Fall mache ich meinen Rang geltend, Ellis.«

Wieder herrschte Stille, und diesmal wirkte sie steif und unangenehm. Schließlich sprach Ellis weiter: *»Selbstverständlich, Sir. Autorisieren Sie dann auch den Transport der Kolonisten?«*

»Negativ. Bevor ich dazu bereit bin, habe ich noch einige Fragen, auf die ich Antworten will. Wir begeben uns gleich zur Shuttlerampe. Schicken Sie Campbell die Koordinaten, und wir sind gleich bei Ihnen.«

Nachdem er die Verbindung beendet hatte, fragte er seine

Schwester: »Du weißt, was unser Vater nun tun würde, oder?«

Als Chakotay nach Dorvan V zurückgekehrt war, um seine Familie zu besuchen, hatte er Sekaya von seinem Treffen mit den Geistern des Himmels erzählt. Sie hatte die Geschichte über die Begegnung aufregend gefunden, und sie beide hatten bedauert, dass ihr Vater nicht mehr am Leben war, um sie zu hören. Nun lächelte sie zurück mit vor Aufregung strahlenden Augen.

»Er würde seinen alten zerbeulten Hut aufsetzen und sagen: ›Gehen wir.‹«

Während sie im Turbolift standen, sagte Sekaya: »Ich sollte Marius sagen, wohin ich gehe.«

»Du nennst ihn also mittlerweile Marius, mh?« Ihr Bruder grinste sie an.

Sie errötete ein wenig und sah zu Boden. »Wir ... haben viel gemeinsam. Es wirkte lächerlich, weiter auf Titeln zu bestehen ... Immerhin sind wir beide Zivilisten.«

»Ich necke dich nur, Sekky. Lass mir doch den Spaß.« Er berührte seinen Kommunikator. »Chakotay an Fortier.«

»Fortier hier. Was gibt es, Captain?«

»Wir haben einen Bericht von Loran II erhalten, bezüglich Funden von archäologischem Interesse. Sekaya und ich sind unterwegs, um sie zu untersuchen. Mein Erster Offizier und sein Team fahren damit fort, den Planeten zu erforschen und zu entscheiden, ob eine Neuansiedlung für Sie und Ihre Leute sicher ist. Sobald wir etwas von ihm hören, lassen wir es Sie wissen.«

»Bitte tun Sie das, Captain. Sekaya hat uns viel zum Nachdenken gegeben, aber wir brennen darauf, unser Nuanka *mit nach Hause zu nehmen. Wir können keinen Abschluss finden, bis wir dort sind. Ich gehe davon aus, dass Sie das verstehen.«*

Chakotay hob eine Augenbraue, als Fortier ein Wort

benutzte, dass seinen Ursprung in Chakotays Stamm hatte.

»Das tue ich, Mr. Fortier. Sie und Ihre Leute sind der Grund für diese Mission. Ich werde Sie nicht vergessen, aber bitte haben Sie dafür Verständnis, dass für uns Ihre Sicherheit an erster Stelle steht.«

»Selbstverständlich, Captain. Ich hoffe, wir hören bald von Ihnen.«

Sie stiegen aus dem Turbolift und gingen zur Shuttlerampe.

»*Nuanka?*«, fragte Chakotay. »Wenn du so weitermachst, beten Fortier und seine Leute bald unsere Gesänge runter, als wären es ihre eigenen.«

»Es passt. Ein *Nuanka* ist eine Zeit der Trauer, und das ist genau das, was diese Leute gerade durchmachen.«

»Es scheint, als hättest du wirklich eine Beziehung zu ihnen aufgebaut.« Sie gingen weiter den Gang entlang zur Shuttlerampe. »Die Aufgabe eines spirituellen Beraters liegt dir im Blut.«

»Danke, es ist schwer genug«, gab sie zu.

Sie stiegen in das Shuttle. Während sie sich setzten und Chakotay die Standard-Checkliste durchging, sagte er: »Auf dem Flug zum Planeten haben wir Zeit, uns ungestört zu unterhalten. Ich möchte wirklich hören, was du mir zu sagen hast, Schwesterherz.«

Sie sah ihn nicht an, nickte aber zustimmend. »Die Anzeichen sagen deutlich, dass ich es dir erzählen sollte. Und auch wenn es traurig ist, was ich zu sagen habe, wird es nicht lange dauern.«

Er sah sie kurz prüfend an. Ihre Hände lagen fest zusammengepresst in ihrem Schoß.

»Shuttle *Carrington* an *Voyager.*«

»Campbell hier, Captain.«

»Erbitte Startfreigabe.«

»Freigabe erteilt. Schotten der Shuttlerampe werden geöffnet.

Sie haben Starterlaubnis, Carrington.«

»*Du* musst um Erlaubnis bitten? Du bist der Captain«, sagte Sekaya, als sich die riesigen Tore der Shuttlerampe öffneten und langsam die Sicht auf das schwarze Feld aus Weltraum und Sternen freigaben.

Mit einer Geste wies er sie an, still zu sein. »Bereite Startsequenz Alpha Beta vier vor. Start.«

Weich hob das kleine Schiff vom Boden der Shuttlerampe ab und bewegte sich vorwärts.

»Es handelt sich nur um eine Standardprozedur«, erläuterte Chakotay. »Jeder, vom Admiral bis runter zum Ensign, muss sich daran halten.«

»Tradition«, sagte sie leise. »Ein Ritual.«

»Wenn du es so nennen willst.«

Er wollte sie nicht weiter bedrängen, und als er zu ihr hinüberschaute, sah er, dass sie die Augen geschlossen hatte. Sie öffnete den Mund und begann zu singen. Beim Klang der vertrauten Worte richteten sich seine Nackenhaare auf, auch wenn er nicht alles verstand und die Sprache selbst nicht sprechen konnte.

Als sie fertig war, öffnete sie die Augen wieder und sah zu den Sternen hinaus, dann auf den Planeten, der schnell näher kam. So neugierig Chakotay auch auf das *CHAH-mooz-ee* auf dem Planeten war, er konnte es noch weniger abwarten, dass Sekaya ihm endlich verriet, was mit ihren Leuten geschehen war.

»Du hast mir nie gezeigt, was in deinem Medizinbündel ist, Bruder.«

Der Kommentar überraschte Chakotay. »Nein«, gab er zu. »Möchtest du es wissen?«

Sie schüttelte den Kopf. »Das ist nicht nötig. Ich habe nur eine Frage. Befindet sich unter den Gegenständen, die dir wichtig sind ... Ist darunter ein Stein aus dem Fluss?«

Natürlich, dachte Chakotay. *Sie hat ihren wahrscheinlich auch behalten.* »Ja. Ich bekam ihn vor vielen Jahren von jemandem, der uns beiden sehr wichtig ist.«

»In meinem habe ich einen Stein aus einem See.« Ihre Stimme wurde verträumt. »Ich bekam ihn vor vielen Jahren von jemandem, der uns beiden sehr wichtig ist.«

Chakotay tat sein Bestes, um seine Ungeduld zu zügeln, aber der Flug würde nicht ewig dauern. »Sekaya, was hat Junge Des Blauen Wassers damit zu tun?«

Sie drehte sich zu ihm und lächelte leicht. »Wie ich sehe, kannst du immer noch nicht geduldig sein. Habe Nachsicht mit mir. Alles ist miteinander verknüpft, Chakotay. Du wirfst einen Stein in einen See, und die Wellen ziehen weite Kreise.«

Sekaya schwieg kurz und sprach dann mit ruhiger, gefasster Stimme weiter. »Wir hatten gehofft, dass sich die Cardassianer nicht in unser Leben einmischen würden.« Es machte den Eindruck, als würde sie das Thema wechseln. Er bemerkte, dass sie ihm die Ereignisse auf dieselbe Weise berichtete, wie sie nachts am Feuer eine Geschichte erzählen würde. Die wichtigen, großen Geschichten, die von denen man auch in Tausenden von Jahren noch sprechen würde. An diese, nahm er an, würde man sich auch erinnern.

»Und anfangs haben sie das auch nicht getan ...«

Kolopak betrat die Hütte und nahm seinen Hut ab, kämmte sich mit den Fingern durch das dünner werdende Haar. Seine Frau Tananka und seine Tochter sahen einander an.

»Mehr Cardassianer.« Sekayas Worte waren mehr eine Feststellung als eine Frage. Die Trommel, an der sie eben noch konzentriert gearbeitet hatte, lag nun in ihrem Schoß. Ihr Vater nickte, nahm das Glas Wasser, das ihm seine Frau anbot, und trank in großen Schlucken.

»Ich dachte, Gul Evek hatte Anthwara und dem Rat zugesi-

chert, dass sie sich nicht einmischen würden«, sagte Tananka.

»Das hatte er.« Kolopak starrte das Glas in seiner Hand an. »Gul Evek ist nicht hier.«

Sekaya sah zu Boden. Normalerweise hatte sie großen Spaß daran, Trommeln herzustellen, und war bekannt für ihr Geschick. Nun schienen ihr das ausgehöhlte Stück Holz und das eingeweichte Leder schrecklich unwichtig.

»Was wollen sie?«, fragte Tananka.

Kolopak antwortete nicht sofort. Sekayas Blick wanderte über seine zunehmend besorgter wirkenden Züge. Kolopak war ein zutiefst spiritueller Mann, ein Mann des Friedens. Aber es war ersichtlich, dass ihm die immer häufigeren Besuche der cardassianischen Eroberer nicht gefielen.

»Vor allen Dingen wollen sie uns alle wieder an einem Ort haben. Sie sagen, es wird nicht dauerhaft sein.«

»Was meinst du?«, fragte Sekaya. »Wir sind doch schon alle an einem Ort. Niemand hat die Kolonie jemals verlassen. Bis auf ...«

Sie unterbrach sich sofort und wünschte sich, die Worte zurücknehmen zu können. Selbst jetzt herrschte eine unangenehme Atmosphäre, wenn jemand Chakotay erwähnte. Aber ihr Vater war anscheinend zu besorgt, um es zu bemerken - ein deutliches Anzeichen seiner inneren Unruhe.

»Sie wollen, dass die, die in die Ebenen oder die Flusstäler gezogen sind, in die ursprüngliche Siedlung zurückkehren«, erklärte er. »Sie haben uns gesagt, dass wir diejenigen, die zurückkommen, bei uns aufnehmen müssen.«

»Das ist kein Problem. Wir sind vielleicht von verschiedenen Stämmen, aber es gibt mehr, das uns verbindet, als uns unterscheidet. Wir können Platz machen«, antwortete Tananka.

»Aber warum wollen die Cardassianer, dass wir das tun?«, fragte Sekaya.

»Sie haben dem Rat gesagt, dass sie einfach mehr über

Dorvan V und seine Bewohner erfahren möchten.« Kolopak klang, als würde er die Begründung nicht glauben. »Sie machen eine ... Inventur ihrer neuesten Errungenschaft. Sie erstellen Listen aller Pflanzen und Tiere und führen Tests durch. Darum möchten sie, dass wir uns alle melden, um untersucht zu werden. Und es ist einfacher für sie, wenn wir alle an einem Ort sind.«

»Tests?«, entfuhr es Sekaya. Das Leder und die Schnüre trockneten unbeachtet. »Um welche Art Tests geht es, Vater?«

»Es scheint, dass sie auch von uns eine Inventarliste anfertigen wollen, so wie von den Pflanzen und Tieren.« Kolopak warf seiner Frau einen raschen Blick zu. Sie erwiderte ihn gelassen und machte sich dann daran, das Essen zuzubereiten. »Sie wollen wissen, welche Blutgruppen wir haben, wollen unsere Zellstruktur untersuchen.« Er wedelte mit einer Hand. »Sie haben es uns ganz genau gesagt, aber ich habe es vergessen.«

Sekaya starrte ihn an. Ihr Herz klopfte in ihrer Brust, und ihr Magen verkrampfte sich. »Das ist nicht gut«, sagte sie langsam. »Ich vertraue diesen Leuten nicht, Vater. Wir sind auch nicht anders als jeder andere Mensch. Dieselbe DNA, Zellen, Blutgruppen ... Die Cardassianer werden durch unsere Untersuchung nichts Neues erfahren. Das ergibt keinen Sinn. Sie müssen einen anderen Grund dafür haben, einen Grund, den sie dem Rat nicht verraten.«

»Sekaya, wir werden uns fügen.«

»Sprich nicht für mich.«

»Du gehörst zu meiner Familie, ich werde *für dich sprechen.«*

Seine Worte waren schneidend. Sie konnte spüren, dass so er mit ihr sprach, weil auch er es für keine gute Sache hielt. »Der Stamm richtet sich nach uns. Wir müssen mit gutem Beispiel vorangehen und kooperieren. Die Cardassianer verlangen nicht, dass wir irgendetwas opfern außer ein wenig Zeit.«

Stur schüttelte Sekaya den Kopf. »Die Geschichte wiederholt sich. Leute von einem anderen Ort sind hierhergekommen, in unsere Heimat, und beanspruchen das Land und uns selbst für sich. Sie treiben uns wie Vieh zusammen, verdrängen uns von den Orten, an denen wir sein wollen, an die Orte, wo sie uns haben wollen. Vielleicht hatte Chakotay recht, zu gehen. Vielleicht sollten wir seinem Beispiel folgen!«

»Sekaya, du wirst mit deinem Vater nicht auf diese Weise sprechen!« Auch die Stimme ihrer Mutter klang scharf. Sekaya konnte die Furcht fast riechen. »Wenn das alles ist, was die Cardassianer von uns wollen, sollten wir uns glücklich schätzen. Du weißt, was sie mit anderen Welten getan haben.«

»Und welchen Schaden können die Untersuchungen schon anrichten?«, fragte Kolopak. »Wie du sagtest, Sekaya, mein Kind ... sie werden nichts Neues erfahren.« Er versuchte zu lächeln, als wäre es ohne Bedeutung. »Ich glaube, irgendwo gibt es einen Bürokraten, der nicht genug zu tun hat und seinen Vorgesetzten beeindrucken möchte. Listen und Daten beeindrucken immer diejenigen, die Technologie anstatt der Geister verehren.«

Sekaya sah auf ihre Arbeit hinab. Sobald sie zusammengesetzt war, würde die Trommel ein geweihter Gegenstand sein. Ihr Klang würde für den Herzschlag des Stammes stehen. Sekayas eigenes Herz hämmerte in ihrer Brust, und der Wunsch, die Trommel fertigzustellen, war verflogen. Sie wusste, dass ihr Vater in einem recht hatte – es klang nicht so, als würden die Cardassianer viel verlangen, zumindest oberflächlich betrachtet. Welchen Schaden konnte es anrichten, wenn man seine DNA untersuchen ließ, ohne Schmerzen ein wenig Blut spendete, sich einem Retina-Scan unterzog?

Aber es waren Cardassianer, und in Sekayas Augen bedeutete das, man konnte ihnen nicht vertrauen. Der Rat hingegen hatte sich dazu entschlossen, ihren Worten glauben zu schenken. Das Volk von Dorvan V würde die Erniedrigungen über sich ergehen lassen, um sein heiliges Bündnis mit dem Land zu wahren.

20

»Und wir folgten wie brave kleine Schafe, wie sie die Navajo auf der Erde zu hüten pflegten«, erzählte Sekaya weiter. »Dabei sagten wir uns Folgendes: Erlitten unsere Vorfahren auf unserer Mutter Erde nicht eine weitaus schlimmere Behandlung? Worum die Cardassianer baten, war keine große Sache. Jeder Mann, jede Frau und jedes Kind, selbst die Säuglinge, unterzogen sich gutmütig und ohne Widerstand der Analyse der Cardassianer. Und eine Weile lang schien es, als wäre dieses bisschen Kooperation alles, was sie wollten ...

»Sekaya, Tochter des Kolopak, ich grüße dich.«

Ihr Herz setzte einen Moment aus, dann begann es schneller zu schlagen. Es war Jahre her, seit sie diese Stimme gehört hatte, Jahre, in denen ihr Besitzer mit einer hübschen jungen Angehörigen des Oglala-Lakota-Stammes vermählt worden und zusammen mit ihrer Familie auf die Ebenen umgesiedelt war.

Sie traute sich nicht, sich herumzudrehen. Knietief stand sie im See, weichte weitere Häute ein, um Trommeln herzustellen, und zitterte. Dann entschied sie, dass es unfreundlich war, nicht zu antworten, und drehte sich zu ihm um.

Er sah noch besser aus, als sie ihn in Erinnerung hatte. Das Gesicht des Jugendlichen hatte Falten bekommen, Lachfalten um die Augen und den Mund. Aber die braunen Augen waren so tief und geheimnisvoll wie eh und je.

»Sekaya, Tochter des Kolopak, grüßt Junge Des Blauen Wassers«, antwortete sie und sie bemerkte, das ihre Stimme schwach und außer Atem klang.

Er lächelte ein wenig traurig. »Viel Zeit ist vergangen, seit wir uns das letzte Mal gesehen haben. Mein Name lautet nicht mehr Junge Des Blauen Wassers, sondern Träumer Des Blauen Wassers.«

Stimmt, *dachte Sekaya. Die Lakota änderten manchmal ihre Namen, um widerzuspiegeln, wer sie auf ihrem Lebensweg wurden. Ein Mann in seinen Vierzigern würde sich nicht mehr Junge Des Blauen Wassers nennen. Es wäre unangemessen.*

»Das passt zu dir«, sagte sie, da ihr nichts anderes einfiel, was sie hätte sagen können. Im Versuch, die Unterhaltung fortzusetzen, fügte sie hinzu: »Ich nehme an, du und deine Frau sind auf Wunsch der Cardassianer zurückgekommen.«

Sein Blick wurde traurig. »Nur ich. Meine Frau starb vor zwei Jahren bei einem Unfall.«

»Das tut mir so leid«, sagte Sekaya aufrichtig. »Möge sie in der Geisterwelt wandern.« Die Worte waren eine Tradition ihres Stammes; Sekaya war sich nicht sicher, was Lakota in solch einem Fall sagen würden. Sie wusste aber, dass ihr alter Freund sie verstehen würde.

»Danke. Ich vermisse sie sehr. Aber du hast recht. Wie ein braves Tier bin ich gekommen, als die Cardassianer riefen.«

Nun spürte Sekaya, wie ihre Mundwinkel sich zu einem leichten Lächeln hoben. »Dir gefällt es auch nicht?«

»Wem würde das auch gefallen?«, antwortete Träumer Des Blauen Wassers. »Aber es ist das Beste, zu kooperieren. Immerhin wissen wir, was die Cardassianer mit Welten tun,

von denen sie Schwierigkeiten erwarten.«

Das ernüchterte sie. »Stimmt. Dennoch ist es schön, dich zu sehen.«

»Das finde ich auch. Die Jahre haben dich gesegnet. Ich glaube, du bist noch schöner als in meiner Erinnerung.«

Sie spürte, wie ihr das Blut ins Gesicht schoss, und wandte sich wieder ihren Häuten zu. »Ich muss mich um die hier kümmern.«

Hinter ihr erklang kein Ton, und sie dachte, er wäre gegangen. Dann hörte sie den Klang einer Flöte; schön und entzückend erhob er sich in den Himmel. Er machte ihr Herz leichter und hatte sogar etwas von einem Wunder; so, wie die Magie der Geister in den Geschichten funktionierte.

Als er fertig war, fragte sie: »Was für ein Lied ist das?«

Er sah ihr ernst in die Augen und antwortete: »Das ist das Lied, das das blaue Wasser dem Himmel singt, der sich in ihm spiegelt und einen Platz in seinem Herzen hat.«

»Oh«, sagte Sekaya, gefolgt von einem: »Oh!«, als er ihrem Blick standhielt und ihr einfiel, dass Himmel in einer der vielen Sprachen der Erde Sky *hieß, und sie begriff.*

»Aber dann kamen sie wieder zurück. Und dieses Mal wollten sie mehr. Sie stellten uns Fragen. Unterzogen uns verschiedenen ... Tests.«

Sekayas Stimme versagte mit einem Mal und sie verstummte. Chakotay wollte sie unterbrechen, um zu ein paar Punkten Fragen zu stellen, aber er tat es nicht. Sekaya erzählte eine geweihte Geschichte, und es wäre respektlos gewesen, sie dabei zu unterbrechen. Die Fragen, die er hatte, konnte er später stellen.

»Manche der Tests waren seltsam einfach. Wir sollten an Dinge denken und andere sollten raten, woran wir gedacht hatten. Sie wollten, dass wir versuchen, Objekte mit der Kraft unserer Gedanken zu bewegen. Darüber mussten wir lachen; dumme Cardassianer, dachten wir ...«

Als sie jünger war, war Kolopak nicht damit einverstanden gewesen, dass sich Sekaya mit jungen Männern traf, die nicht zum Stamm gehörten. Aber nun musste er eingestehen, dass seine Tochter eine erwachsene Frau war. Sie war nie eine Beziehung mit einem der jungen Männer des Stammes eingegangen, hatte sich nie zu jemandem hingezogen gefühlt, abgesehen von dem geheimnisvollen Lakota-Jungen mit der Flöte. Sie hatte nichts gesagt, aber sie wusste, Kolopak hatte bemerkt, dass sie seit der Rückkehr von Träumer Des Blauen Wassers alles zusammen unternahmen.

»Oh, und dann sagte er ...« Träumer Des Blauen Wassers ließ seine Stimme sehr tief und ernst klingen. »›Nun, mein Junge ... versuche, ob du den Kiesel mit deinen Gedanken bewegen kannst.‹«

Sekaya lachte, während sie die Netze mit dem Fang des Tages einholten. Silbern glänzende Fische zappelten und wanden sich. Man würde sie heute Abend zum Fest des vollen Mondes essen, und was übrig blieb, würde auf althergebrachte Art für später getrocknet werden.

»Wirklich?«

»Wirklich. Ich hatte alle Mühe, nicht zu lachen. Also habe ich getan, was er wollte. Ich schloss meine Augen, konzentrierte mich und stellte mir vor, wie der Kiesel vom Tisch flog ... und in seiner Nase stecken blieb.«

»Schade, dass es nicht funktioniert hat.« Sekaya kicherte und lächelte bei der Vorstellung. Es hätte ihr gefallen, einen Cardassianer mit einem Kiesel in der Nase zu sehen. Sie wünschte nur, dass sie dazu in der Lage wäre.

Schließlich waren die Netze sicher eingeholt. Sie sollten zum nächsten Standort paddeln und das nächste Netz voller silberner Fische in ihr Boot ziehen, aber sie taten es nicht.

Träumer Des Blauen Wassers beugte sich vor und streichelte ihr Gesicht. Sekaya blickte mit schnell schlagendem Herzen auf und sah ihm in die Augen. Er lächelte und versuchte, verwegen und selbstsicher zu wirken, sah jedoch nur so nervös aus, wie sie sich fühlte.

»Ich erinnere mich«, sagte er leise, »an eine lange vergangene Zeit, als Sekaya und Junge Des Blauen Wassers jung waren. Ihr gemeinsamer Spielkamerad, ihr Bruder, ging in eine bessere Welt fort, und sie weinten zusammen.«

»Daran erinnere ich mich auch.« Großer Geist, obwohl sie eine Frau in ihren Dreißigern war, war sie genauso nervös, wie sie es als Jugendliche gewesen war.

»Ich erinnere mich an etwas, das sie damals taten. Etwas, das im Herzen von Junge Des Blauen Wassers blieb, selbst als er zu Träumer Des Blauen Wassers wurde.«

Sie schluckte schwer. »Sekaya hat es nicht vergessen.« Dann nahm sie ihren ganzen Mut zusammen und sagte: »Um ehrlich zu sein ...«

Sie legte ihm die Arme um den Hals und zog seine Lippen an ihre. Und der Kuss war so süß und kraftvoll wie vor zwanzig Jahren. Sie küssten sich lange, bis ein Fisch aus dem Netz sprang und genau auf den Füßen von Träumer Des Blauen Wassers landete. Er schreckte zurück, Sekaya lachte, und dann stimmte er in das Lachen mit ein.

Als sie sich beruhigt hatten, nahm Träumer Des Blauen Wassers ihre Hände in seine, strich über ihre von der harten Arbeit gezeichnete Haut mit einer Sanftheit, die sie erzittern ließ.

»Sekaya, Tochter des Kolopak«, sagte er ruhig, »verrate diesem Mann, welche Opfergabe er deinem Vater am besten anbieten könnte, um ihn zu erfreuen. Dieser Mann«, dabei legte er sich eine Hand auf die Brust, »möchte um die Hand *von Kolopaks einziger Tochter auf die Weise anhalten, die ihre Traditionen am meisten ehrt.«*

Sie konnte nicht atmen, starrte ihn nur an, und seine Miene versteinerte. Er wandte den Blick ab, und mit einem Mal wusste sie, was er dachte - dass sie ihn ablehnte. »Nein! Oh, nein.« Sekaya legte ihm die Hände an die Wangen, drehte sein Gesicht wieder ihrem zu, und seine dunklen Augen begannen zu strahlen, als er die Freude in ihren sah.

Also brachte sie ihm den traditionellen Gesang des Antrags bei und sagte ihm, dass er für sie beide einen Kopfschmuck anfertigen und ihn Kolopak am nächsten Abend bringen sollte. Dann küsste sie ihn wieder und wieder.

Aber obwohl er es versprochen hatte, kam Träumer Des Blauen Wassers nicht zu Kolopaks Hütte.

Am nächsten Tag erfuhren Sekaya und Kolopak, dass er nie von einem weiteren cardassianischen Experiment zurückgekehrt war.

Chakotay bekam plötzlich Gänsehaut. »Du hast mir gesagt, dass Junge Des Blauen Wassers dem Maquis beigetreten sei. Dass er beim Widerstand gegen die Cardassianer starb.«

»In gewisser Weise tat er das.« Der Schmerz war nicht frisch, dennoch zeigten ihre hübschen, starken Züge deutlich ihre Trauer. »Er war der Erste, der in diesem Konflikt fiel. Wir betrachteten ihn als Krieger, der für das starb, woran er glaubte. Ebenso wie seine Vorfahren starben, durch Kugeln in die Brust, um ihr Land zu schützen. Träumer Des Blauen Wassers ging freiwillig zu den Cardassianern, um den Frieden zu wahren, um das Land zu ehren, das er liebte. Um eine Zukunft zu erkaufen ... zusammen mit mir.«

Sie wischte sich über die Augen. »Verdammt. Ich dachte, ich könnte es dir erzählen, ohne zu weinen.«

»Es ist in Ordnung, Sekky.« Chakotays Augen waren ebenfalls feucht. Auch er hatte Junge Des Blauen Wassers geliebt; der Lakota war der Bruder gewesen, den er niemals gehabt hatte.

Sekaya zog ihr langes, dickes Haar auf eine Seite und teilte die glänzend schwarze Masse mit den Fingern. Chakotay konnte eine bleiche, gezackte Narbe erkennen. Er keuchte.

»Was ...?« Dann dämmerte es ihm.

»Wir haben uns entschlossen, die Narben zu behalten. Sie sind Kriegsverletzungen. Ein Beweis für unseren Sieg über unsere Unterdrücker. Nach dem Tod von Träumer Des Blauen Wassers hat Vater beschlossen, sich denen anzuschließen, die rebellieren wollten. Wir gewährten Maquis auf unserer Welt Unterschlupf, versteckten sie, beschützten sie. Wir führten Sabotageakte durch, aber wir entschlossen uns, keine Leben zu nehmen. So dumm waren wir nicht. Die Rache der Cardassianer wäre schnell und schrecklich gewesen, wenn sie eine Blutschuld zu begleichen gehabt hätten.«

»Sekaya«, sagte Chakotay leise, schüttelte den Kopf mit einem neuen Gefühl des Erstaunens und Respekts für seine Schwester, »du bewundernswerte Frau ... Warum bist du nicht tot?«

Sie lachte rau, und Chakotay erschrak bei dem Klang.

»Als der Krieg ausbrach ... sind die Cardassianer einfach gegangen. Ich vermute, dass ihre Ressourcen anderweitig benötigt wurden. Sie kamen nicht zurück, aber sie hatten bereits genug Schaden angerichtet. Sechszehn Leute sind aufgrund ihrer Experimente entweder gestorben oder verschwunden, und mehrere Dutzend wurden getötet, während sie beim Maquis waren.«

Sie näherten sich dem Planeten. Obwohl er sich das *CHAH-mooz-ee* unbedingt genauer ansehen wollte, wollte Chakotay ihren Anflug nicht übereilen. Sein Verstand raste von all dem, was Sekaya ihm erzählt hatte.

Die Cardassianer hatten sein Volk nicht in Frieden gelassen. Ganz im Gegenteil. Sie waren verschleppt worden, und man hatte mit ihnen experimentiert, wie man es früher auf der Erde mit Labortieren getan hatte. Zum Dank für ihre Zusammenarbeit waren sie ermordet worden und hatten sich gegen ihre Unterdrücker aufgelehnt, um zu kämpfen, wie es ihre Vorfahren getan hatten.

Und Chakotay hatte nichts davon gewusst. Nichts.

»Warum hast du es mir nicht gesagt?« Seine Stimme war rau vor Schmerz.

»Du warst ein Außenstehender.« Sekaya klang müde, als hätte es sie ausgelaugt, diese tragische Geschichte zu erzählen. »Wir haben darüber gesprochen, Mutter, ich und ein paar der anderen, und beschlossen, dass wir dich darüber nicht belügen würden. Wir würden nur ... diesen Teil der Geschichte unserer Kolonie nicht mit dir teilen.«

Zorn flammte in ihm auf, verging dann allerdings zu einem schwachen Glühen. Das konnte er ihr wohl nicht vorwerfen. Er war nicht da gewesen, um es mit ihnen zu durchleiden, wusste nicht, dass ein Freund aus Kindheitstagen - und für seine Schwester ein zukünftiger Ehemann - ermordet worden war, nur weil den Eroberern danach gewesen war.

»Hast du jemals erfahren, was sie wollten? Warum sie die Experimente gemacht haben?«

Sie schüttelte den Kopf. »Nein. Aber wer versteht schon Cardassianer? Vielleicht um neue und verbesserte Folterinstrumente auszuprobieren. Vielleicht nur, um irgendjemanden zu töten. Aber es ist richtig, dass du nun davon weißt, Chakotay. Mir ist bewusst, dass man dir mit der *Voyager* eine große Verantwortung übertragen hat, aber auch ein Captain bekommt gelegentlich Urlaub. Vielleicht ... vielleicht kannst du für eine Weile zurück nach Hause kommen. Ich zeige dir die Höhle der Toten, wo wir die Gefallenen geehrt haben.« Sie schluckte und blinzelte rasch. »Dort habe ich für Träumer Des Blauen Wassers einen besonderen Altar errichtet.«

»Das würde mir gefallen.« Er reichte ihr eine Hand, und Sekaya drückte sie, bevor sie sie wieder losließ.

»Jetzt weißt du, warum ich mich Marius und seinen Leuten so verbunden fühle. Ich kenne den Schmerz, den er spürt. Und nun kennst du ihn auch.«

Chakotay räusperte sich. »Wir werden bald landen. Und wir können dann unseren Stamm und seine Geschichte in einem anderen Licht sehen, während wir versuchen herauszufinden, warum das *CHAH-mooz-ee* dort unten ist.«

Sekaya nickte. »Klingt gut. Ich habe genug Leid erlebt in Verbindung mit unserem Volk, mein Bruder. Es wird Zeit, dass wir etwas Gutes miteinander teilen.« Ihre Augen leuchteten. »Sehen wir es uns an.«

21

»Au!«, zischte Ensign Walter Merriman durch die Zähne, während Kaz ihn vorsichtig abtastete. Obwohl sich Merriman sofort nach seiner Verletzung auf der Krankenstation gemeldet hatte, färbte sich seine Seite bereits blau.

»Tut mir leid«, entschuldigte sich Kaz. »Sie haben sich da eine ordentliche Prellung zugezogen, Ensign. Zwei gebrochene Rippen, ein gebrochenes Schlüsselbein und ... sind das Bissspuren? Ernsthaft, was haben Sie auf dem Holodeck getrieben?«

In dem Moment, als er die Worte ausgesprochen hatte, zählte er eins und eins zusammen und begriff, was genau Merriman auf dem Holodeck getrieben hatte.

Das Gesicht des Ensigns lief hochrot an. »Ähm, nur ein Programm.«

Kaz unterdrückte ein Grinsen. Nach dem zu urteilen, was er hier sah, würde er darauf wetten, dass Merriman ein Programm hatte laufen lassen, in dem Klingonen vorkamen - besser gesagt Klingoninnen -, und er hatte die Sicherheitsprotokolle außer Kraft gesetzt.

»Es gibt einen Grund für die Sicherheitsprotokolle, Ensign«, machte Kaz ihm Vorhaltungen, während er alles dafür vorbereitete, die gebrochenen Rippen wieder zu heilen. »Sie täten gut daran, sie in Zukunft zu befolgen.«

»He«, protestierte Merriman, »manchmal muss man eben etwas Dampf ablassen.«

»Selbstverständlich.« Kaz bedeutete dem Ensign, sich aufzusetzen. »Ich bin ein Befürworter von hartem und *sicherem* Training. Aber es führt nur zu mehr Stress, wenn die Übung ihren, sagen wir mal, Höhepunkt darin findet, dass sie Ihren freundlichen Schiffsarzt aufsuchen müssen.«

Kaz hatte nicht gewusst, dass Menschen derart scharlachrot werden konnten. Merriman zog seine Uniform hastig wieder an, murmelte ein »Danke« und ging.

Plötzlich verging Kaz seine Heiterkeit. Er hatte gerade eine Doppelmoral an den Tag gelegt, und es gefiel ihm nicht. Wieso fand er es amüsant, dass sich Merriman auf dem Holodeck mit einem rauen, etwas unanständigen und möglicherweise sexuellen Szenario die Zeit vertrieb, während er sich um Akolo Tare Sorgen machte? Die offensichtliche Antwort war, dass sie nicht freiwillig an dem ›Programm‹ teilgenommen hatte. Man hatte sie verschleppt, vor Zeugen körperlich überwältigt und entführt und höchstwahrscheinlich vergewaltigt. Wenn sie das Programm selbst so geschrieben hätte, wäre das eine andere Sache, aber sie war gegen ihren Willen misshandelt worden. Und so etwas konnte man niemals tolerieren.

Aber was war mit den Hologrammen in Merrimans Programm? Zugegeben, Klingonen wurden nicht oft gegen ihren Willen misshandelt, aber sie hatten kein Mitspracherecht, wenn es darum ging, wozu man sie programmiert hatte.

Es handelt sich hier um viel simplere Programme, stritten Vernunft und Logik miteinander. *Man fragt den Computer nicht, ob es ihm etwas ausmacht, den Aufenthaltsort eines Mannschaftsmitglieds herauszufinden. Man fragt seine Diag-*

nosegeräte nicht, ob es für sie in Ordnung ist, einen Patienten zu untersuchen.

Aber ich habe Data um Erlaubnis gefragt, als wir zusammengearbeitet haben, erwiderte ein anderer Teil von ihm hartnäckig. *Ich habe den Doktor gefragt.*

Seine Schläfe begann leicht zu schmerzen. Der innere Dialog bereitete ihm Kopfschmerzen. Er blickte finster drein; das hieß, dass er wirklich angespannt war. Er stand auf, ging an den Replikator und verlangte ein Glas Wasser mit Zitrone.

Siehst du, du hast auch den Replikator nicht gefragt, ob er so lieb wäre, dir ein Glas Wasser zu geben.

»Okay«, sagte er laut. »Genug.« Als er das Wasser trank, bemerkte er, wie seine Hand zitterte.

Phaserfeuer, Schreie in der Nacht. Er rannte, so schnell ihn die Beine trugen. Dann sah er sie; irgendwie war sie von der Zerstörung, die um ihn herum niederging, verschont geblieben. Die Vallias Rache. *Dutzende waren schon da, und er stieß einen Seufzer der Erleichterung aus, als er die Gesichter erkannte, die sich zu ihm umdrehten. Javan, Kehl, Rakkial, M'Vor - geliebte Freunde mit ihren Familien, die sich so verhielten, wie es brave kleine Maquis-Kinder immer taten. Die Augen groß vor Angst, blieben sie dennoch still und folgsam.*

Blieben am Leben.

Seine Hände waren taub, so fest hielt er den Phaser umklammert, während er den Zugangscode eingab. Die Türen öffneten sich zischend, und sie stürmten ins Innere. Er sah sich um, suchte nach weiteren. Sie zu finden war einfach; überall waren Maquis, versammelten sich verzweifelt, um an Bord von Schiffen zu kommen, um von dem Mond fortzukommen, der ihnen einst Schutz geboten hatte, aber nun zur Todesfalle geworden war.

Ein plötzlicher, scharfer Schmerz brachte Kaz wieder in die Gegenwart. Er starrte seine Hand an. Glänzende Glassplitter waren voller Blut, das langsam auf den Boden tropfte.

»Jarem.«

Die Stimme war ruhig, aber mit einer Spur von Sorge darin. Kaz schüttelte den Kopf. Der Name kam ihm bekannt vor ... *Weil es mein Name ist.*

Die Erinnerung kehrte zurück, er blickte auf und sah Astall in der Tür stehen. Als sie das Erkennen in seinem Blick bemerkte, lief sie auf ihn zu und nahm seine verletzte Hand sanft in ihre langen lila Finger. Ebenso vorsichtig, wie er es getan hätte, entfernte sie die Glassplitter, legte sie auf ein Tablett und griff dann nach dem Dermalregenerator. Die Wunden schlossen sich und das Blut verschwand.

»Was tun Sie hier?« Kaz' Stimme zitterte. Wäre sie nicht gekommen ...

»Wir sind zum Mittagessen verabredet«, antwortete sie ruhig. »Erzählen Sie mir, was passiert ist.«

Er leckte seine trockenen Lippen. »Ich bekam Kopfschmerzen. Ich dachte über etwas nach und holte mir ein Glas Wasser. Dann fand ich mich auf einmal mitten in dem Traum wieder, nur war es dieses Mal kein Traum, da ich nicht geschlafen habe.«

»Eine Halluzination.«

Bei dem Begriff wurde ihm schlecht. Er wusste, dass es stimmte, und dass es nur eines bedeuten konnte. Kaz nickte.

Voller Mitgefühl sah sie zu ihm auf, ihre Ohren sanken hinab. »Es tut mir leid, Jarem. Aber ich fürchte, ich muss Sie offiziell vom Dienst suspendieren.«

»Nein!«, rief er. »Es gibt Maßnahmen, die wir dagegen unternehmen können. Schauen Sie, die Mission ist doch fast abgeschlossen. Sobald wir uns auf dem Heimflug befinden, suspendiere ich mich selbst ...«

Er geriet in Panik, plapperte wirres Zeug. Dies war seine erste Mission auf diesem Schiff, unter einem Captain, den er sehr mochte und bewunderte. Und er erlitt einen Zusammenbruch.

Astall betrachtete ihn prüfend. »Was für Maßnahmen?«

Er sah sie dankbar an und drückte die Hand, die seine hielt. »Es gibt zwei Möglichkeiten. Eine medizinische und eine mentale.«

»Sprechen Sie weiter.«

Er ließ ihre Hände los und ging schnell an den Computer. Dort rief er ein Schaubild auf, indem er auf die Kontrollen tippte.

»Isoboramin. Dabei handelt es sich um einen organischen Neurotransmitter, der die synaptischen Funktionen zwischen dem Wirt und dem Symbionten reguliert. Wenn die Isoboramin-Werte zu niedrig sind, gerät die Verbindung zwischen Wirt und Symbiont durcheinander. Wir könnten beide sterben. Nachdem wir mit Chakotay gesprochen hatten, habe ich einen Scan durchgeführt.« Er sah zu ihr auf. »Auch wenn ich noch nicht bereit bin, aufzugeben, möchte ich niemanden von der Besatzung gefährden.«

Ihre Augen füllten sich mit Tränen. »Das hätte ich auch nie angenommen, Jarem.«

Er lächelte sie dankbar an und sprach weiter: »Der Scan zeigte, dass meine Isoboramin-Werte unterhalb der Norm liegen. Ich bin mir nicht sicher, warum oder wodurch - ob die Werte durch unseren Versuch, Gradak nach vorne zu bringen, erschöpft sind oder ob Gradak so hartnäckig versuchen konnte, Aufmerksamkeit zu bekommen, weil mein Isoboramin so niedrig ist. Noch sind die Werte nicht gefährlich. Aber nach dem, was gerade passiert ist, glaube ich, sollte ich mich noch einmal scannen, nur um sicherzugehen. Ich will auf Folgendes hinaus: Ich kann meine Isoboramin-Werte künstlich beeinflussen. Ich kann sie erhöhen.«

»Und dadurch mehr Kontrolle über Ihre Beziehung mit Gradak erlangen.« Astall nickte verstehend.

»Ganz genau. Ich habe bisher nicht versucht, meine Isoboramin-Werte zu verändern, da wir meine Verbindung zu Gradak nicht behindern wollten. Wir wollten sie verstärken, ihn nach vorne holen.«

»Aber im Moment können wir das nicht zu Ende führen. Also ist es das Beste, seinen Einfluss auf Sie zu minimieren. Glauben Sie, dass die Behandlung erfolgreich sein wird?«

»Theoretisch ja. Aber falls es nicht funktioniert, habe ich vor, die schweren Geschütze aufzufahren.«

Neugierig legte sie den Kopf schief. »Und was bedeutet das?«

Er sagte es ihr.

Chakotay ließ das Shuttle sanft an den Koordinaten aufsetzen, die Ellis ihnen gegeben hatte. Die Kolonie lag auf der nördlichen Halbkugel in Äquatornähe, so dass es bereits Anzeichen tropischen Klimas gab. Als Sekaya und er von Bord gingen, atmete er tief den Duft der vom Regen gewaschenen Erde ein. Sein Erster Offizier wartete bereits, um sie zu empfangen.

»Mmmm«, sagte Sekaya, die ebenso tief wie Chakotay einatmete. »Dieser Ort ist wundervoll. Das Hologramm wurde ihm nicht wirklich gerecht.«

»Die Zeichen befinden sich einen kurzen Fußmarsch in nordwestlicher Richtung, gleich hinter den Hügeln.« Ellis war offensichtlich nicht in der Stimmung, über die Umgebung zu plaudern. »Es klang, als wüssten Sie, was diese Symbole bedeuten, Sir. Haben Sie sie wiedererkannt? Sie erwähnten etwas von ... Geistern des Himmels?«

Chakotay sah in den blauen, wolkenlosen Himmel hinauf. Die Feuchtigkeit hing immer noch dick in der Luft, glitzerte auf den Blättern der Pflanzen. Aber die Geister des Himmels hatten das Unwetter beendet. Sie hatten wohl gewollt, dass Ellis dieses Symbol fand, hatten gewollt, dass er Kontakt zu Chakotay aufnahm. Wie sie von ihm wissen konnten, war Chakotay ein Rätsel, aber bei den Wesen, die er als Geister des Himmels kannte, war alles möglich.

»Es sieht genauso aus wie ein uraltes Symbol, dass unsere Leute bereits seit Tausenden von Jahren benutzen«, erklärte Sekaya, während sie zusammen über die grasbewachsenen Hügel gingen. »Es ist eine Segnung des Landes. Wir nennen es *CHAH-mooz-ee.*

»Vor ein paar Jahren, als wir im Delta-Quadranten gestrandet waren«, erklärte Chakotay weiter, »entdeckten wir genau dasselbe Symbol auf einem kleinen Mond. Wir fanden heraus, dass es ein Volk von Außerirdischen gab, das die Erde vor fünfundvierzigtausend Jahren besucht und sich genetisch mit unseren Vorfahren verbunden hatte. Der Begriff, den mein Stamm für sie benutzte, war Geister des Himmels. Bis zu diesem Augenblick hatte ich angenommen, dass es sich nur um eine Legende handelte, einen Mythos.«

»Unser Stamm hat *viele* Legenden«, sagte Sekaya.

»Die Geister des Himmels - die Außerirdischen - hatten Angst vor uns, da sie die Erde vor ein paar Hundert Jahren besucht und gesehen hatten, was aus der Menschheit geworden war.«

»Ich hoffe, Sie haben diesen falschen Eindruck, den die Wesen von uns hatten, korrigiert.« Ellis klang beinahe etwas indigniert.

»Das habe ich in der Tat. Ich konnte den Wesen mitteilen, dass wir uns durchaus weiterentwickelt haben. Aber um ehrlich zu sein, Ellis, jetzt würde ich gerne das neue Symbol hier auf diesem Planeten sehen.«

»Vielleicht haben sich ein paar der Geister des Himmels

dazu entschlossen, in diesen Quadranten zurückzukehren und uns zu besuchen«, mutmaßte Sekaya.

»Wer weiß?« Chakotay grinste sie an. Zu Ellis sagte er: »Aber mal eine ganz andere Frage: Wo ist der Rest des Außenteams?«

»Ich habe sie in Muster Beta vier drei vier ausschwärmen lassen. Wir werden sie in ein paar Minuten in der Kolonie treffen.«

Sie ließen den Hügel hinter sich, und Chakotay erhielt einen guten Blick auf den Stein, der das *CHAH-mooz-ee* trug. Der Stein selbst war fast rund, ungefähr drei Meter im Durchmesser. Auf seiner roten Oberfläche waren die Spirale und die beiden durchtrennenden Linien gut zu erkennen. Obwohl er sich vorgenommen hatte, ruhig und sachlich zu bleiben, beschleunigte sich sein Herzschlag.

»Das ist unglaublich«, hauchte Sekaya ehrfürchtig. »Welch ein Segen, nicht nur für das Land, sondern auch für uns.«

»Wahrere Worte wurden nie gesprochen. Ich bin froh, dass du hier bist und das sehen kannst, Sekaya«, sagte Chakotay.

Schweigend gingen sie den Hügel hinab und betrachteten den Stein. Nach einem Moment räusperte sich Ellis und zerstörte damit die beinahe ehrfürchtige Stimmung.

»Ich habe ihn gescannt, Captain, aber nichts gefunden. Möchten Sie das Symbol untersuchen, während ich es noch einmal versuche?«

Ellis' Worte wirkten auf Chakotay wie leeres Geplapper. Alles, was er wollte - was seine Schwester wollte - war, dem *CHAH-mooz-ee* nahe zu sein. Beide Geschwister stiegen auf den Stein.

»Das klingt in Ordnung, Commander.« Chakotay hoffte, er klang nicht so genervt, wie er sich fühlte. Er und Sekaya standen nun vor dem mit Kreide gezeichneten Symbol. Chakotay kniete sich hin, und seine Schwester tat es ihm gleich.

»Oh, Chakotay. Ich wünschte, unser Vater könnte das sehen.« Sekaya presste eine Hand auf ihr Herz. Er nickte. Gleichzeitig, als hätten sie sich abgesprochen, berührten die beiden Kinder Kolopaks die weiße Kreide.

Licht explodierte um sie herum. Chakotay schrie und bäumte sich vor Schmerz auf, dann war alles schwarz.

Langsam erwachte Chakotay. Sein Kopf hämmerte, und seine Sicht war seltsam verschwommen. Sein ganzer Körper schmerzte und kribbelte. Er blinzelte einige Male, um seinen Blick zu klären, und drehte langsam den Kopf, der sich anfühlte, als wöge er eine Tonne.

Und starrte den Körper von Commander Ellis an.

Er versuchte sich aufzurichten, wurde aber von Haltegurten, die er vorher nicht einmal bemerkt hatte und die seinen Körper fest an den Handgelenken, der Brust und den Knöcheln umspannten, davon abgehalten. Mit wild klopfendem Herzen sah er sich gehetzt um, versuchte in seinem noch immer benebelten Zustand zu verstehen, was er sah.

Der Raum war dunkel, und es war kaum etwas zu erkennen. Dann aber dämmerte es Chakotay, was er da betrachtete. Eine Stasiskammer. Ellis lag in einer Stasiskammer. Indem er den Hals verdrehte, sah sich Chakotay weiter in dem kleinen Raum um.

Er war auf ein Bett geschnallt. Neben ihm lag, ebenso festgezurrt und noch immer ohne Bewusstsein, seine Schwester. Keiner von ihnen schien verletzt zu sein. Ellis hatte Gesellschaft; Chakotay konnte noch mindestens fünf weitere Stasiskammern sehen. Das durchsichtige Material, das in die sargähnlichen Kapseln eingelassen war, gab den Blick frei auf geisterhafte, unbewegliche Gesichter männlicher Humanoider. Einen konnte er nicht zuordnen. Chakotay grübelte über den Namen der Spezies nach, aber er fiel ihm nicht ein.

Bei den anderen, inklusive Ellis, handelte es sich um menschliche Offiziere der Sternenflotte.

Die Erinnerung kehrte zu ihm zurück. Er hatte auf dem Stein gestanden und das *CHAH-mooz-ee* betrachtet. Dann das grelle Licht, der Schmerz und dann ... nichts. Er sah zu Ellis zurück. Offenbar hatte das, was ihn und Sekaya betäubt hatte, was immer es war, auch seinen Ersten Offizier getroffen. Benebelt fragte Chakotay sich, warum Ellis in der Stasiskammer lag, während Sekaya und er auf die Betten geschnallt waren.

So gingen die Geister des Himmels doch nicht vor. Sie waren friedlich und freundlich. Sie würden keine Fremden betäuben und sie in ...

Stasiskammern der Föderation verfrachten.

Langsam wurde alles klarer. Formen, die er vor wenigen Momenten noch nicht zuordnen konnte, erhielten nun eine Bedeutung. Das schwache Licht reflektierte auf Glas, Metall und anderen Materialien, und Chakotay erkannte, dass sie sich in einer Art Krankenhaus oder einem Labor befanden. Es gab eine Menge Ausrüstung, die glühte und leise summte. Als er direkt nach oben blickte, sah er die rauen Felsen einer Höhle anstatt der glatten Decke eines Gebäudes oder Schiffes.

Also befanden sie sich unter der Erde. Und höchstwahrscheinlich noch immer auf Loran II. Neben sich hörte er ein leises Stöhnen.

»Sekky«, zischte er leise. »Bist du in Ordnung?«

Chakotay drehte den Kopf, um seine Schwester anzusehen. Sie schien unverletzt zu sein, aber offenbar war sie so benebelt, wie er es kurz nach dem Erwachen gewesen war. Sie blinzelte und zog benommen an den Haltegurten.

»Was ist passiert?« Ihre Stimme klang undeutlich.

»Eine ausgezeichnete Frage«, ertönte eine klare und selbstsichere Stimme. »Und eine, die wir nur zu gerne beantworten werden.«

Beide, Chakotay und Sekaya, drehten beim Klang der Stimme die Köpfe. Sekaya stieß einen kurzen, unterdrückten Schrei aus und zerrte entschlossener an den Gurten. Chakotay riss erschrocken die Augen auf, als er die Person erkannte.

In der Tür stand, mit einem selbstzufriedenen Ausdruck auf dem grauen schuppigen Gesicht, der berüchtigte cardassianische Wissenschaftler Crell Moset.

Aber er war tot, vor einigen Jahren gestorben, nach dem Kampf um Betazed, bei einem Unfall während einer Gefangenenüberführung.

Wie konnte er …?

»Sie!«, kreischte Sekaya. Erfolglos kämpfte sie gegen die Haltegurte an. Die Raserei verzerrte ihre attraktiven Gesichtszüge. »Sie elender *Dreckskerl*!«

Sein Verstand arbeitete noch immer langsam. Erst nach einigen Sekunden begriff Chakotay, was ihre Reaktion bedeutete: Sekaya erkannte den Cardassianer. Der Schrecken kroch langsam durch seinen Körper, als ihm bewusst wurde, dass dies der Wissenschaftler sein musste, der an seinem Volk ›Experimente‹ durchgeführt hatte. Dies war der Mann, dessen Befehle Träumer Des Blauen Wassers und viele andere unschuldige Männer und Frauen das Leben gekostet hatten. Der Mann, dessen Gräueltaten im Namen der ›Wissenschaft‹ den Tod von zahllosen Bajoranern gefordert hatten, und der dann weitergezogen war, um seine Arbeit erst auf Betazed und dann an Chakotays Volk fortzusetzen.

Chakotay kannte den Mann aus einer holografischen Simulation, die der Doktor vor Jahren an Bord der *Voyager* erschaffen hatte, um B'Elanna Torres' Leben zu retten. Der Doktor hatte die Entscheidung getroffen, das Programm zu löschen. Er konnte das Wissen dieses Mannes, das durch derart verabscheuungswürdige Taten erlangt worden war, nicht reinen Gewissens nutzen. Nicht einmal zum Guten.

»Hallo, Sekaya. Ich bin geschmeichelt, dass Sie mich erkennen.« Der Cardassianer grinste. »Ich muss ziemlichen Eindruck hinterlassen haben. Nein, nein, meine Liebe, wehren Sie sich nicht. Sie würden sich nur selbst verletzen, und ich müsste Sie sedieren.«

»Und das würde ja keinen Spaß machen, nicht wahr, Chakotay?« Eine weitere Person hatte das kleine Labor betreten. Eine weitere Person, die Chakotay erkannte.

Commander Andrew Ellis.

Chakotay gab einen leisen Laut der Verwirrung von sich, blickte dann zu der ersten Stasiskammer zurück, die er gesehen hatte. Nein, er hatte es sich nicht eingebildet. Andrew Ellis lag noch immer darin, das Gesicht friedlich, die Augen geschlossen.

Chakotays Blick zuckte zurück zu dem Ellis, der grinsend neben einem Massenmörder stand, versuchte verzweifelt, zu verstehen.

»Es würde überhaupt keinen Spaß machen«, sagte Ellis. Und dann, vor den Augen des schockierten Chakotay, veränderten sich seine Gesichtszüge, verschwammen und ordneten sich neu.

Ordneten sich zu dem Gesicht jenes Mannes, den Chakotay im Universum am meisten hasste.

Der bajoranische Verräter Arak Katal.

»Es ist so schön, Sie wiederzusehen, Chakotay«, säuselte der Gestaltwandler.

ÜBER DIE AUTORIN

Die preisgekrönte Autorin Christie Golden schrieb über vierundzwanzig Romane und sechzehn Kurzgeschichten in den Genres Science-Fiction, Fantasy und Horror.

Am bekanntesten ist sie für ihre Mitarbeit an etablierten Reihen, auch wenn sie einige eigenständige Romane geschrieben hat. Zu ihren Arbeiten zählen das erste Buch der RAVENLOFT-Reihe, *Vampire of the Mists*, ein STAR TREK-Hardcover der Originalserie mit dem Titel *»The Last Roundup«*, mehrere VOYAGER-Romane inklusive des Bestseller-Neustarts der Reihe *»Heimkehr«* und *»Ferne Ufer«*, und Kurzgeschichten für BUFFY - IM BANN DER DÄMONEN- und ANGEL-Anthologien. *»Heimkehr«* und *»Ferne Ufer«* verkauften sich in den USA dermaßen gut, dass sechs Wochen nach dem Erscheinen von *»Heimkehr«* eine Zweitauflage gedruckt wurde.

Im Jahr 1999 gewann Goldens Roman *A.D. 999*, geschrieben unter dem Pseudonym Jadrien Bell, den Colorado Author's League Top Hand Award für den besten Genreroman.

»A-KOO-CHE-MOY-A, ICH BIN WEIT ENTFERNT VON MEINEM VOLK«

Charakterdossier: Chakotay
von Julian Wangler

Im richtigen Leben heißt es, schlechte Erfahrungen bergen den Keim, uns zu besseren Menschen zu machen. Auf der Kinoleinwand, im Fernsehen und auf den Seiten eines Romans würden wir sagen, eine Figur wird erst dann interessant, wenn sie sich durch Ecken und Kanten auszeichnet, wenn sie Fehler, Probleme und Leiden hat, wenn sie Widersprüche, innere Konflikte und offene Wunden aufweist. Denn nur daraus erwachsen Entwicklungspotenzial und Stoff für gute, mitreißende Charaktergeschichten.

VOYAGER ist ein Gefüge solcher Charaktergeschichten. Um die Serie zu flankieren, hat Co-Produzentin und Drehbuchautorin Jeri Taylor mit *»Mosaik«* und *»Schicksalspfade«* zwei Romane vorgelegt, die die Lebensgeschichten der *Voyager*-Besatzung enthalten, bevor es sie 75.000 Lichtjahre in die Ferne verschlug.

Nun ist mit der VOYAGER-Fortsetzung eine neue Ära für die in die Heimat zurückgekehrten Figuren angebrochen. Die Reise, die nun beginnt, verheißt weitere einschneidende Veränderungen, und tatsächlich bringen viele der Figuren dafür gute Voraussetzungen mit. Im Folgenden wollen wir mithilfe der Star Trek-Literatur ein Porträt von Chakotay zeichnen, dem frisch gebackenen Captain der *Voyager*. Wir wollen die prägenden Etappen seines Lebenswegs verfolgen und die inneren Konflikte und wegweisenden Entscheidungen dieser Figur beleuchten.

Der etwas andere Erste Offizier

In den sieben Serienjahren, in denen wir Chakotay an der Seite seines Captains begleiten durften, wurde ersichtlich, dass er aus der Riege der Ersten Offiziere, wie wir sie bisher aus Star Trek kennen, hervorstach. Zum einen ist Chakotay weder eine nüchterne Verstandesperson und ein Logiker wie Spock oder T'Pol, zum anderen ist ihm aber auch nicht das affektgeladene Draufgängertum eines Will Riker eigen. Der Mann, der dem indianischen Kautschukbaumvolk entstammt, verlor nur selten die Fassung oder handelte unüberlegt. Er ist ein taktvoller, bedächtiger Gentleman und zieht es vor, taktisch und diplomatisch zu agieren statt mit Pauken und Trompeten.

Das unterscheidet ihn auch von der allzu temperamentvollen Kira Nerys, mit der er allerdings, was seinen Werdegang angeht, häufig am ehesten verglichen wird. So viel stimmt: Beide sind spirituelle Personen. Beide sind Freiheitskämpfer, Guerillas. Beide erleben mit, wie ihr Volk unter der Knute der Cardassianer leidet. Doch anders als in Kiras Fall, wo der Weg in den bewaffneten Widerstand sehr früh mehr oder minder vorgezeichnet ist, führen Chakotays Lebenslinien zunächst eher davon weg. Anders als das besetzte Bajor ist die Welt, auf der Chakotay aufwächst, eine zutiefst friedliche, in der er die Möglichkeit hat, eigene wegweisende Entscheidungen für sich und seine

Zukunft zu treffen. Sein Volk lebt auf der abgelegenen Föderationskolonie Trebus am Rande der cardassianischen Grenze, wo es sich bereits vor Jahrhunderten niedergelassen hat, um im Einklang mit der Natur zu existieren (vgl. Roman VOYAGER *»Schicksalspfade«*).

Spannungsverhältnisse und Aufbrüche

Der junge, idealistische und unerschrockene Chakotay wächst in einer Welt des Maya-Mystizismus und -Ritualismus auf. Er geht mit seinem Clan auf die Jagd und lauscht am Lagerfeuer den Geschichten, die von längst vergangenen Ahnen und Gebeinen erzählen. Auch pflegt er seinen Großvater, der aufgrund eines genetischen Defekts an verstörenden Halluzinationen leidet, und kommt auf diese Weise mit der indianischen Heilkunst in Berührung (vgl. VOYAGER 5x19 *»Der Fight«*). Doch trotz des Respekts, mit der er seiner Herkunft in jungen Jahren durchaus begegnet, entwickelt sich schnell ein spannungsgeladenes Verhältnis zu seinen eigenen indianischen Wurzeln, allem voran zu seinem Vater Kolopak (vgl. VOYAGER 2x21: *»Entscheidungen«*; 2x22/3x01: *»Der Kampf ums Dasein«*).

Chakotay, der bereits früh fasziniert von den Möglichkeiten und Verheißungen des modernen Lebens ist, von Technologie und Wissenschaft, kann nicht verstehen, warum seine Leute ein asketisches, ursprüngliches Leben führen, »voller Fantasien und Mythen«, wie er findet (vgl. VOYAGER 5x26/6x01: *»Equinox«*). Dass sie sich dazu entschieden haben, im Alltag auf so gut wie jedes nennenswerte technische Hilfsmittel zu verzichten, hinterfragt er zunehmend und entwickelt die Auffassung, dass es für sein Volk einen zeitgemäßeren Lebensstil geben und dieses im 24. Jahrhundert ankommen müsse wie andere Indianerstämme auch. Dadurch ergeben sich fast zwangsläufig Reibungen und heftige Auseinandersetzungen mit Kolopak. Das traditionell eingestellte Familienoberhaupt hegt seit Langem den Wunsch, dass Chakotay die alten Lehren seines Stammes verinnerlicht und den Weg eines wahren Maya beschreitet, der die Riten und Bräuche achtet, um die Geister des Himmels zu ehren, und schamanische Visionen zur seelischen Orientierung sucht.

Chakotay lernt schließlich mehrere Sternenflottenoffiziere kennen, die den Planeten 2345 besuchen, darunter auch Captain Demora Sulu. Sie wecken in ihm den Wunsch, sich an der Akademie der Sternenflotte einzuschreiben, denn das Idol eines Offiziers der Raumflotte scheint alles zu verkörpern, was er sich erträumt. Als Chakotay mit sechzehn Jahren den Entschluss fasst, den Stamm zu verlassen und auf die Erde zu gehen, kommt es zum Zerwürfnis zwischen Vater und Sohn. Kolopak warnt ihn, er werde keine neue Heimat finden, sondern fortan »zwischen zwei Welten gefangen« sein. Kurz darauf reist Chakotay ab und wendet sich - mit einer nun weitgehend negativen Einstellung zu allem Indianischen - seinem neuen Leben als Kadett zu (vgl. VOYAGER 2x05 *»Tattoo«*). Zwar wird er in den kommenden Jahren einige wenige Male für ein paar Tage nach Trebus zurückkehren, doch hegt er nicht den Wunsch, erneut dort zu leben (vgl. Roman VOYAGER *»Schicksalspfade«*).

Sternenflottenjahre

Chakotay beschreitet konsequent den Weg eines Sternenflottenoffiziers, wenn er auch nicht gerade der ordentlichste Student sein mag (vgl. VOYAGER 4x08/09: *»Ein Jahr Hölle«*). Während seiner Zeit an der Akademie freundet er sich vor allem mit den Kommilitonen Svetlana Korepanova aus Jekaterinburg und Chert, einem Bolianer, an (vgl. Roman VOYAGER: *»Heimkehr"*). Zudem tut sich der athletische, kräftige Chakotay in Boxkampfwettbewerben hervor und wird von Akademiegärtner Boothby persönlich trainiert (vgl. VOYAGER 5x19 *»Der Fight«*). Weil ihm in den ersten beiden Jahren unter dem Eindruck des multikulturellen Treibens an der Akademie die Vertrautheit von Trebus doch ein wenig zu fehlen beginnt, knüpft er lose Kontakte zu indianischen Gemeinschaften auf der Erde und bleibt auf diese Weise zumindest ansatzweise mit seinem Volk in Verbindung.

2351 absolviert er die Abschlussprüfungen mit guten Noten und schlägt die Offizierslaufbahn ein. Seine ersten Jahre im aktiven Einsatz verbringt er an Bord der *U.S.S. Vico* unter Captain Roger Hackney. Hackney erweist sich als guter Mentor, dem es gelingt, das Temperament des frisch gebackenen, ehrgeizigen Ensigns zu zügeln und ihn in Sachen Interspezieskontakte zu schulen, die anfangs nicht immer reibungslos funktionieren (vgl. VOYAGER 2x22 *»Unschuld«*). Binnen weniger Jahre wird Chakotay zum Junior-Lieutenant befördert.

Ab Mitte der 2350er Jahre macht er erste prägende Erfahrungen mit den Cardassianern, die sich in dieser Zeit durch provokante Aktionen und enorme Expansion hitzige Grenzkonflikte mit der Föderation leisten (vgl. Roman VOYAGER *»Schicksalspfade«*). Weitere Schiffe, auf denen er in Folge dient, sind die *U.S.S. Heritage* und die *U.S.S. Gage*. Zehn Jahre nach seinem Abschluss erreicht er den Rang eines Lieutenant Commander und ist zeitweilig als Ausbilder für das fortgeschrittene taktische Training im

Sternenflottenhauptquartier tätig (vgl. VOYAGER 5x04 *»In Fleisch und Blut«*).

Kampf für die Heimat

Dann vollzieht sich eine ebenso unerwartete wie steile Wende in Chakotays Leben. Ein Friedensvertrag, der 2366/67 zwischen der Föderation und der Cardassianischen Union ausgehandelt wird, führt zur Einrichtung einer Entmilitarisierten Zone (EMZ) und dazu, dass der Grenzverlauf in Teilen korrigiert wird, um die Enden beider Territorien fest zu definieren. Infolgedessen liegen ein paar Föderationskolonien nun in cardassianischem Raum und umgekehrt. Die Föderation sieht sich gezwungen, die betroffenen Standorte zu räumen. Doch gegen diesen Beschluss regt sich Widerstand. Bewohner von Welten wie Dorvan V, auf denen sich ein Stamm amerikanischer Ureinwohner niedergelassen hat, weigern sich beharrlich, ihre Kolonien zu verlassen (vgl. TNG 7x20 *»Am Ende der Reise«*). Auch Chakotays Stamm auf Trebus wehrt sich mit Händen und Füßen, den Planeten aufzugeben, den er als sein heiliges Land ansieht. Als die Cardassianer die Geduld verlieren und versuchen, die Siedler mit Gewalt zu entfernen, sehen diese sich gezwungen, zu den Waffen zu greifen und ihre Heimat gegen cardassianische Machtansprüche zu verteidigen. Kolopak ist eines der ersten Opfer des bewaffneten Widerstands gegen die Cardassianer (vgl. VOYAGER 2x05 *»Tattoo«*).

Chakotay kehrt unverzüglich in seine alte Heimat zurück und wohnt der zeremoniellen Beisetzung seines Vaters bei. Schlagartig beginnt sich sein Verhältnis zu seinem Volk zu ändern. Schuldgefühle plagen ihn, weil er glaubt, seinen

Stamm im Stich gelassen und sein Land nicht geehrt zu haben, indem er in die Ferne zog. Sein Denken ändert sich völlig, auch die Einstellung zu Kolopak. Fortan sieht er es als seine höchste Verantwortung an, sein Volk und seine Geburtswelt vor den gewaltsamen Zugriffen der Cardassianer zu schützen. Chakotay kehrt in die indianische Gemeinschaft zurück und lässt sich auf der linken Schläfe und der Stirnseite eine charakteristische Tätowierung des Kautschukbaumvolks anbringen, um das Andenken seines Vaters zu ehren (vgl. Roman VOYAGER *»Schicksalspfade«*). Auch wendet er sich den alten Riten wieder zu, beginnt ein Ritual zu pflegen, durch das er mit Geistern in Verbindung treten kann, und wählt sich sogar einen tierischen Berater (vgl. VOYAGER 1x06 *»Der mysteriöse Nebel«*).

Bereits im März 2368 entscheidet sich Chakotay, der zu diesem Zeitpunkt auf der *U.S.S. Gettysburg* dient, sein Offizierspatent bei Admiral Nimembeh im Sternenflottenhauptquartier niederzulegen, weil er weiß, dass seine Rückkehr nach Trebus und der Kampf, den er zur Verteidigung seiner Heimat zu führen bereit ist, ihn in einen schweren Konflikt mit der Sternenflotte bringt. Da er die Politik der Föderation und den Friedensvertrag mit Cardassia für grundfalsch hält, sieht er zu seinem Austritt aus der Sternenflotte keine Alternative mehr (vgl. VOYAGER 5x04 *»In Fleisch und Blut«*).

Maquis und Rückkehr in die Sternenflotte

Bis Anfang 2370 hat sich mit dem Maquis eine alle betroffenen Koloniewelten in der EMZ umspannende Widerstandsbewegung formiert, die in überraschend kurzer Zeit ein beträchtliches Aufgebot an Waffen und Schiffen versammelt und diese ohne zu zögern gegen das cardassianische Militär einsetzt. Weil mehrere ranghohe, idealistisch eingestellte Sternenflottenoffiziere wie Commander Calvin Hudson schnell mit dem sich bildenden Maquis sympathisieren, gibt es immerhin teilweise gesicherten Nachschub (vgl. DS9 2x20/21 *»Der Maquis«*). Darüber hinaus wird der Maquis zu einer gegen die Cardassianer gerichteten Sammlungsbewegung und findet großen Zulauf. Bereits wenige Monate nach seiner Gründung zählt er Zehntausende Freiheitskämpfer, die ihn aus ganz verschiedenen Motiven heraus unterstützen. Die Föderation, die einen Vertrag mit Cardassia unterschrieben hat und diesen zur Wahrung des Friedens um jeden Preis einzuhalten gedenkt, muss den sich ausweitenden Brandherden in der EMZ weitgehend hilflos zusehen und agiert anfangs eher zaghaft gegen den Maquis, nicht zuletzt, da es sich häufig um ehemalige Sternenflottenoffiziere handelt.

Spätestens ab 2370 tolerieren die Cardassianer den bewaffneten Kampf der Zivilisten gegen sie nicht länger und greifen zu harten militärischen Maßnahmen, um die Welten, die nun auf ihrer Seite der Grenze liegen, ein für alle Mal unter Kontrolle zu bekommen. Trebus ist eines der ersten Ziele der cardassianischen Vergeltungsschläge gegen den Maquis. Bei der Verteidigung der Kolonie verlieren viele ihr Leben. Zwar gelingt es nicht, Trebus zu halten, aber Chakotay wird zu einem umso glühenderen Verfechter des Maquis. In dieser Zeit lernt er die Bajoranerin Seska und die halbklingonische Ingenieurin B'Elanna Torres kennen, die ihrerseits die Guerillabewegung unterstützen (vgl. Roman VOYAGER *»Schicksalspfade«*).

Es dauert nicht lang, bis er das Kommando über einen

Maquis-Raider erhält, um gezielte Attacken gegen cardassianische Stützpunkte durchzuführen. Noch ahnt er nicht, dass sein Engagement im Maquis bald schon ein Ende finden und er in den Dienst der Sternenflotte zurückkehren wird. Die Zeit auf der *Voyager* und unter Kathryn Janeway wird ihm die Chance eröffnen, sich mit der Sternenflotte, in die er einst voller Enthusiasmus eintrat, zu versöhnen. Zwar wird er wenige Jahre später, als es der *Voyager* gelingt, einen Subraumkontakt zur Erde herzustellen, vom Dominion-Krieg und der Auslöschung des Maquis erfahren und abermals schwere Verlust- und Schuldgefühle empfinden. Doch zu diesem Zeitpunkt wird ihm das Wissen helfen, dass er auf der *Voyager* eine neue Familie gefunden hat, der er sich verpflichtet fühlt und die sein Leben nachhaltig verändert hat (vgl. VOYAGER 4x14 *»Flaschenpost«*).

Übersicht der STAR TREK-Romane

STAR TREK – VANGUARD
1 *Der Vorbote*
2 *Rufe den Donner*
3 *Ernte den Sturm*
4 *Offene Geheimnisse*
5 *Vor dem Fall*
6 *Enthüllungen*
7 *Das jüngste Gericht*
8 *Sturm auf den Himmel*

STAR TREK – TITAN
1 *Eine neue Ära*
2 *Der Rote König*
3 *Die Hunde des Orion*
4 *Schwert des Damokles*
5 *Stürmische See*
6 *Synthese*
7 *Gefallene Götter**

STAR TREK – THE NEXT GENERATION
1 *Tod im Winter*
2 *Widerstand*
3 *Quintessenz*
4 *Heldentod*
5 *Mehr als die Summe*
6 *Den Frieden verlieren*
7 *Von Magie nicht zu unterscheiden*

DOPPELHELIX
1 Infektion
2 Überträger
3 Roter Sektor
4 Quarantäne
5 Doppelt oder nichts
6 Die oberste Tugend

STAR TREK – DEEP SPACE NINE
· *Ein Stich zur rechten Zeit*
8.01 *Offenbarung, Buch I*
8.02 *Offenbarung, Buch II*
8.03 *Sektion 31: Der Abgrund*
8.04 *Portale: Dämonen der Luft und Finsternis*
8.05 *Mission Gamma I: Zwielicht*
8.06 *Mission Gamma II: Dieser graue Geist*
8.07 *Mission Gamma III: Kathedrale*
8.08 *Mission Gamma IV: Das kleinere Übel*
8.09 *So der Sohn*
8.10 *Einheit*

DIE WELTEN VON DEEP SPACE NINE
1 *Cardassia: Die Lotusblume*
2 *Andor: Paradigma*
3 *Trill: Unvereinigt*
4 *Bajor: Fragmente und Omen*
5 *Ferenginar: Zufriedenheit wird nicht garantiert*
6 *Das Dominion: Fall der Götter*

9.01 *Kriegspfad*
9.02 *Entsetzliches Gleichmaß*
9.03 *Der Seelenschlüssel*

* in Vorbereitung

Star Trek – Destiny

1 *Götter der Nacht*

2 *Gewöhnliche Sterbliche*

3 *Verlorene Seelen*

Star Trek – New Frontier

1 *Kartenhaus*

2 *Zweifrontenkrieg*

3 *Märtyrer*

4 *Die Waffe*

- *The Captain's Table: Gebranntes Kind*
- Doppelhelix 5 *Doppelt oder nichts*

5 *Ort der Stille*

6 *Finstere Verbündete*

7 *Excalibur: Requiem*

8 *Excalibur: Renaissance*

9 *Excalibur: Restauration*

10 *Portale: Kalte Kriege*

Star Trek – Enterprise

1 *Das höchste Maß an Hingabe*

2 *Was Menschen Gutes tun*

3 *Kobayashi Maru*

4 *Der Romulanische Krieg – Unter den Schwingen des Raubvogels I**

5 *Der Romulanische Krieg ... II**

Star Trek – Starfleet Academy

1 *Die Delta-Anomalie*

2 *Die Grenze*

Star Trek – Originalserie

Feuertaufe

1 *McCoy: Die Herkunft der Schatten*

2 *Spock: Das Feuer und die Rose*

3 *Kirk: Der Leitstern des Verirrten*

4 *Der Friedensstifter*

5 *Das Ende der Dämmerung*

Star Trek – Typhon Pact

1 *Nullsummenspiel*

2 *Feuer*

3 *Bestien*

4 *Zwietracht*

5 *Heimsuchung*

6 *Schatten*

7 *Risiko**

Star Trek – Voyager

1 *Heimkehr*

2 *Ferne Ufer*

3 *Geistreise I – Alte Wunden*

4 *Geistreise II – Der Feind meines Feindes**

...

Star Trek – Roman zum Film

Star Trek into Darkness Roman zum Film

Star Trek – Die Gesetze der Föderation

Star Trek – Einzelschicksale